ARMANDO RIBAS NETO

e A Chave Mestra

COPYRIGHT © VITROLA EDITORA, 2023.
TODOS OS DIREITOS RESERVADOS À VITROLA EDITORA.

Direção Editorial
Vitor Alessio Manfio

Capa
Rafael Bianchini

Diagramação
Carol Palomo

Revisão
Marina Montrezol

Assistente Editorial
Tayná Werlang

A ortografia deste livro segue o Acordo Ortográfico da Língua Portuguesa.

Dados Internacionais de Catalogação na Publicação (CIP)
(Câmara Brasileira do Livro, SP, Brasil)

Neto, Armando Ribas
　　Marvin Grinn e a chave mestra / Armando Ribas Neto. -- 1. ed.
Frederico Westphalen, RS : Vitrola Editora, 2023.

　　ISBN 978-65-89711-82-7

　　1. Ficção brasileira I. Título.

23-149034　　　　　　　　　　　　　　　CDD-B869.3

Índices para catálogo sistemático:
1. Ficção : Literatura brasileira B869.3
Eliane de Freitas Leite - Bibliotecária - CRB 8/8415

Vitrola Editora e Distribuidora Ltda.
Rua das Camélias, 321 — Aparecida — CEP: 98400-000
Frederico Westphalen — RS
Tel.: (55) 3744-6878 — www.vitrola.com.br

SUMÁRIO

PARTE 1

PRÓLOGO 11

1. ADORMECIDO 19
2. A INVASÃO DOS GATOS 34
3. DESPERTADO 40
4. O TREM FANTASMA 57
5. O EMPÓRIO MÁGICO 71
6. DUELO NA CIDADE BAIXA 85
7. A SALA DAS PASSAGENS 106
8. O MESTRE DAS SOMBRAS 132
9. RUA TORTA, CASA ESTREITA 138
10. O ATAQUE DOS RELICÁRIOS 166
11. O TÚNEL DE ESPELHOS 174

PARTE 2

12. DIAS DE TREINAMENTO 197
13. O ASSISTENTE FANTASMA 203
14. O LIVRO NEGRO 209
15. O BRAÇO DE GUERRA 217
16. O BAÚ DJIN 221
17. A DOCE CARMEN 239
18. MEU VELHO *INIMIGO* 245
19. O BECO DOS DUELOS 256
20. UM BECO, DOIS DUELOS 267
21. A CHEGADA DOS VIGILANTES 277
22. CHIFRE DE UNICÓRNIO 282
23. DE VOLTA AO INÍCIO 296
EPÍLOGO 305

VILA ÁUREA

— NOVO CONTINENTE —
SÉCULO XIX, ANO DE 1884

A varinha caiu das mãos do duelista quando o disparo de luz brilhante o acertou em cheio pelas costas. O olhar do padrinho que acompanhava o jovem atingido refletia a indignação pela agressão — inadmissível pelas regras do duelo. Isso exigia dele uma atitude diante da afronta.

Voltou-se para o outro padrinho, que acompanhava o oponente de seu afilhado naquela disputa, e percebeu a mesma incredulidade pelo ato de seu pupilo. Finalmente, encarou os olhos do igualmente jovem duelista, que trajava o manto escarlate com o brasão flamejante — o símbolo da Casa Flamel —, e ali não viu nada a não ser a frieza típica dos de sangue quente, daquela família. Apenas seguia ali, imóvel, apertando com força o cabo da afamada varinha Volkana, esculpida com formas que lembravam chamas entrelaçadas, subindo do cabo até a ponta, que ainda brilhava pelo disparo de magia feito à traição.

Isso, ainda que não soubesse naquele instante, marcaria para sempre a ambos, duelista e varinha, que, desde o momento do disparo, começara a adquirir a coloração negra, tomando-lhe o corpo a partir da mão de Flamel.

O padrinho do jovem atingido sabia o que fazer e não podia mais hesitar. Instintivamente, colocou a mão por dentro do manto esmeralda — símbolo da Casa

Grinn —, tentando encontrar a própria varinha, costumeiramente presa ao coldre oculto pela capa, e então lembrou-se de que ela não podia estar ali; e ele sabia bem o porquê. Logo adiante, caída próxima ao corpo do jovem atingido, jazia a varinha que fora emprestada momentos antes.

Olhou novamente para o jovem Flamel e percebeu o que ele pretendia. Sabia que só havia agora uma alternativa, ainda que para isso fosse preciso quebrar códigos e renegar promessas há muito tempo empenhadas. Sem pensar mais, tudo aconteceu para, no fim, restarem apenas chamas.

Naquela noite, dois entraram no Círculo dos Duelos Mortais, e apenas um retornou, diante do olhar incrédulo da Vila Branca.

PARTE I

PRÓLOGO

A ENTREVISTA

O homem se aproximou da pequena escrivaninha, um dos únicos móveis do ambiente, além de mais duas cadeiras: uma vazia à frente da mesa — para que ele próprio se sentasse — e a outra ocupada pelo ancião de longa barba branca, encimada pelo olhar atento que observava cuidadosamente cada movimento do homem que se acomodava à sua frente.

O entrevistado engoliu em seco diante do olhar severo que o examinava, procurando desviá-lo, tentando divisar algo além do vazio que compunha a sala escura.

— Como tem passado... *Horácio?* — foi a voz do velho, quebrando o silêncio.

O homem não se surpreendeu com a menção do próprio nome. Afinal, sabia que o velho tinha pleno conhecimento de quem ele era e dos fatos — ou dos atos — que o fizeram estar ali.

— Faz muito tempo desde a última vez em que nos encontramos, não é mesmo? — o velho prosseguiu, tentando iniciar uma conversação.

O homem apenas assentiu com um aceno de cabeça, sem falar nada. Aquele comentário lhe trazia a amarga lembrança do quanto já se passara desde que ele fora colocado naquelas condições. Privado do convívio de seus iguais; privado da liberdade que antes gozara; privado até mesmo de suas memórias e, especialmente, do conhecimento que antes detivera, algo tão caro para ele. Impedido de ser quem era de verdade, alguém muito distante da figura acabrunhada que adentrara ali, vestindo um terno surrado, caminhando a passos hesitantes para confrontar aquele que o aguardava... e o seu próprio passado. Só então respondeu à pergunta do velho, com a fala de um condenado.

— Se não me engano, trezentos e oitenta e seis dias, quatorze horas e mais os minutos que fiquei aguardando para entrar.

O velho ignorou a visível provocação e sorriu, tentando compreender o suplício pelo qual passava o homem à sua frente. O entrevistado prosseguiu:

— Tempo demais para um homem *inocente* esperar... — disse, agora começando a assumir uma certa altivez que até então não tivera, desde a sua entrada.

Mas a menção da palavra *inocente* fez com que o velho o interrompesse.

— Inocente, Horácio? Você se julga mesmo... inocente? — perguntou, olhando diretamente nos olhos do entrevistado.

Este, sem se deixar intimidar pelo olhar de reprovação do velho e sentindo-se mais confiante pela raiva que começava a se permitir em sentir, respondeu:

— Sim! E haveria de me sentir culpado pelo quê? Por não ser um covarde, negando minha própria natureza e todo um conhecimento adquirido de forma legítima, conquistado após décadas de estudo e prática exaustiva? Um conhecimento que você, muito embora também tenha, usa de forma patética! — disse de forma quase acusatória.

O velho permaneceu impassível diante do ataque e apenas molhou em tinta uma antiga pena, escrevendo anotações no papel à sua frente. Horácio Barnewitz espichou os olhos, tentando ver o que o homem escrevia, mas apenas encontrou o olhar aquilino do ancião no meio do caminho e voltou a recostar-se na cadeira, em silêncio.

O entrevistador seguia com suas considerações, enquanto Horácio sentia o suor brotar em sua testa e escorrer pela nuca.

— Muito bem, Horácio — retomou o entrevistador —, primeiramente, quero me desculpar pelos meus dias de atraso, afinal você deve imaginar que não é o único que preciso... *visitar*. Tenho distâncias a percorrer e certos... — mediu as palavras — certos *arranjos* que se fazem necessários para poder estar aqui com você. Assim, peço que compreenda.

Horácio apenas permaneceu em silêncio.

— Quanto à sua condição atual, o processo educativo para sua reinserção...

Mas dessa vez o entrevistador não conseguiu concluir a fala e foi interrompido pelo entrevistado.

— *Educativo*?! Você disse... educativo? Ora, *Baltazar*, não me faça rir; sou um condenado, preso em meu próprio corpo, cumprindo a pena a que você e seus amigos do Grande Conselho me condenaram. Um conselho do qual eu mesmo já fiz parte! E tudo isso por quê? Porque ousei ser eu mesmo? Porque eu e tantos outros simplesmente não aceitamos mais suas regras covardes de discrição e sigilo? Vocês e seus ditados idiotas: *Sempre pelo bem, nunca para o mal. Nunca para si, sempre pelos outros*. Blá-blá-blá! Ora, façam-me um favor, vocês...

— Nós?! — foi a vez do velho entrevistador interromper, irritado.

— Vocês... sim! — reafirmou o entrevistado.

— Não, Horácio: você! Você e seus *amigos* são os únicos culpados por seus atos... e pelas consequências que eles lhes trouxeram.

O velho se concentrou em respirar fundo por um instante, tentando retomar o controle e a serenidade. A intenção era voltar a um tom mais ameno naquela conversa tão difícil, com aquele homem com quem já tivera tanta intimidade e convivência, mas que agora precisava tratar com a *distância* que a situação lhe exigia.

— Lembre-se, Horácio — pediu, tentando apelar para o bom senso que esperava que o entrevistado ainda tivesse —, lembre-se do juramento que um dia prestou. Lembre-se de que nunca bastou apenas ter *o dom*. Para exercê-lo, além de estudo e conhecimento, é preciso ter o controle sobre nossos atos... — pausou — e responsabilidade.

Horácio Barnewitz permaneceu em silêncio, respirando pesado, sem emitir concordância ou discordância sobre as palavras do velho que o confrontava com o olhar.

Aguardou por mais um instante, até decidir apenas seguir em frente na sua missão ali, sabendo, por experiência, que aquele embate de palavras não levaria a nada, a não ser a mais dor e decepção.

— Bem, vamos então ao que realmente importa — retomou, e sua voz assumiu um tom solene de quem agora cumpria com as formalidades daquele encontro.

— Horácio Barnewitz, após ter cumprido mais um ano de sua sentença...

— Um ano, vinte e um dias, quatorze horas e mais trinta e três minutos — disse Horácio entre dentes, em um tom entre o amargo e o sarcástico.

— Que seja... Após o cumprimento de mais um ciclo completo de seu processo de reflexão para um eventual retorno ao nosso convívio, para ter a plena faculdade de sua personalidade restaurada e visando ingressar no Programa de Apadrinhamento Assistido, tem algo a dizer em seu favor para a progressão de sua condição atual a um novo estágio?

Ouvindo a pergunta e a designação de todos aqueles termos, o homem respirou fundo, pensando sobre como iria responder; prolongando o silêncio ainda por alguns instantes, até que o entrevistador o reinquirisse:

— Então, Horácio... tem algo a nos dizer em seu favor, antes de ouvir a avaliação de nossos Observadores Oníricos?

O entrevistado, finalmente, resolveu responder:

— O que eu tenho a dizer? — pausou novamente. — O que teria a dizer em meu favor? — disse, como se falasse mais para si mesmo do que para o velho que agora o observava de forma triste, antevendo o que viria a seguir.

— Ah, meu caro Baltazar... que um dia disse ser meu amigo, meu melhor amigo, meu... irmão. E que hoje é apenas meu... INQUISIDOR.

O velho entrevistador franziu o cenho, incomodado pelo uso da palavra usada contra ele.

— Pois eis o que tenho a dizer em meu favor... — disse Horácio Barnewitz, fechando os olhos por um instante antes de retomar a fala. — A você e a todos que sei que me observam nesta sala, aparentemente vazia — falou como se dirigisse a uma plateia oculta —; a vocês, Observadores Oníricos, que não passam de ratos, escondidos em suas tocas, esperando o cochilo do verdadeiro senhor da casa para só então agirem; e a este... tribunal, que não tem outra função senão a de me condenar e continuar me condenando — proferiu, com toda a mágoa que sentia. — Condenar a mim? A mim, que fui... ou melhor, que ainda sou o detentor do maior conhecimento e poder dentre todos os presentes aqui! Foram vocês que me jogaram na condição degradante de viver como um leigo qualquer. Privado da minha *consciência mágica*, do poder que é meu por direito de nascença... e por mérito! Digo então a vocês... a todos vocês — disse, levantando-se abruptamente e arremessando a cadeira para longe — e em especial a você!!! — vociferou, apontando o dedo para um ponto na escuridão da peça vazia. — Quem os condena sou eu, para muito em breve estarem em minha atual condição!

E Horácio, que antes berrava, agora fechava os olhos e murmurava conjurações em língua antiga, fazendo com que a sala inteira estremecesse. Em meio ao caos que começava a se instalar, bradou contra a escuridão:

— Sintam, sintam, meus antigos irmãos... o verdadeiro poder do Mago Negro retorna! E vou acabar de vez com toda essa farsa, pois a magia despertou em mim!

Ao dizer isso, seu corpo todo se acendeu. Com as mãos luminescentes e espalmadas, iluminou também a escuridão de toda a sala, revelando dezenas de espectadores que, de fato, observavam, protegidos pelas sombras.

— Ah, finalmente se revelam os farsantes, para provar do meu poder. Sou eu, o Mago Negro, quem agora os declara... CULPADOS!

E rajadas incandescentes saíram das mãos de Horácio Barnewitz, que gargalhava, cegando homens e mulheres que tentavam se proteger, cobrindo os rostos.

Sentindo o antigo poder pulsar por todo o seu corpo, Horácio olhou para si mesmo. Surpreso, constatou que não usava mais o terno surrado com o qual chegara, mas o seu mais belo manto cerimonial, repleto de adornos e runas antigas, bordadas sobre um tecido tão negro quanto a mais escura das noites sem lua.

— Agora, sim, estou adequadamente trajado... e pronto para aplicar-lhes a lição que merecem — disse, regozijando-se de sua condição restaurada.

— Horácio, não! — implorou Baltazar, estendendo sua mão em apelo.

— Não, Baltazar? *Não* é o que me diz? *Não* lhes digo eu! E antes digo *sim* a mim e à minha existência, que já não tolera mais... as suas! — disse, voltando-se para a plateia aturdida, que olhava o Mago Negro em seu esplendor, com um misto de incredulidade e medo.

Das mãos do feiticeiro, um novo jorro incandescente se produziu, com o mesmo brilho escarlate que agora transformara o olhar de Horácio

Barnewitz. Olhos não exibiam mais as pupilas, pois tinham se tornado totalmente negros, como de um predador. E deles escorria uma lágrima. Uma lágrima negra.

O jorro de luz em suas mãos transformou-se em chamas com temperatura vulcânica, alimentadas pela magia do feiticeiro, direcionadas aos espectadores apavorados, que, entre gritos de dor e desespero, desvaneciam em corpos que derretiam pela ação devastadora do autointitulado Mago Negro.

Enquanto isso, Baltazar pôde apenas observar... e depois fechar os olhos ante a loucura ensandecida de Horácio, finalmente dizendo apenas:

— Basta, já vi o bastante!

E, assim, fez-se novamente a escuridão.

— E então, senhor? — perguntou o Observador Onírico.

O velho não respondeu nada à pergunta do rapaz que aguardava ao seu lado. O jovem prosseguiu:

— Esse, senhor, é o resultado de nossa observação dos sonhos de Horácio Barnewitz. Essa cena se repete de diferentes formas, com variações no modo como ele retoma seu manto negro. Mas o final termina sempre da mesma maneira, nunca muda e...

— E ele também não mudou... — interrompeu Baltazar, dizendo isso mais para si mesmo do que para o jovem Observador. — E nem sei se um dia mudará — completou.

Baltazar deu um suspiro profundo, mantendo os olhos fechados, até retomar a postura formal e distante que sua posição exigia.

— Muito bem, quem sabe no próximo ano — disse, como se concluísse seu veredicto, mas sem esconder o sentimento de esperança que guardava para si.

O rapaz contra-argumentou:

— O senhor acha mesmo que ele poderá se... regenerar? Levando-se em conta nossas observações, parece-nos que ele está a cada dia mais e mais violento...

— hesitou por um instante, medindo o efeito das suas considerações — cruel e... irrecuperável.

Inclusive, se deseja saber, em um dos finais observados, ele ataca o senhor e...

— Não! — interrompeu bruscamente Baltazar, com seu olhar severo voltado ao jovem Observador. — Não desejo nem necessito saber! Como já disse, deixemos apenas o tempo passar e então veremos.

— Bem, senhor, quanto a isso, o tempo de Horácio Barnewitz está quase acabando. O ciclo que se inicia agora será seu último ano em condição de receber o indulto da progressão. Depois disso...

— Sim, sim, eu sei! — reagiu Baltazar, com aspereza, diante da insistência do jovem Observador em lhe dizer o que sabia perfeitamente... mas de que preferiria não se lembrar. — Eu sei muito bem o que vem depois! Afinal, fui eu quem criou as regras, lembra-se? — reagiu Baltazar. — Depois deste ano, sua consciência passada será apagada; e todo o conhecimento do Mago Negro e tudo mais o que ele foi; tudo o que poderia realizar usando seu dom nato desaparecerá com ela. Ele permanecerá em um limbo, catatônico... inofensivo — disse em meio a um sorriso irônico. — Perpetuamente assim, até a sua morte. Mas convenientemente livrando o mundo da ameaça que representa — concluiu.

O jovem consentiu, abaixando a cabeça em concordância, vendo que havia ultrapassado um *limite delicado* com seu mestre.

— Sim, senhor — disse apenas.

Baltazar virou-se para ele.

— Não se preocupe, Alister, sei que você está com a razão; com a razão sobre tudo. Sou eu que apenas estou cansado de desempenhar esse papel. Nessa nossa... como Horácio se referiu mesmo? — procurou recordar o termo. — Na nossa própria *inquisição*. Irônico, não é? Nós, que odiamos e recriminamos tanto os *tribunais do passado*, acabamos criando um para nós mesmos — falou, pensativo.

— Senhor, se me permite... é diferente o que fazemos — disse o rapaz. — Agimos pelo bem e empregamos a justiça. Não estamos queimando curandeiros e pessoas inocentes aqui.

— Inocentes? — interrompeu Baltazar. — Será que temos mesmo o direito de determinar quem é ou não inocente? De julgar e... condenar?

O jovem ficou em silêncio por um instante, mas então resolveu intervir novamente.

— Senhor, sei que ele é seu irmão e...

— Sim — interrompeu o velho, uma vez mais —, meu irmão. Meu único irmão! Mas também um perigo para a nossa sociedade, para o nosso mundo e, especialmente... — pausou — para o mundo *deles*. Enfim, para todos. E é por isso que deve ser mantido assim: preso, acorrentado aos grilhões de sua própria inconsciência.

Baltazar olhou pela lente que mostrava seu irmão de sangue, Horácio Barnewitz, em seus pesadelos. Agitado, atormentado, mas agora com um sorriso no rosto, enquanto, em seu sonho, concretizava mais uma vez a sua vingança.

— Bem — disse Baltazar —, faremos o que diz a lei: *mais um ano*. E então... veremos.

— E se nada mudar? — arriscou-se ainda a perguntar o jovem.

— *Se* — enfatizou o velho — nada mudar, então a lei será cumprida, Observador — falou, retomando a formalidade e devolvendo o jovem, que apenas há instantes chamara com intimidade pelo primeiro nome, ao seu papel de subordinado.

— Agora, passemos ao próximo caso! Mostre-me a próxima *observação onírica*. E, por favor, atenha-se ao seu trabalho, porque do meu sei cuidar perfeitamente bem! — concluiu, mais severo do que de costume.

— Como quiser... senhor — respondeu o Observador, sabendo que não deveria irritar mais o velho. Fora de fato longe demais, e todos sabiam o quanto o assunto tocante a Horácio Barnewitz o incomodava.

— Próximo assunto: o *Caso Flamel* — relatou o Observador.

— Certo... então vamos ver o que anda fazendo *Ingo Flamel*.

E na lente de observação surgiu o brasão de um triângulo em chamas.

I.
ADORMECIDO

A PORTA PARA LUGAR NENHUM

O *fogo* consumia tudo. Via o *ar* lhe faltar, com a fumaça invadindo seus pulmões, ameaçando intoxicá-lo até levá-lo à *inconsciência*. Era assim que o menino se sentia quando percebeu a mão estendida por alguém sem rosto, apenas uma sombra escondida em um capuz, erguendo-o do chão. Uma face oculta, de voz estranhamente familiar, pedindo que confiasse e o acompanhasse, enquanto o ajudava a passar pelo mar incandescente que se tornara a casa. Apoiado pelo estranho, ele andou cambaleante pelos cômodos em chamas, passando pela frente da porta do quarto dos pais. "Preciso achá-los antes de sair!", pensou, alarmado. Mas os braços e as pernas, que agora andavam por ele, impediram-no.

Desceram as escadas incendiadas e ganharam o andar de baixo. Passando pela sala de estar, ele tropeçou na caixa de embrulho da qual tirara o presente na noite de festa, ocorrida apenas algumas horas atrás. Antes de ele adormecer em um sonho... e despertar naquele pesadelo.

Andavam agora com passos mais rápidos, e o menino já conseguia ver a porta que os levaria para o pátio da casa... e para a salvação. Mas então, sem aviso, o estranho que o carregava mudara seu curso, parecendo ignorar a única saída possível para ambos, entrando no que dava a impressão de ser o coração das labaredas: o gabinete de trabalho de seu pai.

O menino queria protestar. Ele sabia que dali não haveria saída possível, pois não existem janelas e nenhuma porta para os levar para o lado de fora. Nenhuma, a não ser uma porta permanentemente trancada: *a porta para lugar nenhum*. Foi dessa forma que o pai respondera quando ele perguntou o que havia atrás da pesada porta de madeira, ricamente esculpida com desenhos estranhos.

E em meio ao fogo, o menino gritou em desespero, tentando alertar o *salvador sem rosto* de que aquele caminho não era o certo a ser seguido, e de que, dentro daquela sala, apenas a morte certa os esperaria. Mas já não tinha forças para chamar ou para resistir. E eles adentraram a sala.

Dentro do gabinete, observou na parede um quadro enegrecido, consumido pelas chamas, incapaz de mostrar a imagem que sempre estivera retratada ali: o rosto de seu avô. Mais alguns passos e então se viu parado em frente à *porta para lugar nenhum*. E ao seu lado, o salvador sem rosto estava imóvel, como que finalmente sem reação, tendo à frente uma porta trancada e atrás de ambos somente o fogo. Estavam condenados.

Nesse momento, o menino viu o encapuzado tirar algo que trazia pendente no pescoço. Algo que não conseguia ver ao certo, mas que brilhava, iluminado pelas chamas. Algo que tinha a cor do ouro e que o estranho levou em direção à porta: uma chave. Colocada na fechadura da porta permanentemente trancada, misteriosamente, não apenas servia, como agora girava.

E foi assim que *a porta para lugar nenhum* se abriu. O estranho de rosto oculto, tomando a frente, passou pela porta para em seguida puxá-lo para dentro da escuridão da passagem. E foi exatamente nesse momento que, como sempre, ele despertou.

e A Chave Mestra

Como sempre, acordou assustado, suado e ofegante ao revivenciar o sonho daquele mesmo incêndio, dentro daquela mesma casa. Uma casa que não sabia se de fato conhecia, que reaparecia em um sonho recorrente sobre algo que ele não sabia se acontecera de verdade. Afinal, sobre ele mesmo, não sabia quase nada.

— *Marvin!* — era o chamado da madrinha.

Era hora de descer do pequeno quarto no sótão da casa para tomar o café. Hoje não poderia se atrasar, afinal teria que ir até o povoado de casas, que ficavam agrupadas ao pé do morro onde moravam, para cumprir a missão que lhe fora dada pela madrinha doceira. Era dia de entrega, e o sr. *Gerardo Tornell*, o melhor freguês da madrinha, não podia ficar esperando.

Bem, na verdade, *melhor* não seria bem o termo; talvez *único* fosse o mais apropriado, pois na pequena vila onde moravam ninguém mais parecia gostar de doces, pelo menos não dos que dona *Dulce* fazia. Parecia mesmo que tinham até medo de comer qualquer coisa que fosse feita por ela. E tudo isso por conta do lugar onde moravam: a pequena casinha no alto de um dos morros que circundavam todo o vilarejo, cortado pelos trilhos de uma antiga ferrovia e adornado pelo bosque que subia morro acima. Uma cisma alimentada pela má reputação que a casa recebera, de ter sido habitada um dia por uma *bruxa*; certamente apenas uma velha senhora, que partira tempos antes da chegada da madrinha Dulce ao lugar. Segundo os boatos, fora uma partida muito *misteriosa*. Tão misteriosa quanto a chegada da doceira à cidade.

Fora em uma dessas noites sem lua. Na casa mais antiga do vilarejo, dormia em sono profundo o velho *Werner* — dono da casa de comércio do vilarejo e o morador mais antigo do lugar — quando foi despertado por algo que não devia se ouvir ali: o apito de um trem. Mas, se às margens do vilarejo passavam os trilhos de uma ferrovia, por que, afinal, o apito de um trem faria acordar de sobressalto o seu mais antigo habitante?

Acontece que, naquela vila, há muito tempo não passavam mais trens. Isso depois que o Mistral, o trem de passageiros, saiu da capital e simplesmente desapareceu após entrar no grande túnel que ligava o vilarejo de Boca do Monte ao resto do mundo.

E o túnel permaneceu para sempre lá, como uma imensa bocarra aberta no morro, mas sem que nunca mais nada entrasse ou saísse dali. Restando apenas a escuridão e o mistério envolvendo o sumiço do Mistral, que entrou para história como "o trem que desapareceu", um trem... fantasma.

Desde esse dia, o túnel da Vila de Boca do Monte ganhou o sinistro apelido de a Garganta do Diabo, o "túnel que engoliu um trem". E nenhum trem jamais tornou a se arriscar a passar por ali.

Isso explicava então o porquê de agora, ao escutar novamente o som lamentoso do apito daquele trem — que tantas vezes ouvira quando ainda criança —, o velho Werner sentia um arrepio. Ele sabia que era o Mistral, anunciando que iria sair da escuridão do túnel onde se escondera. E que naquela noite alguém misteriosamente iria partir ou chegar à Boca do Monte.

Na manhã seguinte, quando dona Dulce — uma mulher de meia-idade, olhar enigmático e cabelos negros — entrou na Casa Comercial, não surpreendeu por completo ao ver o senhor Werner, que já esperava a chegada de um novo visitante, vindo aparentemente de lugar algum.

— Bom... bom dia! — disse, hesitante, o comerciante, tentando cumprir o ritual de saudação oferecido a um freguês que chegasse.

— Bom dia — respondeu a mulher. — Procuro pelo sr. Werner... por acaso é o senhor? — perguntou de forma cortês.

— Sim, e em que posso ajudá-la? — perguntou o velho comerciante, ainda tentando analisar a recém-chegada.

— Soube que me informariam aqui sobre um local para morar. Acabo de chegar e pretendo me estabelecer na cidade... por algum tempo.

e A Chave Mestra

— Bem, no momento não existem casas disponíveis. Somos um vilarejo pequeno... e não temos pensão ou hotel. Além disso, as famílias daqui não costumam hospedar... visitantes.

— Mas ouvi dizer que haveria uma casa disponível — disse a mulher, fazendo um leve meneio de cabeça, claramente indicando a casa no alto da colina, que se podia ver pela porta de entrada da Casa Comercial.

Werner engoliu em seco e sentiu um novo arrepio lhe eriçar o pescoço pela lembrança do lamurioso apito do trem fantasma.

— A... *casa da bruxa* — murmurou Werner, sem se dar conta de que o fizera em voz alta.

— Uma casa... *disponível* — disse a mulher, sorrindo — Olhe, sr. Werner, não sou uma pessoa supersticiosa; sou apenas uma doceira que chegou aqui para passar um tempo e, para isso, preciso de uma casa. E me parece que de fato existe uma única casa sem estar ocupada: aquela casa! — disse, dessa vez apontando diretamente para a construção entre as árvores, que marcava o início do bosque antigo, o qual se adensava a partir dali.

Werner piscou repetidamente — como se fosse despertado do transe em que se encontrava —, fixando também os olhos na casa no morro e recordando-se das antigas lendas em torno do lugar. E, finalmente, respondeu:

— Olhe, senhora...

— Dulce! — apresentou-se a mulher, em meio a um sorriso. — Apenas Dulce — acrescentou.

— Bem, senhora... hã... Dulce, moro aqui desde criança, e aquela casa está fechada há um bom tempo, deve estar caindo aos pedaços. E além do mais...

— Além do mais? — perguntou Dulce, com olhar desafiador, para ver qual a nova justificativa do homem, resistindo em ceder-lhe a casa.

— Bem... — disse um pouco desconcertado pelo olhar da mulher. — É que dizem que aquela casa pertenceu a uma...

— A uma *bruxa* — repetiu de forma prática —, sim, o senhor mencionou isso há pouco, quando lhe respondi que não sou uma mulher supersticiosa.

E então, com uma nova abordagem, falou mais docemente para o homem que já começava a suar — mesmo naquela manhã fria de início de outono — por conta daquele debate, que o perturbava.

23

— Veja bem, sr. Werner, vim de longe para me estabelecer aqui... e tão cedo não poderei regressar para o lugar de onde vim — explicou-se Dulce, enquanto Werner espichava o olho para a porta, notando, ao lado da bagagem da mulher, a presença de um antigo tacho de ferro enegrecido; algo como um... caldeirão. — São meus apetrechos de cozinha... — falou Dulce, chamando de volta a atenção do velho para a conversa. — E então, sr. Werner, preciso mesmo me estabelecer por aqui; e me parece que não tem mais nenhum outro imóvel disponível ou sequer outro interessado, certo?

— Bem... isso é mesmo certo! — respondeu o homem.

— E aquele — apontou novamente — está disponível, não está?

— Bom, de fato a casa está desocupada, mas...

— Então está resolvido: eu fico com ela! — decretou Dulce, deixando o sr. Werner sem mais argumentos diante da insistência da mulher.

E foi assim que Dulce ficou com a casa do alto do morro e assumiu o posto de *nova bruxa local*.

Mas, de fato, nada disso importava ao menino que, das atividades misteriosas que poderiam sair dos fogões da *casa da bruxa*, conhecia apenas os doces. Ele os comia com gulosa satisfação até que a madrinha o interrompesse, vendo que estava chegando ao ponto de acabar com a encomenda que Gerardo Tornell — periódica e sempre pontualmente — buscava.

Porém, naquele dia em especial, a chegada do viajante estava deixando o menino inquieto e preocupado devido ao fato de a madrinha anunciar que, no dia seguinte, seria ele sozinho quem teria que ir até o ponto de encontro da entrega dos doces, o exato local onde a estrada do vilarejo era cortada pelos trilhos da ferrovia. Aquilo o preocupava, porque justo ao lado dessa encruzilhada ficava a casa de Rodolfão, o menino mais encrenqueiro do vilarejo.

Desde que Marvin chegara ali, parecia que nada dava mais prazer ao meninão do que importuná-lo com a ameaça de dar-lhe uma surra. E tudo

e A Chave Mestra

isso por quê? Por causa de um mínimo detalhe em seu rosto, algo que devia ser comum em um monte de gente por aí, mas que naquele lugar fazia com que o menino fosse uma atração única: Marvin tinha um olho de cada cor. Isso, aliado ao fato de viver na *casa da bruxa*, dava a Rodolfão — e à sua pequena gangue, autointitulada *Os Meninos da Estação* — a desculpa para insultar e perseguir o menino.

Mas voltando ao dia em que a história começa, enquanto esperava Marvin descer para o desjejum, Dulce olhava pela janela, pensando consigo mesma: "Esse tempo está com cara de poucos amigos. Acho que a tempestade que estávamos temendo finalmente chegou..." E pensou isso não por estar preocupada com o clima, e sim pelo que a tempestade poderia significar; mais precisamente naquele dia em especial. Ela chamou Marvin mais uma vez, colocando mais urgência na voz:

— Vamos, Marvin, apresse-se! Já está mais do que na hora, e você sabe que o senhor Gerardo *nunca* se atrasa!

— Já vou, madrinha! — respondeu o menino, que agora descia como um vento a escada estreita, passando pela mesa e agarrando um grande pedaço de bolo, que foi enfiado inteiro pela boca, desaparecendo da vista antes mesmo que ele alcançasse a porta de saída da casa. Já estava com a mão no trinco quando ouviu a madrinha repetir o aviso:

— E não se demore para voltar, ouviu?!

Marvin intuitivamente franziu a testa e ajeitou mais ainda a franja que lhe cobria um dos olhos, pensando:

"Não me demoro, não! Basta que consiga me esgueirar, escondendo-me em meio às casas para não ser visto... me safar das perseguições do Rodolfão e dos Meninos da Estação... esperar o sr. Gerardo chegar sem que eu seja notado e então conseguir retornar para casa. Tudo isso SEM APANHAR! Muito fácil!" — pensou, sarcástico sobre o próprio drama.

Dona Dulce olhou para o menino sem deixar de notar a franzida na testa. E sabendo que ele não gostava de descer ao vilarejo, resolveu mudar de assunto.

— Hoje faz aniversário, sabia? — disse de repente, apanhando de surpresa o menino que já estava de saída, na porta da casa. Ele se virou, meio sem entender.

Percebendo a confusão do menino, dona Dulce complementou:

25

— Aniversário do dia em que encontrei você. Três anos se passaram desde que você veio morar comigo, lembra-se?

O menino sorriu para ela, meio sem graça. Esse era um assunto que o deixava ainda mais desconfortável.

"'Três anos", pensou. Três anos desde que vivia ali, ao lado da madrinha Dulce. Tempo em que colecionara algumas novas lembranças, desde o dia em que chegara, mas sem se recordar absolutamente de nada do que lhe acontecera antes. Nenhuma lembrança sequer, como um grande livro em branco.

E entre as poucas memórias que restaram do dia em que chegara ao vilarejo, recordava o encontro com Dulce, vagando pelos trilhos que saíam do túnel que tinha o sinistro apelido de "A Garganta do Diabo".

Um menino perdido, com parte do rosto coberto por uma fuligem escura e completamente sem memória.

— Olá, você está bem? — perguntou dona Dulce ao ver o menino que andava pelos trilhos, próximo à estação de trem abandonada.

O menino fez que sim com um meneio de cabeça, mesmo sem ter certeza do que afirmava.

— E o que você faz aqui à noite, andando sozinho? Seus pais estão com você? Ou... mais alguém?

O menino instintivamente olhou para trás, como se procurasse de fato por *alguém*. Quem sabe o alguém que lhe trouxera até ali. Mas atrás de si viu apenas a imensa bocarra escura escavada no monte, de onde saía a *língua* de trilhos, que seguia até a estação. E, assim, fez um aceno negativo com a cabeça.

— Seu rosto está... sujo — disse, levando a mão até próximo à face do menino, que, por instinto, esquivou-se ao toque da mulher. Ela compreendeu e sorriu complacentemente. — Suas roupas, suas mãos também estão sujas de fuligem... você por acaso acha que está ferido?

e A Chave Mestra

O menino não sabia o que responder. E mesmo que soubesse o que dizer, provavelmente não conseguiria, pois naquele exato momento, diferentemente da quietude daquela noite sem lua, sua cabeça estava em turbilhão. E, por dentro, ele lutava; como se quisesse agarrar lembranças que estavam se apagando de forma frenética em sua mente; fugindo, uma atrás da outra, até transformar sua memória em um imenso vazio.

Dona Dulce, vendo a dificuldade do menino, fez-lhe, então, uma pergunta final:

— Você sabe ao menos me dizer o seu nome?

E foi nesse momento que o menino conseguiu agarrar um único fragmento de memória, antes que este também lhe escapasse, e respondeu:

— Marvin... eu me chamo Marvin — e foi só.

Dulce, em meio a um sorriso, respondeu:

— Muito bem, Marvin... sou Dulce. E você pode confiar em mim.

E essa foi a primeira memória que Marvin passou a ter.

Marvin já quase vencera a estradinha estreita — que ligava o lugar onde vivia ao vilarejo de casas — rumo ao ponto de encontro da entrega dos doces. Enquanto descia a colina, pensava que morar naquela casinha mais afastada pelo menos o mantinha longe dos valentões que moravam lá embaixo.

Ali, sentia-se protegido, vivendo na *casa da bruxa*. Afinal, com medo de serem verdade as lendas sobre o lugar, os meninos que costumavam implicar com ele nunca ousavam ultrapassar aquele limite. E dali ficavam apenas gritando xingamentos, chamando-o de covarde e desafiando-o para que viesse enfrentá-los.

"Covarde... pois sim! Afinal, um contra um era uma coisa, mas um contra quatro não seria uma luta justa", pensava.

Assim, vigiando bem o caminho por onde passava, Marvin foi se esgueirando por trás das casas que cercavam a pequena estação dos trens desativada, hoje ocupada apenas pelo vento, que, naquele dia, parecia tão contrariado quanto Marvin e assobiava alto, prenunciando uma tempestade que viria logo mais.

Assim, escondendo-se aqui e ali, Marvin finalmente conseguiu chegar ao local onde costumavam encontrar o viajante: a encruzilhada entre a estrada e os trilhos. Ali Marvin permaneceu, esperando, até que se passasse uma hora e mais.

Mas o que teria acontecido ao viajante Gerardo, que *nunca se atrasava* e que nunca falhara ao compromisso antes? E tinha que ter sido justo no dia em que era dele a incumbência de estar ali. Ainda mais sem a proteção de dona Dulce... e perto demais de onde gostaria de estar mais longe.

Marvin pensava que já estava ali por muito tempo. Tempo demais para ser ignorado por Rodolfão — que tinha pouca coisa a fazer além fugir de seus afazeres e procurar alguém para importunar.

"Ai, ai, ai, onde foi parar o senhor Gerardo?", pensou Marvin, cada vez mais tenso pela demora. Notou que quanto mais nervoso ficava, mais o clima parecia *concordar* com ele, reunindo nuvens pesadas, trazidas pelo vento que fazia balançar a placa da velha estação, produzindo um rangido estridente.

O ruído acabou por atrair sua atenção para a plataforma da estação, que ficava próxima à saída do túnel, o local onde fora encontrado por Dulce. Ali, Marvin percebeu algo que não havia notado antes. Um homem, trajando um manto escuro... e que olhava diretamente para ele.

Marvin se assustou. E um trovão rugiu alto, seguido de um relâmpago que riscou o céu, distraindo sua atenção. Ao retornar o olhar, buscando o homem que o observava, percebeu que este desaparecera, restando apenas as sombras da estação vazia. Se é que em algum momento ele estivera mesmo ali.

"Estranho. Cada vez mais estranho!", Marvin não parava de pensar. E, definitivamente, estava na hora de voltar para casa.

e A Chave Mestra

Marvin deixou a encruzilhada em direção à colina. Estava tão perdido em seus pensamentos — sobre a figura misteriosa na estação abandonada — que se esqueceu da sua condição de *atração* de *olhos de duas cores*, até ser tarde demais e estar diante de Rodolfão, já sendo cercado pelos meninos que lhe serviam de permanente escolta.

Não que Rodolfão precisasse de ajuda para importunar alguém menor do que ele, uma vez que era um menino grandalhão e corpulento, pelo menos dois palmos mais alto que qualquer outro do vilarejo, o que fazia com que ele mesmo se autointitulasse *O Grande Rodolfo*.

— Ora, ora, ora, se não é o *esquisito, filho da bruxa* — disse Rodolfão, com prazeroso desdém, provocando risadinhas forçadas nos meninos que cercavam Marvin. — Você não aprende, não é? Esqueceu que está no meu território, esquisito? Ninguém pisa aqui sem pedir a minha permissão!

— Olá, Rodolfão! — disse Marvin, tentando ser simpático, mas apenas viu piorar a sua situação.

— *Rodolfão?* — respondeu o menino corpulento. — Está me chamando de gordo, esquisito? Porque eu o acho esquisito, esquisito! É *Grande Rodolfo* para você! — disse o meninão, parecendo disposto a dar a tão prometida surra em Marvin.

— Grande Rodolfão, eu só... — disse Marvin, tentando não criar caso, mas se atrapalhando mais uma vez pelo apelido errado.

— Tsc! Tsc! Tsc! Tem gente que nasceu para apanhar — disse Rodolfão enquanto Marvin tentava se explicar.

— Olha, eu não quis invadir o território de ninguém. Só que precisei vir até aqui para entregar os doces que a madrinha fez e...

— A madrinha? — interrompeu Rodolfão. — Olha só, pessoal, o esquisito chama a bruxa velha de madrinha!

E os quatro caíram na gargalhada com a própria piada.

— Olha só, Rodolfã... hã... Grande Rodolfo... eu adoraria continuar conversando com você e... com vocês... — gaguejou, olhando para os meninos, que agora cercavam ainda mais perto — mas preciso mesmo ir andando! E tudo bem, pode me chamar de *esquisito*, de *filho da bruxa*, de *olho podre*, eu não me importo.

29

— Ei, espere aí! — interrompeu Rodolfão. — Você disse... *olho podre*? Olha só, esquisito, até que você acertou uma! — disse, sorrindo, para Marvin, que devolveu um sorriso nervoso.

— Ah, que bom, então — falou mais aliviado e tentando sair de lado. — Fico feliz que tenha gostado e... acho que já vou andando...

Mas antes que pudesse dar um passo sequer, foi interrompido pelos outros três meninos, que barraram sua passagem.

— E quem disse que eu deixei você ir embora... olho podre? — perguntou Rodolfão, desfazendo o sorriso. — Só porque você é protegidinho da bruxa lá de cima — disse, olhando com certo receio para o ponto onde se via a casa no alto da colina —, pensou que iria escapar da gente? Pois hoje vou lhe ensinar o que fazemos com quem chega na minha cidade e teima em andar por aí, sem pedir a minha autorização!

E ergueu o pesado punho para acertar o rosto de Marvin, como fizera com tantos outros garotos que perseguira. Mas, dessa vez, o final da história prometia ser bem diferente para Rodolfão e os Meninos da Estação.

Enquanto corria de volta para a casa — assustado pelo que tinha se passado —, Marvin não sabia se apenas ria de contente ou se deveria ficar muito preocupado. Afinal entendia que tinha feito algo *esquisito* de verdade; só não tinha ideia de como tinha feito. Mas o que o empolgava, de qualquer forma, é que acabara de enfrentar sozinho Rodolfão e seu pequeno bando — e sair ileso.

Relembrando o episódio, procurava saborear cada detalhe do que ocorrera a partir do instante em que Rodolfão levantara o braço para atingi-lo e ficara imobilizado. Aparentemente, por sua *vontade*.

Os olhos de Rodolfão estavam fixos nos dele, demonstrando total incredulidade pelo que estava ocorrendo, uma vez que, ao tentar acertá-lo, sentiu seu braço ter o movimento impedido, preso no ar por uma força invisível que o mantinha imóvel e suspenso. Por mais que tentasse sair daquela posição, seu braço desobedecia a seu corpo... e contrariava as leis da natureza.

e A Chave Mestra

Passados alguns segundos — entre o espanto pelo que acontecia e o esforço em tentar escapar da força inexplicável que o segurava —, Marvin viu algo mais nos olhos de Rodolfão; algo que ele jamais imaginara ver ali: o medo.

— Mas o que você está fazendo comigo, esquisito? Vamos, eu ordeno que solte meu braço... agora! — esbravejava Rodolfão, tentando reassumir algum controle sobre a situação.

Porém, Marvin não respondia. Aliás, ainda que tivesse qualquer intenção de obedecer à *ordem* dada pelo garoto, não saberia como fazer, uma vez que ele próprio não tinha ideia do que estava acontecendo. Assim, apenas seguiu olhando Rodolfão permanecer preso no ar, suspenso pelo próprio braço. E começou a gostar de tudo aquilo.

Vendo que o braço não se soltava, Rodolfão tentou outra abordagem, desferindo chutes na direção de Marvin. Mas o máximo que conseguiu foi acertar o ar de forma ridícula, provocando um esboço de sorriso do *filho da bruxa*, que começava a se convencer de que era mesmo por sua vontade que o valentão seguia preso ali.

Mas então a força misteriosa soltou Rodolfão. Sentindo-se livre, ele imediatamente investiu toda sua raiva contra Marvin. Porém, a mesma força invisível que antes o contivera suspenso agora criava uma barreira invisível, que não apenas impediu o ataque do grandalhão como também o repeliu imediatamente, arremessando o gorducho muitos metros para trás.

E, se para Marvin havia ainda alguma dúvida sobre ser ele a origem do poder misterioso que o protegia, para Rodolfão não havia mais; o esquisito com olhos de duas cores era incapaz de ser tocado por ele.

Sentindo-se humilhado por outro garoto pela primeira vez em sua vida, Rodolfão tentou ainda recuperar-se da afronta, chamando sua *escolta* para uma vingança.

— Vamos, seus palermas, acertem-no! Peguem o *esquisito*! — bradou aos até então atônitos Meninos da Estação.

Mas quando Marvin observou os rostos dos outros meninos — que, amedrontados, tentavam decidir se cumpriam ou não a ordem do *chefe caído* —, também foi medo o que ele viu. Até que, incitados pelos gritos de Rodolfão — e sabendo das consequências da desobediência ao seu líder —, finalmente resolveram agir.

O primeiro menino — conhecido por *Magriço* —, receoso em se aproximar, optou por começar tentando intimidar Marvin com os piores xingamentos que conhecia. Marvin, em resposta, apenas olhou na direção do menino magrelo, e imediatamente os insultos cessaram.

A boca de Magriço, espantosamente, foi desaparecendo até restar apenas um risco fininho e sumir por completo. Isso emudeceu o desesperado garoto, que passava as mãos sobre o rosto em busca de lábios que já não estavam mais ali.

O segundo menino, conhecido como *Ruivo*, vendo o que acontecera, decidiu mudar de estratégia e adotou uma investida direta e sem aviso. Mas nem bem deu o primeiro passo e sentiu seu corpo empacar no lugar, sem conseguir se mover. Por mais força que fizesse, sentia como se seus pés estivessem grudados no chão. Até que da terra viu brotar raízes que se enrolaram nele como serpentes, envolvendo pernas, tronco, braços e cabeça, até que restasse à mostra apenas o topete alaranjado. E mais um estava fora de combate.

Finalmente, Marvin olhou para o terceiro Menino da Estação, um baixote, de cabelo raspado, por isso apelidado de Pelado. Dentre todos, era o mais relutante em atacá-lo, especialmente depois de presenciar o que acontecera aos companheiros. Parecia que mais nada de anormal se passaria... até que Marvin viu o primeiro inseto.

As patolas cabeludas de uma aranha enorme agora roçavam o pescoço do apavorado Pelado. Foi seguida por uma imensa lacraia que, depois de trilhar sua centena de patinhas pela barriga e pelo peito do menino, saiu-lhe pela gola da camisa, passando pelo seu queixo, sua boca e seu nariz. Mas antes que pudesse gritar diante do nojo provocado pelas sensações daquelas asquerosas criaturas, sentiu caminhando sobre ele outra dezena — ou talvez centena — de baratas, escorpiões, besouros, cascudos e taturanas, até que seu corpo estivesse tomado por todo tipo de bicho peçonhento de que se tem notícia, fazendo o último dos Meninos da Estação que restara em pé debater-se em desespero e debandar em retirada.

Olhando para tudo aquilo, Rodolfão — agora não mais O Grande Rodolfo —, antes de fugir com os demais, só teve forças para apontar para o menino e dizer uma última palavra:

e A Chave Mestra

— Bruxaria!!!

Para logo em seguida correr atrás de sua tropa derrotada a fim de contar a todos que, além da mulher da casa da colina, o filho dela também era um bruxo perigoso.

2.

A INVASÃO DOS GATOS

Saboreando seu momento de glória, Marvin sorria enquanto tentava entender seus súbitos *superpoderes*, sabendo que agora Rodolfão deveria estar espalhando para a vila toda que ele era comprovadamente um esquisito. Não entendia o que havia acontecido, mas, fosse o que fosse, se mantivesse os valentões afastados dele, não se importaria. E seguiu exultante, correndo para contar logo para a madrinha o que tinha se passado.

Mas, quando chegou ao pé do morro — para tomar a estradinha estreita que levava de volta à casa —, deu de cara com mais uma novidade em seu caminho. Era um gato, miúdo, magrelo e totalmente preto dos pés ao bigode. Seus olhos, de pupilas arredondadas, pareciam soltar faíscas de tão verdes. E o rabo trazia uma evidente cicatriz, fazendo parecer que era quebrado na ponta.

— Irc! — exclamou Marvin. — Mas justo hoje que eu estava tão feliz, um gato preto aparece no meu caminho? Ouvi dizer que vocês dão azar! — disse,

e A Chave Mestra

olhando desconfiado para o bichano, que respondeu apenas com um miado fininho. — Vamos lá, gatinho, chispa daí! Desapareça! — ordenou.

Mas o gato sequer pareceu se importar com aquilo, permanecendo imóvel bem no centro da estradinha estreita, cortando o caminho de Marvin com a supersticiosa promessa de má sorte.

Preocupado em não carregar nenhum infortúnio pelo encontro, o menino lembrou-se de uma solução: teria que dar a volta por trás do gato, evitando, assim, que lhe cruzasse o caminho.

Mas e quem disse que o gato deixava? Cada vez que Marvin tentava escapar por um lado, o gato lhe tomava a frente de novo. E assim, de um lado para o outro, gato e menino ensaiavam um estranho bailado na estradinha estreita. Até que, cansado da teimosia do bichano em tentar evitá-lo, Marvin resolveu dar uma volta mais longa e retomar a estradinha mais adiante. Foi passando de fininho pelo lado do bicho — demonstrando disfarçada indiferença —, para depois sair correndo em disparada a caminho da casa.

Correu tanto que, ao olhar para trás, não viu mais sinal do gato. E riu-se da própria esperteza, deixando para trás o episódio do gato azarento.

Ao chegar próximo ao portão do pátio da casa, eis que, lambendo uma das patas, lá aguardava o danado do gato preto de rabo quebrado na ponta.

— O quê? Mas de onde foi que você saiu? Por acaso esteve me seguindo esse tempo todo? E como chegou aqui antes de mim?! — disse, indignado.

O gatinho preto não pareceu se importar com os protestos de Marvin e ali seguiu, como se guarda daquele portão fosse. Resignado pela derrota no embate gato *versus* menino, Marvin rendeu-se à insistência do bichano.

— Muito bem, seu gato danado, nessa você venceu! E, como prêmio, vou lhe dar um pouco de leite, mas é só! Depois você vai embora, entendido?! — disse para o gato magrela, como se acordasse um trato.

Entrou na casa e de lá voltou com um pratinho servido de leite, surrupiado da cozinha da madrinha Dulce.

— Tome aí, seu teimoso, a recompensa pela sua persistência... — E sorriu, pensando que, mesmo sem gostar muito de gatos, simpatizara um pouco com o magricelo. — Sua sorte é que a madrinha não está em casa, viu? Agora vê se toma tudo isso aí bem rápido, antes que ela volte e, além de expulsar você, ainda me dê uma bronca por estar trazendo bichinhos que encontrei na rua para casa — concluiu.

Mas foi só dar as costas para o gato que ouviu diversos miados espremidos atrás de si. Imediatamente voltou-se para ver o motivo da miação, mas, para sua surpresa, o gato estava apenas refestelando-se a lamber o prato... e em silêncio.

— Foi você, gato? Mas o que quer mais, se ainda está com o prato cheio? Beba logo seu leite, e sem miadinhos desta vez, está bem?

Mas nem bem tornou a voltar para casa, e os miados se repetiram. Marvin voltou-se uma segunda vez — agora já com a intenção de expulsar de vez o gato e acabar com o problema — quando constatou que o gato seguia apenas interessado no pires de leite.

Nisso ouviu um miado longo que, claramente, não partiu do gatinho magrela.

— Mas se não foi você, quem está miando aqui?

Quando o miado se repetiu, Marvin viu que vinha do portão. E lá estava outro gato preto.

— Ah, não, mas isso é azar mesmo... azar em dobro! A madrinha vai me matar, achando que fui eu quem trouxe esses gatos para casa. Vamos, chispa gatinho — ordenou ao recém-chegado —, volte lá para seu dono!

Mas o gato preto nem se abalou, iniciando garbosamente seu trajeto de aproximação, indo instalar-se ao lado do gato magricelo para desfrutar também do leite servido.

— Ah, está bem! Mas olhem aqui... e isso é para os DOIS! Assim que terminarem, quero vocês longe daqui. E nem pensem em me pedir mais, ouviram? — disse Marvin à dupla, retornando a seguir para dentro da casa, na expectativa de que depois do leite não veria mais os gatos por ali.

Não ouviu mais um miado sequer na hora seguinte, até que resolveu arriscar uma nova espiadela para o lado de fora, tentando ver por onde andaria o gato preto que o seguira; ou melhor: os dois gatos pretos.

Primeiramente viu a dupla acomodada na varanda de entrada, certamente de barriga cheia; mas, passados alguns instantes, viu sair pelo portão o gato que chegara depois — facilmente reconhecível por ser maior que o gatinho magricela que o seguira pelo caminho de casa.

e A Chave Mestra

"Ufa! Menos um para enxotar. Daqui a pouco o outro se cansa e vai embora também", pensou Marvin, mais aliviado e convencido de que a solução para a história dos gatos se daria por conta.

Passaram-se as horas, o resto do dia e chegou o entardecer, fazendo tudo começar a escurecer rapidamente e a preocupação de Marvin aumentar. Afinal, a madrinha não retornava para casa.

"Mas, afinal, o que poderia ter acontecido?", pensava. Dona Dulce — sempre zelosa e responsável, durante os três anos em que estava ali — nunca ficara tanto tempo fora sem avisá-lo. E Marvin, a todo momento, voltava até a janela, lançando um olhar sobre a estradinha estreita, de onde esperava ver a madrinha regressando.

Porém, diferentemente de dona Dulce, a noite chegara de vez. A tempestade que se prenunciara durante a tarde parecia cada vez mais iminente. Cansado de esperar, Marvin decidiu sair da casa e ir até o portão, na esperança de avistar a madrinha chegando, ainda que de longe. Porém, nem bem abriu a porta, e um miado estridente veio saudá-lo e relembrá-lo do já esquecido visitante. O gatinho magricelo permanecera na porta da casa.

— Ah, não, mais essa! A madrinha some, mas você não desaparece?! Tomara que em função do atraso ela não dê importância para você. Mas não pense que eu vou esquecer novamente! Depois que a madrinha aparecer, dou um jeito de lhe dar um sumiço de vez! — ele ameaçou o gato, que não pareceu dar qualquer importância ao aviso.

Foi até o portão, ficando por ali alguns instantes, vigiando a estradinha estreita e os arredores do morro. Nenhum sinal de quem quer que fosse para nenhum lado que olhasse. Até que, em meio ao breu, percebeu uma sombra que parecia se mover muito rapidamente pelo campo. Muito mais que o normal...

"Será a madrinha?", pensou Marvin, firmando o olhar em direção ao vulto. Mas este simplesmente tornou a desaparecer. "Engraçado. Jurava ter visto alguém se aproximando. Deve ser só minha imaginação mesmo", pensou, preocupado com dona Dulce.

Nisso, sentiu algo roçar sua perna, o que lhe causou um sobressalto. Olhou assustado para baixo e lá encontrou o gato magricelo, passando por entre suas pernas para, a seguir, posicionar-se em frente a ele, assumindo o que parecia ser uma *posição de guarda*.

Marvin Grinn

— Gato!!! Mas não basta eu estar vendo coisas, e ainda vem você para me assustar?! — protestou Marvin. — Bem, mas ao menos agora não estou sozinho — disse, começando a gostar da presença do bichano ao seu redor, naquele momento de apreensão.

Ao se voltar em direção à casa, surpreendeu-se ao rever o outro gato preto — aquele que julgara ter ido embora — postado sobre o muro de pedra que circundava a residência, igualmente parecendo montar guarda ao redor da casa.

— Ah, não, mas seu amigo voltou?! — protestou.

E antes mesmo que pudesse ensaiar uma reclamação mais contundente, um novo miado chamou sua atenção. Andando de um lado para o outro sobre o muro, ali estava mais um gato — preto como os demais —, e este já era o TERCEIRO.

Mas a contagem não parava por ali, pois mais um miado — vindo agora de outro lado — denunciou um novo gato preto aparecendo — este grande e rechonchudo —, que chiou quando Marvin olhou para ele. Agora eram QUATRO.

E não terminava por aí, pois andando sobre o telhado, um QUINTO gato preto já surgia próximo à janela do quarto de Marvin, olhando atento para o horizonte. Ao seu lado, outro apareceu — e ali permaneceu —, imitando cada gesto do anterior, como *gatos gêmeos* que pareciam ser. Assim, agora eram SEIS no total.

Marvin não se conteve:

— Mas o que é isso... uma INVASÃO DE GATOS PRETOS?! Gatinho, você trouxe toda a sua família para cá? Mas desse jeito eu vou acabar sendo a pessoa mais azarada do mundo! Isso se eu ainda estiver vivo, depois que a madrinha vir essa gataria que invadiu a casa dela.

Enquanto andava a passos rápidos para entrar na casa, Marvin pensava o que poderia significar tudo aquilo. Primeiro, o sempre pontual e infalível senhor Gerardo não aparecera, mas um vulto misterioso surgira na estação. Depois, Rodolfão e os encrenqueiros da vila o atacaram, e coisas inexplicáveis aconteceram. E quando parecia que nada poderia ficar mais estranho naquele dia, um gato preto lhe aparece; a madrinha desaparece; e mais e mais gatos pretos não paravam de surgir.

e A Chave Mestra

Marvin cruzou a porta em direção aos fundos da casa, buscando o último lugar que ainda não havia inspecionado, atrás de dona Dulce: a entrada do bosque, que começava nos fundos da casa, subindo morro acima. Quem sabe não seria dali que a madrinha pudesse surgir, trazendo com ela um pouco de normalidade para aquele dia de anormalidades.

Mas ao invés de encontrar dona Dulce, o que Marvin viu foi apenas mais um gato. E tinha certeza de que esse era diferente dos que invadiram a frente da casa, pois uma coleirinha brilhante o diferenciava dos demais. Mas, assim como os outros, este também parecia estranhamente vigilante. Em sua contagem, Marvin chegava agora ao número total de SETE gatos pretos invasores.

Mas ainda maior que preocupação pelos gatos que não paravam de surgir era a apreensão que sentia pelo sumiço da madrinha, pois junto com a noite, a tempestade agora irrompera de vez, com relâmpagos que cortavam o céu; trovões que rugiam alto, fazendo tremer as vidraças da casa; e um vento incessante, que soprava cada vez mais forte.

Marvin olhou uma última vez para o lado de fora, na esperança de ver a doceira chegando, mas o que viu foi apenas uma estranha reunião acontecendo, tendo ao centro o gato magricelo de rabo quebrado — e que, a essas alturas, parecia ser o responsável por iniciar aquela confusão —, com todos os outros seis gatos ao seu redor.

"Ué, será que gatos têm tanto medo da chuva que se agrupam para se proteger?", pensou quando um grande relâmpago cortou o céu, iluminando a escuridão da noite. Marvin, por um instante, pôde ver não apenas um vulto disforme na noite, mas a nítida sombra de uma pessoa. Alguém de cabelos compridos, que chicoteavam com o vento, usando um tipo de manto, que parecia dar asas à figura sinistra.

Em meio ao susto, Marvin firmou os olhos contra a escuridão na tentativa de se certificar do que vira. Mas um novo relâmpago riscou o céu para mostrar a ele apenas o vazio.

E, assim, com exceção dos gatos invasores, Marvin parecia estar sozinho.

3.

DESPERTADO

Cansado de esperar, Marvin sentou-se na solitária poltrona da sala de estar, em frente à porta de entrada. Deixou-se cair ali, como fizera durante tantas e tantas vezes nos primeiros meses desde sua chegada, apenas esperando. Mantinha a esperança de que um dia aquela porta fosse se abrir e de lá surgiriam os pais desaparecidos para resgatá-lo e levá-lo de volta para sua verdadeira vida.

Mas o tempo passou, e ninguém cruzou a porta, que permaneceu fechada para seu passado. E agora, na noite daquele dia repleto de coisas estranhas, ali estava algo familiar: ele novamente sentado na velha poltrona, em frente à porta de entrada, aguardando alguém chegar por ela.

Marvin estava com medo, pois tinha se afeiçoado à mulher que chamava de madrinha e não se sentia preparado para perder alguém importante... de novo. Ali ficou, sentado, olhando para a porta fechada, até que, por fim, adormeceu. E sonhou.

Um sonho também *familiar*, no qual se viu em um conhecido cenário: um campo de capim alto que balançava com o vento; o lugar onde se encontrava com o velhinho que habitava seus sonhos nos últimos três anos.

Um homem de bigode e cabelos brancos, bem penteados para trás, vestindo sempre um alinhado terno preto, com gravata e colete, acompanhado por uma bela e lustrosa bengala — de cabo escuro encimada por um globo de cristal —, que lhe servia para apoiar os passos. Uma simpática figura que, por não saber o nome, Marvin passou a chamar de o Senhor Gentil.

Mas, nesse dia — diferente da grande maioria dos sonhos que tinha com o velhinho —, Marvin não via o campo tranquilo nem sentia a brisa morna e suave de sempre. Ao contrário, esse lhe lembrava o sonho em que encontrara Gentil pela primeira vez.

Como no primeiro sonho, a natureza estava agitada; o vento soprando forte, fazendo as copas das árvores açoitarem o céu e o capim alto chicotear ferozmente, como se transformasse a campina calma em mar revolto. Em meio a esse cenário, a figura do velhinho o esperava.

Marvin aproximou-se, vendo que o olhar não parecia o do sorridente Senhor Gentil de sempre. Parecia preocupado e tenso.

— Senhor Gentil! Que bom que o senhor está aqui! O que está acontecendo?! — perguntou Marvin.

Gentil respondeu em um meio sorriso:

— Bem, meu menino, parece que a *tempestade* alcançou você!

— Então vamos nos abrigar... lá, na casa! — disse, apontando na direção do grande casarão que fazia parte do cenário de seus sonhos com Gentil e no qual, muito embora sempre estivesse ao seu alcance, nunca pudera entrar, pois não lhe era permitido.

— Ainda não... — disse Gentil. — Infelizmente, não há mais como fugir ou escondermos você. Seu tempo de descanso acaba agora para começar seu tempo de andar, correr, fugir e enfrentar o passado. Já é tempo de você despertar. Desperte, Marvin... desperte!

Marvin acordou abruptamente do sonho, sentindo em seu rosto pesadas gotas de chuva, trazidas pelo vento que escancarara a porta da casa. E bem ali, tendo a tempestade às costas, estava novamente a figura sombria de cabelos compridos e manto esvoaçante. A mesma sombra misteriosa que Marvin vira horas antes em meio aos relâmpagos, mas agora não havia dúvida de que estava ali. Trazia em uma das mãos um objeto fino e comprido, com um brilho intenso na ponta. Apontava-o, ameaçadoramente, na direção de Marvin.

Enquanto ainda tentava entender se o que via era real, a sombra finalmente deu sinal de que iria atacar. Marvin pôde apenas voltar seu rosto para o lado, imaginando que naquele momento receberia um golpe ou disparo ou o que quer que fosse que sairia do objeto apontado para ele.

A sala brilhou intensamente, mas Marvin já estava de olhos fechados para não ver.

O que Marvin ouviu foi o barulho de algo pesado tombando ao chão. Abriu os olhos, percebendo que não sentia dor nem nada que demonstrasse que tivesse sido atingido. Voltou os olhos na direção onde estivera o estranho e viu o corpo esguio de um homem caído, ainda com o braço estendido para a frente, embora o objeto que ele segurava há instantes já não estivesse mais ali. O sujeito tinha virado uma estátua, congelado na posição que antecedera sua queda.

Uma nova lufada de vento irrompeu pela sala, fazendo a porta se fechar com um estrondo. E, segundos depois, novamente se abrir, mansamente, deixando Marvin na expectativa sobre o que mais ainda poderia passar por ali. Foi pela mesma porta por onde o estranho invasor entrara para atacá-lo que o novo visitante chegou, fazendo com que Marvin — pela segunda vez depois de três anos e em uma mesma noite — recebesse uma nova visita.

Dessa vez, não era um desconhecido ameaçador. Na verdade, era uma figura bem conhecida dele, a mesma pessoa com quem estivera sonhando momentos atrás e que o fizera *despertar*: o Senhor Gentil. Só que agora parecia ser muito real.

e A Chave Mestra 🗝

Após fechar a porta atrás de si — sem sequer tocar nela —, o velhinho saído dos sonhos se deteve por alguns instantes para avaliar a situação.

Apoiado sobre a bengala, observou por instantes o homem deitado no chão da sala e então olhou para Marvin — que não se movera do lugar, tentando entender tudo que estava acontecendo — com uma expressão severa.

Marvin devolveu o olhar de Gentil, com ares de preocupação. Afinal, havia um homem rígido, estirado no chão da sala da casa, e apenas ele restava de pé. Isso sem contar, é claro, o gato magricelo, que de algum modo havia se infiltrado na casa e parecia ter testemunhado os acontecimentos recentes que se passaram ali.

O suspense continuou por mais alguns instantes, até que Gentil abriu um sorriso e fez um aceno positivo com a cabeça, como se aprovasse tudo o que via. E falou:

— Não vai me dar as boas-vindas, Marvin? — falou, com a costumeira cordialidade dos sonhos.

— O senhor... o senhor está mesmo aqui? — perguntou Marvin, ainda sem saber se estava acordado ou sonhando.

— Bem, a mim, parece-me que estou — respondeu Gentil.

— Hã, quero dizer, o senhor de fato está aqui... ou eu que continuo sonhando? Será que o senhor é mesmo...

— Real?! — completou o velhinho — Essa é a sua dúvida?

— Sim... — respondeu Marvin. — Na verdade era essa, sim.

— Logicamente que sou real... porém, um pouco atrasado, devo reconhecer — disse, indicando com um meneio de cabeça o homem estirado no chão.

Marvin não sabia se entendia bem o que aquilo queria dizer, e o Senhor Gentil prosseguiu.

— Atrasado, de fato, mas vejo que isso não fez muita diferença. Parece que você andou se virando muito bem sem mim, não é mesmo?

Marvin ficou desconcertado com o comentário. Afinal, não sabia o que estava se passando nem por que coisas estranhas, como aquela, vinham acontecendo. Mas, baseado nos acontecimentos daquela tarde, pensava que talvez seus novos *superpoderes* tivessem mais uma vez o ajudado.

— E o senhor sabe me dizer o que aconteceu com ele? Por acaso acha que ele está...

43

— Morto? Não creio. Mas, certamente, diria que nosso amigo aqui agora está sob efeito de magia. E das boas, devo acrescentar!

— Magia? Mas do que o senhor está falando?

— Ora, falo do que atingiu o visitante que se encontra no chão de sua sala, logicamente.

— Mas eu não sei como isso aconteceu, e sei menos ainda fazer... *magia*! — disse, ainda que admitisse que havia muita coisa inexplicável acontecendo à sua volta.

— Ora, mas é claro que não! — discordou prontamente o velhinho. — Parece que sabe fazer *uma coisinha ou outra*, não é mesmo? — provocou, com ironia, chegando então mais perto a fim de avaliar a situação do estranho deitado junto à porta.

Marvin se sentia cada vez mais confuso. Afinal, se aquele poder vinha mesmo dele, por que não tinha ideia de como estava fazendo tudo aquilo?

Então Gentil, que seguiu por mais uns instantes analisando a situação do visitante petrificado, voltou sua atenção para Marvin.

— E então, será que podemos conversar um pouco?

Deixou o estranho de lado e caminhou em direção à poltrona onde Marvin estivera dormindo, então dirigiu-lhe um olhar como se pedisse autorização para se sentar.

— Mas é claro... fique à vontade — Marvin assentiu, e Gentil sentou-se, em meio a um suspiro.

— Ah, melhor assim! Sabe, já não me sinto mais tão jovem como antes...

Marvin olhava para o Senhor Gentil, pensando que, na verdade, ele parecia até bem mais jovem do que em seus sonhos, mas achou que isso não importava muito naquelas circunstâncias, dado que conversava com alguém que, antes daquele dia, só encontrara em sonhos.

— Muito bem, creio que já é hora de lhe contar algumas coisas sobre quem eu sou... e sobre quem você é!

— Senhor Gen... hã, eu não sei ao certo o seu nome...

— Ora, você não me chama de *Gentil*? Então? Acho esse um ótimo nome para você continuar me chamando.

— Senhor... Gentil... será que o senhor poderia, então, me explicar o que está acontecendo? Por que tem tantas coisas esquisitas acontecendo comigo hoje? E, se me conhece, quem sou eu de fato?! — Marvin atropelava as perguntas.

Gentil sorriu, compreendendo a ânsia do menino em querer saber mais sobre si mesmo. Afinal, pela primeira vez em anos, tinha à sua frente alguém que poderia realmente explicar um pouco mais sobre quem ele era.

— Bem, Marvin, você...

— Hã, senhor... e eu me chamo mesmo Marvin?

Gentil sorriu, mais uma vez, sem se sentir incomodado com a interrupção do menino.

— Sim, Marvin é mesmo o seu nome. O nome que seus pais escolheram para você.

— Meus pais! — falou, surpreso. — E onde eles...

— Calma, Marvin — foi a vez de Gentil interromper —, tudo a seu tempo. Primeiro, preciso contar-lhe uma história. Acaso você teria chá em casa? Que eu lembre, Dulce sempre gostou de chá.

E Marvin — que já saía para pegar o bule que a madrinha mantinha sobre o fogão — voltou-se, surpreso.

— A madrinha Dulce! — exclamou. — Então o senhor a conhece? E acaso sabe dizer onde ela está?

— Marvin, primeiro busque o chá. Você merece receber algumas respostas, e prometo que as darei a você. Mas... com chá.

Atendendo ao pedido, Marvin serviu o chá, enquanto o Senhor Gentil começou a contar a primeira história.

— Sabe, existe um segredo em sua família; algo guardado por muitas gerações. Um segredo muito mais antigo que você e eu, e pelo qual muitas pessoas buscam, e que fariam de tudo para obter. Algo que sua família jurou proteger e entregar apenas na hora certa e... para a pessoa certa.

— Um segredo? Que segredo é esse? — perguntou, ansioso para saber mais.

Gentil encarou o olhar de duas cores do menino e não resistiu em testar sua curiosidade.

— Bem, será que posso mesmo confiar em você? Afinal, esse é um segredo muito, muito valioso... — enfatizou primeiro para em seguida prosseguir, falando mais baixo, em tom de confidência. — E é sobre algo que todos os que dele partilham acabam por colocar sua vida em risco! — Fez uma pausa dramática e então perguntou: — Então, ainda assim devo contar a você?

O menino engoliu em seco, mas assentiu, com determinação.

— Se envolve a minha família, eu quero saber! — disse, determinado.

Gentil sorriu, orgulhoso pela coragem do menino.

— Muito bem, então diga-me, Marvin, por acaso você acredita em... *magia*? Isso é essencial para que você possa entender o segredo que estou prestes a lhe revelar.

— Bem, depois desse dia e do que aconteceu agora há pouco, eu acho que acredito, sim... — concordou.

— Nesse caso, eu posso lhe afirmar, e com toda a certeza, que a magia é algo verdadeiro e absolutamente real. É como um *dom* que se manifesta apenas em determinadas pessoas. Só muito estudo e aprimoramento conferem a habilidade de controlar esse poder e usá-lo de forma adequada. E nunca... nunca deve ser usado em proveito próprio... ou para causar o mal — concluiu, sério.

Marvin enrubesceu um pouco ao pensar em sua aventura naquela tarde, em que botara os valentões a correr utilizando-se — para salvar a própria pele — de um poder misterioso que ele desconfiava ter partido de si mesmo.

O velho sorriu, como se adivinhasse seus pensamentos, mas apenas prosseguiu:

— No mundo todo, existem pessoas que nascem com esse dom e o desenvolvem, devendo utilizá-lo de forma... *discreta*. Hoje em dia, na verdade, podemos dizer que de forma *secreta* e somente quando *estritamente necessário*.

— E por que as pessoas que têm esse tal *dom* só podem usar seus poderes escondidos? — perguntou, intrigado.

— Ora, porque isso já foi experimentado muitas vezes na história. No passado, pessoas *dotadas* desses poderes especiais ocupavam os cargos mais importantes. Eram os conselheiros de reis e os sábios mais respeitados dentre todos. Mas, então, tudo mudou...

— O que mudou, Senhor Gentil?

— As pessoas, Marvin. As pessoas mudaram. Em especial, aquelas que detinham os cargos de poder. Então, os outros passaram a ver essas pessoas

e A Chave Mestra

como uma ameaça a suas posições. E, por isso, passaram a persegui-las e condená-las, chamando-as de...

— *Bruxas?* — perguntou o menino, lembrando-se do caso de dona Dulce e das perseguições no vilarejo.

— Precisamente — respondeu Gentil. — E, nas perseguições do passado, os dotados (como chamamos as pessoas com poderes e conhecimentos ditos mágicos) foram literalmente caçados. Muitos simplesmente desaparecendo e fazendo com que o conhecimento que detinham fosse perdido para sempre. E isso não poderia continuar! — disse Gentil, sem esconder sua indignação. — Assim, os maiores dotados da época, reunidos em um grupo chamado O Grande Conselho das Sombras (porque tiveram que permanecer ocultos, para não serem também perseguidos), resolveram criar algo de forma que todo o conhecimento mágico do mundo pudesse ser guardado e preservado em um só lugar.

— E como eles fizeram isso?

— Bem, eles escreveram... um livro!

— Um... livro? Só isso?! — Marvin parecia um pouco decepcionado, pois, naquela história toda de magia, esperava algo que lhe parecesse mais extraordinário.

— Um livro, sim. Mas não um livro qualquer... um livro muito especial. Um tipo de *Grimório*, ou um Livro das Sombras, como são chamados os livros secretos das feiticeiras e magos; o maior e mais completo de todos, em que todos os grandes segredos de magia, fórmulas, feitiços e encantamentos pudessem ser reunidos e guardados para sempre. E assim foi feito!

Marvin seguia atento à história de Gentil.

— O grande Livro das Sombras foi criado e, a partir daí, iniciou-se também a sua peregrinação. Ele foi passando de um grande feiticeiro a outro, para que fosse mais e mais ampliado, até que todos os conhecimentos de magia pudessem ser ali... preservados. Porém, apenas aos grandes mestres, os maiores entre todos e que eram os guardiões dos mais valiosos segredos, seria dado o direito de receber a visita d'O Livro, para transmitir às suas páginas os mistérios que apenas eles conheciam. E, quando isso acontecia, como recompensa, podiam também partilhar de todos os mistérios ocultos n'O Livro — confidenciou Gentil. E continuou:

"Mas como os segredos só podiam ser transmitidos *diretamente* ao livro; e se havia, espalhados por todo o mundo, mestres com direito a receber a visita d'O Livro, como chegar até eles, viajando tão longas distâncias e a tempo de que esses segredos não fossem perdidos?"

— Sim, como?! — perguntou Marvin, ansioso.

— Bem, além de criar um meio rápido para fazê-lo, precisavam de alguém que levasse e protegesse O Livro em suas jornadas. Uma vez que, além das perseguições dos leigos (como são chamados aqueles que não têm poderes mágicos), ainda havia muitos outros perigos, que traziam o risco de se perder O Livro mágico para sempre.

— E o que eles fizeram?

— Bem, eles usaram... magia, é claro!

— É claro! — repetiu o menino, empolgado com a história. — Desapareciam aqui... e reapareciam onde quisessem... — disse, solucionando o mistério.

— Bem, não foi exatamente assim... mas foi quase isso. Primeiramente, o Grande Conselho das Sombras se ocupou na escolha do responsável por carregar O Livro em sua peregrinação. A ele chamariam de *Portador* — revelou. — Alguém a quem não bastava ter o dom para ser o eleito; precisava também ter qualidades fundamentais, como honestidade, altruísmo, determinação e... coragem. Mas, sobretudo, precisava ser alguém a quem a ambição não seduzisse facilmente.

— E por que, Senhor Gentil?

— Observe bem como eu chamei o escolhido: *Portador* — repetiu. — Pois O Livro nunca *pertence* ao seu guardião. Lembrando que O Livro dá acesso a segredos que poderiam proporcionar poder ilimitado perante o mundo leigo; e ele é confiado a alguém que deve apenas *carregá-lo*, pronto para oferecer até mesmo a própria vida em sua proteção, entregando-o ao próximo Portador quando sua missão estiver concluída. Podemos afirmar que não é uma tarefa fácil. Chama-se *desprendimento*. E, creia-me, poucos, muito poucos, foram os escolhidos em muitos séculos de existência d'O Livro.

Marvin tentava entender a extensão do que Gentil falava.

"Assim, para poder transportar O Livro em segurança, deram ao Portador dois instrumentos mágicos muito poderosos. Um deles, capaz de tornar as viagens necessárias muito mais rápidas, vencendo distâncias impossíveis, quase em um piscar de olhos; e o outro, um instrumento de defesa, criado especialmente para a proteção do Portador e d'O Livro."

Enquanto Marvin tentava adivinhar que objetos seriam aqueles, Gentil tirou algo que estava oculto em seu casaco. Um embrulho, enrolado com tirantes de couro, que entregou nas mãos do menino.

— O que é isso, Senhor Gentil?

— Abra, veja com seus próprios olhos.

Marvin abriu e exclamou ao ver o conteúdo.

— Um... livro?!

— Mais do que isso, este é precisamente O Livro da história que acabei de lhe contar. Aquele pelo qual todos procuram sem nunca encontrar: O Livro de Todos os Bruxos.

Marvin olhava, pensando que aquele livro de capa velha e enrugada aparentemente não parecia ter nada de especial.

— E então, vai ficar apenas olhando? — indagou Gentil. — Não quer abri-lo e descobrir quais segredos se encontram guardados aí?

— E... eu posso? — perguntou Marvin.

— Qualquer um pode... abra e veja com seus próprios olhos.

Com toda a solenidade de quem estava abrindo um dos segredos mais bem guardados do qual a humanidade jamais ouviu falar, Marvin colocou os dedos entre as páginas e abriu.

Nesse momento, teve uma grande surpresa:

Nada! O livro estava todo EM BRANCO!

Marvin estava confuso. Afinal, tinha em suas mãos algo que deveria ser — segundo Gentil — um dos maiores segredos do mundo. "Apenas um livro comum?" Não, O Livro de Todos os Bruxos, que guardava os maiores conhecimentos entre todos. Mas ali estava ele, para frustração de Marvin, apenas um livro em branco.

Gentil sorria, percebendo o olhar, entre decepcionado e intrigado, de Marvin, que parecia aguardar uma explicação.

— Então, Marvin, diga-me... o que achou?

— Bem, Senhor Gentil, parece que o senhor não precisa se preocupar muito em esconder este livro; afinal não tem nada para ser lido aqui.

— Bem, eu havia alertado que este não era um livro comum...

— Sim, um livro *muito, muito especial*! — repetiu as palavras de Gentil, acrescentando um comentário em voz baixa. — Tão especial que se esqueceram de escrever nele... Senhor Gentil, tem certeza de que este é mesmo o tal Livro?

Gentil olhou diretamente para Marvin, notando que o olho castanho ficara mais escuro — assentindo para si mesmo ao observar o que acontecia —, e respondeu:

— Lembre-se de que falei que este é um livro sem igual. Com conhecimentos valiosos demais para serem vistos por qualquer um. Apenas os escolhidos pelo Livro têm o direito de conhecer o conteúdo dessas páginas. Para todos os demais, o livro apresentar-se-á sempre assim: um livro de páginas em branco.

— Mas e como o livro *escolhe* quem tem o direito a ler seus segredos? — perguntou.

— Bem, na verdade, isso é muito simples... e muito difícil, ao mesmo tempo — disse Gentil, fazendo uma pausa, como se buscasse as palavras exatas antes de recitar: — *Conte UM segredo ao Livro, e ele lhe revelará TODOS.*

— Um... *segredo*?

— Um segredo digno de também estar escrito nas páginas d'O Livro, provando que tem o conhecimento superior, como aqueles que antes tiveram O Livro em suas mãos.

— E como se sabe se o segredo é bom o bastante?

— Bem, aquele que receber o livro deverá escrever em suas páginas em branco. E, se o segredo for *aceito*, ele permanecerá visível ali. E então, todos os demais segredos ocultos nas páginas d'O Livro também se desvendarão para ele.

— Jura?

O Senhor Gentil achou graça da espontaneidade do menino.

— Eu juro!

O menino voltou-se novamente para as páginas em branco d'O Livro, mas agora imaginando que ali podiam mesmo estar escondidos grandes segredos.

Gentil, de repente, parecia cansado.

— Ouça, Marvin, está chegando o momento em que eu preciso partir. Sinto cada vez mais a influência deste tempo...

Marvin não compreendia o que Gentil queria dizer com aquilo.

— Posso ajudar a fazê-lo se sentir melhor de alguma forma?

— O que fará com que me sinta melhor será eu passar por aquela porta. — Apontou a entrada da casa, por onde chegara. — Mas há algo que você poderá fazer por todos nós, se aceitar atender a um pedido especial.

— Um pedido?

— Um pedido... do seu avô?

— Avô... eu tenho um avô?! — disse Marvin, surpreso. — E onde ele...

Gentil interrompeu, com um sinal para que Marvin aguardasse... e ouvisse.

— Ele pede que você cumpra a missão que foi confiada a ele, mas que, neste momento, ele não poderá seguir cumprindo. Algo que só pode ser passado a alguém da família, nesse caso, você.

— Uma missão? E que *missão* seria essa, Senhor Gentil?

— A que está em suas mãos agora, Marvin... O Livro. Ele pede que fique com O Livro de Todos os Bruxos até entregar ao novo... Portador. E será somente a ele a quem você deverá passar esse livro, compreendeu? A ele... e a ninguém mais! — enfatizou Gentil. — E não vou lhe enganar, Marvin, essa não será uma tarefa fácil. Você correrá grandes riscos, pois muitos são os que desejam conhecer os segredos escondidos aí dentro... e farão de tudo para conseguir — acrescentou, com gravidade. — Mas preciso lhe dizer que também haverá aqueles que lhe auxiliarão. São *Protetores*, dotados que juraram preservar o segredo d'O Livro e zelar pela segurança do Portador. Saiba que eles estarão ao seu lado, ainda que você não os veja ou não saiba quem são.

— Senhor Gentil, mas como vou encontrar e reconhecer esse *novo* Portador?

— Os caminhos... serão apontados para você, Marvin, e você percorrerá cada um deles até que o novo guardião d'O Livro esteja pronto. Neste exato momento, ele... já começa a ser preparado para isso.

— Mas por que não esperaram ele ficar pronto para entregaram diretamente a ele esse livro? — indagou Marvin, preocupado com tudo que ouvira de Gentil.

— Fatos... inesperados ocorreram, Marvin. Esses fatos obrigaram seu avô a apressar arranjos que vinham sendo feitos desde muito tempo. Proteger O Livro foi uma tarefa confiada ao seu avô e à sua família. Por isso, ele não poderia passar essa tarefa a ninguém mais, mesmo sabendo dos riscos — concluiu. — E então, Marvin... aceita proteger os segredos d'O Livro e empreender a busca pelo novo Portador?

— Mas, Senhor Gentil, o que direi para a madrinha Dulce? Quando ela voltar e...

— Ela não voltará — disse Gentil, de forma direta. — Neste momento, sua madrinha também está sendo reconduzida, Marvin. A missão dela com você terminou aqui.

— Missão? Eu... não entendo.

— No momento certo, você entenderá. Mas agora a prioridade é O Livro. Nada mais importa.

Um turbilhão de dúvidas passava na cabeça de Marvin; afinal, se aceitasse a tal missão confiada a ele por um avô que não conhecia — ou que ao menos não se recordava de conhecer —, teria que abandonar a segurança da casa onde vivera nos últimos três anos e também dona Dulce, que, ao que tudo indicava, também tinha segredos escondidos.

e A Chave Mestra 🗝

Mas, diante da afirmação que ela não voltaria mais e com a promessa de reencontrar seu passado e sua família — ainda que tivesse que sair por aí carregando um livro secreto dos bruxos... —, Marvin tinha toda a motivação de que precisava. E assim respondeu, sem pensar mais:

— Sim... eu aceito!

Gentil sorriu, convicto, como alguém que sabia que aquela seria a resposta.

— Então, pegue este cartão — estendeu para Marvin o pedaço de papel acartonado —, ele guiará seus passos até um amigo. Encontre-o, mostre o cartão a ele. Assim, ele saberá que fui eu quem o enviou e dirá o que você deve fazer a seguir... — Marvin tomou o cartão das mãos de Gentil. — Guarde-o com você e, quando chegar ao destino, deixe que o cartão o guie — reforçou Gentil. — Encontre o próximo Portador, Marvin, cumpra a tarefa de entregar O Livro a ele, e você também reencontrará suas lembranças... e sua família.

O menino assentiu e guardou o cartão em seu bolso, enquanto Gentil levantou-se, tomou a bengala na mão e anunciou:

— Agora, antes que eu parta... quero oferecer um presente meu para você.

— Um presente? — Marvin perguntou, animado, olhando para Gentil.

— Sim, uma lembrança do passado... do seu passado.

Sem dizer mais nada, Gentil ergueu a bengala à altura do rosto de Marvin, fazendo com que ele olhasse fixamente para o globo de cristal incrustado sobre o cabo, sentindo-se um tanto sonolento.

— Mas... Senhor Gentil... o senhor não disse... para onde devo ir... nem como chegarei lá.

— *"Esta noite você tomará um trem para a Capital, em busca do seu passado"* — Gentil falou compassadamente.

— Um... trem? — Marvin surpreendeu-se. — Senhor... Gentil, os trens não passam mais por aqui, desde que... o túnel, a... a *Garganta do Diabo*... engoliu o trem...

Marvin agora mal conseguia manter os olhos abertos.

— Não se preocupe, Marvin, *"por você ele virá"*!

E isso foi a última coisa que Marvin ouviu antes de adormecer.

Marvin agora não estava mais na sala da *casa da bruxa*. Olhava para os lados e se enxergava em uma noite de festa, em uma sala de estar conhecida.

"A casa do incêndio de meus sonhos", Marvin pensava enquanto revivia a lembrança perdida.

Havia balões espalhados, uma mulher trazia um bolo com velas acesas, e Marvin contou dez velas no total. Não era uma mulher qualquer que chegava próximo a ele, era uma... mãe.

Ao seu lado, havia um embrulho desfeito, um presente. Algo de tecido grosso, mas macio ao toque; de cor verde-esmeralda, parecendo com um casaco ou... um manto. Marvin, de alguma forma, sabia que aquilo não era um presente comum; era como se fosse algo conquistado, um símbolo de confiança, uma herança de família.

Então a cena começou a se desfazer, e Marvin sentiu-se sugado para fora da lembrança. Porém, agora ele tinha certeza de que estivera dentro de uma de suas memórias, a primeira que recuperara.

4.

O TREM FANTASMA

Marvin despertou de repente. Não se lembrava de ter adormecido, mas, agora que estava acordado, recordava a lembrança recebida de presente. Uma lembrança feliz que, de alguma forma, dera-lhe a certeza de que, afinal, tinha uma família e pais que precisava encontrar. Lembrou-se então do Senhor Gentil e do homem que deixara caído à sua porta, mas nenhum dos dois estava mais lá. Levantou-se e foi até a cozinha, na esperança de encontrar dona Dulce de volta, mas também não a encontrou, nem ninguém mais na casa.

"Sozinho outra vez", pensou Marvin.

Olhou através da janela e viu que estava escuro, ainda era noite. Não sabia por quanto tempo estivera dormindo e começou a pensar que tudo que vivera não passara de um sonho. Ou de um pesadelo de um menino assustado, ainda à espera de alguém chegar. Começou, mais uma vez, a ficar preocupado com a madrinha. Será que ela realmente não voltaria mais, como dissera

Gentil em sua visita? Foi então que um miado baixinho chamou sua atenção. Era o gato preto de rabo quebrado, que lhe restara como companhia.

— Gato, você ainda está aqui! — exclamou, percebendo que ao lado do bichano se encontrava a prova de que todo o episódio fora mesmo verdade.

— O Livro... O Livro de Todos os Bruxos... — repetiu o nome dado por Gentil. — Então não foi mesmo um sonho... e eu tenho pais para procurar! — exultou.

Pegou o livro nas mãos para examiná-lo melhor. Abriu, folheando rapidamente as páginas, mas tudo seguia como antes, sem nenhuma letra, palavra ou rabisco que pudesse comprovar que aquele livro fosse mais do que apenas um livro em branco. Mas nem isso esmoreceu seu propósito, e Marvin então pôs-se a dividir seus planos com o único companheiro que lhe restara.

— Bem, gato, se, para encontrar minha família, vou ter que fazer o que o Senhor Gentil me pediu, que seja. Mas você terá que ir comigo! — convocou o bichano. — Afinal, foi depois de você aparecer que toda essa confusão começou.

Remexeu o bolso, procurando a única pista deixada por Gentil, e lá encontrou o cartão que supostamente poderia *guiá-lo* em sua aventura. Mas, para sua surpresa, não havia nada escrito ali. Nem endereço, nem nome, nem nada. Era apenas um cartão vermelho cintilante, absolutamente vazio nos dois lados.

— Mas que ótimas *pistas* você me deixou, Senhor Gentil: um livro em branco, um cartão sem endereço...

Então lembrou-se das últimas palavras do velhinho dos sonhos. Aquelas que ficaram gravadas, antes que ele adormecesse, dominado pelo efeito hipnótico da esfera de cristal da bengala de Gentil.

"Esta noite você tomará um trem...", *"Por você, ele virá..."*, recordou.

— O trem... — falou em voz alta, ainda que descrente de que algo tão improvável pudesse acontecer. Mas e o que tinha a perder? Afinal, o tal Livro estava mesmo ali, demonstrando que a visita de Gentil fora real, e, se tudo que ele dissera fosse verdade, a madrinha provavelmente não voltaria mais, e ele não tinha nada mais que o prendesse ali.

Assim, sem pensar mais, colocou o livro em uma bolsa — que passou a tiracolo pelo corpo —, levando junto um pedaço do bolo que sobrara da manhã, preparado para deixar para trás a *casa da bruxa*, o lar que o acolhera nos últimos três anos da vida de que se lembrava.

— Adeus, dona Dulce — despediu-se da madrinha que não estava ali —, vou sentir falta dos seus doces... e dos seus cuidados. Então, gato, agora somos só eu e você! E vamos em frente, pois, se tudo correr bem, teremos um trem no qual embarcar!

Tendo o gatinho preto ao lado, Marvin enveredou pela estradinha estreita morro abaixo até chegar à estação abandonada. Recordando, ao chegar, o episódio vivido com os Meninos da Estação, achou irônico que, justo agora que não precisava mais temê-los, estivesse deixando o vilarejo.

— Aqui estamos, gato, mas acho que nessa o Senhor Gentil vai errar feio — disse em voz alta.

Mas ainda que achasse improvável — para não dizer impossível — que um trem pudesse sair da escuridão do fantasmagórico túnel, ainda assim decidiu sentar-se e aguardar. E enquanto olhava ao redor da estação vazia, recordava-se do vulto misterioso que vira bem ali, naquela manhã.

"Dia estranho...", pensou. Foi aí que o relógio da velha estação — parado há tantos anos quanto os trens haviam deixado de passar por ali — de repente deu um estalo. Marvin viu o velho ponteiro se mexer.

Era próximo da meia-noite, e talvez algo inesperado realmente estivesse para acontecer. Segundo a segundo, o ponteiro se movimentou até completar seu giro completo, decretando a hora soturna.

— Meia-noite — observou Marvin em voz alta —, mas nada aconteceu. Acho que...

Mas um novo estalo do relógio interrompeu o menino. A seguir, começou a soar repetidamente, enquanto Marvin alternava seu olhar de duas cores entre o relógio e o túnel, até que se completassem os doze badalos.

A hora chegara, mas, ainda assim, nenhum trem apareceu. Por fim, apenas o silêncio retornou à velha estação.

— Bem, gato, como eu disse, os trens não passam mais por aqui. Venha, vamos voltar para casa e esquecer essa história de...

E novamente Marvin foi interrompido, dessa vez por um sonoro apito, seguido de um brilho, vindo da escuridão profunda da Boca do Monte. O som agora se intensificava, anunciando que algo sairia em breve pela bocarra aberta no morro de pedra e dando sinais evidentes de que, afinal, o *túnel que engolira um trem* estava prestes a *cuspir* para fora o que havia escondido lá dentro.

O apito que tornou a soar era o mesmo que se ouvira na noite de partida da primeira *bruxa* a ocupar a casa no alto do morro, tantos anos atrás. E, certamente, também o mesmo que o morador Werner ouvira na noite que antecedeu a chegada de dona Dulce ao vilarejo. O apito inconfundível do desaparecido Mistral.

Marvin sentiu um arrepio que lhe eriçou cada pelo do corpo quando, bem à sua frente — como fosse uma imensa língua vermelha saltando para fora da boca do monte —, estava o *trem fantasma*, saindo do túnel sem saída. E como prometera o Senhor Gentil, ele estava ali por ele. O Mistral viera para buscá-lo!

Marvin ficou petrificado diante do colosso metálico, de um vermelho escarlate intenso, cortado por linhas laterais amareladas que pareciam chamas. Inicialmente emergiu com toda a sua força do negrume do túnel para agora deslizar suavemente até Marvin, resfolegando e espalhando uma nuvem de vapor que esfumava toda a estação. Dava a Marvin a impressão de que o pesado corpanzil da máquina flutuava sobre ela.

Na lateral do trem, escrito com letras douradas em meio às labaredas, estava o nome da grande locomotiva desaparecida.

— "Mistral"... — leu Marvin em voz alta. — O "trem... fantasma" — acrescentou, ainda que a alcunha lhe causasse mais arrepios. E pensou que, se aceitasse prosseguir com o plano que Gentil traçara para ele, estava prestes a embarcar em uma "assombração".

O trem moveu-se um pouco mais e, finalmente, parou. Agora Marvin tinha à sua frente uma porta aberta, convidando-o a ingressar no vagão que trazia uma pequena placa de bronze, exibindo o destino daquela viagem: "Capital".

Marvin olhou para as janelas cerradas e não viu nenhum sinal de que pudesse ter alguém mais dentro do vagão. Fosse alma viva... ou morta. E, engolindo em seco, disse para o gato magrelo:

— Não, gato, para mim não vai dar. Se o Senhor Gentil pensa que vou entrar aí, acho melhor que ele reapareça e invente outro jeito de irmos ao encontro do tal *amigo!*

Mas ao buscar a concordância do companheiro de viagem, viu que o bichano já não estava mais ali. O único vislumbre que teve do gato foi do rabo quebrado na ponta, passando pela porta, trem adentro.

— Gato, volte aqui! — ordenou sem sucesso, acabando por também precipitar-se porta adentro no vagão, na tentativa de ainda apanhar o gatinho intruso antes que estivesse fora de seu alcance. Mas foi só colocar os dois pés no vagão para notar que as engrenagens estavam rangendo e sentir um solavanco, demonstrando que o trem iria seguir viagem.

E assim, ainda que não quisesse, Marvin agora era passageiro do Mistral, que, com o apito de partida, deixava para trás o vilarejo, levando a bordo o menino de olhar de duas cores.

"Não há mais retorno", pensava Marvin enquanto tentava equilibrar-se no chacoalhar do trem, que se deslocava, ingressando pelo vagão escuro em busca do gato intrometido. E enquanto seus olhos se acostumavam com a penumbra, ao contrário do que tinha aparentado pelo lado de fora, Marvin percebia que havia mais alguém ali dentro. E não parecia ser uma assombração.

Era uma menina, de cabeleira avermelhada de fios revoltos, que dormia aninhada em um dos bancos de couro escuro, na metade do carro de passageiros. Deu passos à frente e, pela sua observação, achou que seriam apenas os dois a dividir a viagem no sinistro Mistral. Até que um ronco o alertou sobre outro passageiro, que dormia sonoramente no último assento do vagão.

Marvin, ao contrário do roncador, procurava se mover sem fazer barulho, agachando-se aqui e ali, na tentativa de localizar o gato fujão.

— Mas onde foi parar aquele gato? Primeiro aparece sem ser convidado, depois some sem deixar vestígio — cochichava consigo mesmo, cada vez mais arrependido por ter convidado o bichano para acompanhá-lo.

— Gato... aqui, gatinho — sussurrava um apelo, enquanto procurava entre as poltronas vazias, tentando se equilibrar enquanto andava pelo corredor, uma vez que o Mistral ganhava uma velocidade cada vez maior, até chegar ao local onde estava o primeiro passageiro... ou melhor, passageira.

A menina dormia serenamente, fazendo o contraste com o *roncador* do fundo do vagão. Marvin observou por um instante a menina ruiva, imaginando que devia ter mais ou menos a sua idade. Aproximou-se um pouco mais e, firmando os olhos na penumbra, percebeu uma ponta preta e felpuda atrás do colo da menina. Algo que se parecia muito com o rabo de um certo gato preto.

— Ah, aí está você! — exultou em um sussurro para não acordar a passageira. E foi aproximando-se um pouco mais, estendendo o braço sobre a menina adormecida, na tentativa de recapturar o gato pelo rabo, quando um solavanco do trem acabou por derrubá-lo sobre a garota, que acordava tendo Marvin sobre ela.

— Mas o que você está fazendo?! — protestou, entre assustada e irritada, empurrando Marvin para o lado.

— Desculpe, foi... foi o trem. Eu não queria mexer em nada seu... — disse Marvin, balbuciando uma explicação, fazendo menção de juntar uma bolsa que caíra do colo da menina.

— Não! — protestou a menina, exasperada. — Não toque aí!

— Desculpe — disse Marvin, constrangido. — Eu só queria ajudar...

A menina recolheu a bolsa caída e apressou-se em examinar seu conteúdo, certificando-se de que nada fora danificado, para só então responder:

— Está tudo bem. É que carrego aqui minha... — hesitou — bem, algo importante e muito delicado; uma herança da minha família.

e A Chave Mestra

— Claro, entendo, a culpa foi toda minha. Peço desculpas por ter acordado você e derrubado suas coisas...

Percebendo que a menina estava mais calma, Marvin recordou sua missão original, tornando a observar a ponta preta e felpuda ainda aparente por
detrás do colo da menina, que percebeu o olhar impertinente sobre ela.

— Mas, afinal, o que você quer e... o que está procurando aqui? — perguntou, incomodada.

Marvin enrubesceu ao ser pego novamente examinando ao redor da
menina.

— Hã, não é nada, não... — Mas a visão da ponta peluda balançando era
mais forte que ele, que simplesmente não conseguia disfarçar.

— Olhe, garoto — começou a menina —, não sei o que você quer, mas lhe
adianto que viajo acompanhada de meu pai, que está logo ali atrás! Ele é um
sujeito muito bravo e é capaz de atirar para fora um esquisito que, depois
de saltar no meu colo enquanto estava dormindo, fica aí falando coisas desconexas sem tirar os olhos de... de... mas afinal, o que é que você está olhando aqui?! — perguntou, indignada, pois Marvin não conseguia evitar de ficar
mirando a ponta de rabo preto balançando por detrás da menina.

E imaginando que, se apanhasse o gato escondido, provaria o motivo de
suas atitudes estranhas, resolveu investir na captura do felino. Sem prévio
aviso, atirou-se mais uma vez sobre o colo da menina, pronto para agarrar o
rabo do bichano.

— Peguei!!! — exclamou enquanto a menina soltava um gritinho abafa-
do e desferia uma pancada sobre sua cabeça, fazendo Marvin ver estrelas e
cair sentado para trás, segurando o fiapo preto e felpudo nas mãos. E embora não tivesse certeza do que seria, sabia que o rabo do gato é que não era.

Sentado no chão do vagão, Marvin viu crescer sobre ele a menina que
ainda segurava o livro grosso e pesado que o atingira. E com o qual parecia pronta para lhe bater novamente, quando ele estendeu as mãos à frente —
uma delas ainda segurando o pedaço felpudo —, tentando evitar o novo golpe.

— Calma, por favor, eu explico!

— Então explique-se... agora! — foi a resposta da menina, ainda o ameaçando com o livro nas mãos.

63

Marvin explicou que estava ali atrás do seu gato, preto como o fiapo que tinha nas mãos, que desaparecera logo ao entrar no trem, e por isso estava perambulando pelo vagão à procura do bicho. Esclareceu que, por ter visto aquela ponta felpuda — que agora sabia tratar-se da ponta do gorro da menina —, saltara sobre ela na expectativa de capturar o bichano, provando assim a sua boa intenção... e sua sanidade.

— Foi isso... — concluiu, com cara de inocente.

— Muito bem, eu... acredito em você — disse a menina, após ouvir a explicação.

Marvin olhou um tanto desconfiado, com medo de levar mais uma livrada na cabeça.

— Acredita... mesmo?

— Sim, acredito — reafirmou a menina.

— Que bom, eu não mentiria sobre isso e...

A menina interrompeu.

— Acredito... porque eu vi seu gato passando por aqui, em direção ao final do vagão — apontou.

— Que bom, eu...

— Eu não terminei — a menina calou Marvin com seu olhar severo. — Ele passou por aqui, roubou meu lanche e depois fugiu para o final do vagão — disse, com olhar sério, imputando parte da responsabilidade do furto a Marvin.

— Ele... roubou seu lanche?

— Sim! E isso quer dizer que você me deve um sanduíche. Mas é por isso que, sim, eu acredito na sua história do gato. Só não sabia que o gatuno era seu, senão teria dito logo quando você chegou, me atacando e me examinando com cara de doido.

— Desculpe, fui muito desajeitado.

— Sim, foi... mas está tudo bem — disse, simpática ao drama do menino.

— Eu posso me desculpar com seu pai? Sabe, para ele não me jogar do trem ou algo assim e...

— Não tenho ninguém viajando comigo — disse a menina, interrompendo as desculpas de Marvin e agora achando graça da preocupação do menino.

— Não? E aquela história de homem *bravo* sentado lá atrás, pronto para me *atirar para fora do trem*?

— Bem, aquilo foi só para fazer você se afastar. Afinal, me olhando daquele jeito, achei que você era mesmo um esquisito, pronto para me atacar — disse a menina, olhando diretamente para os olhos de Marvin, sem querer repetindo o apelido pelo qual foi chamado tantas vezes por Rodolfão.

— De fato deve ter sido muito... *esquisito* — disse Marvin, sem esconder o constrangimento. — Ainda mais com os olhos que eu tenho — baixou o tom de voz, desviando seu olhar de duas cores.

— Ué, mas o que tem seus olhos? — perguntou, com sinceridade, a menina.

— Eles... eles são *esquisitos*, como você falou — disse, colocando o rosto de lado.

— Hum, é mesmo? Deixe-me ver — disse a menina enquanto examinava cuidadosamente os olhos de Marvin. — Não... não vi nada de *esquisito* nos seus olhos; pelo menos não agora. Antes, sim, pareciam meio lunáticos, vasculhando minhas coisas... e a mim. Mas agora me parecem perfeitamente normais.

Marvin se surpreendeu.

— Mas você não notou que eles são... um de cada cor?

— Ah, isso? Sim, é verdade, mas quando estão me olhando de um jeito normal, não vejo nada de *esquisito* neles, não.

Marvin sorriu. Afinal, com exceção da madrinha Dulce, era a primeira vez que alguém olhava seus olhos de duas cores e não ficava perguntando coisas chatas ou fazendo piadas sem graça do tipo:

"Você nasceu assim ou pintaram seus os olhos depois que você cresceu?", ou "Não dói ser desse jeito?".

— Hum, entendi. Bem, agora, olhe você para mim. Está notando essas coisas *esquisitas*, bem aqui? — perguntou, apontando o próprio rosto.

Marvin observava atentamente, tentando perceber alguma coisa que fosse fora do comum, mas não encontrou nada como um terceiro nariz, um olho na testa ou algo assim.

— Não, não vi nada de *esquisito* aí.

— Não? Mas olhe novamente, estão bem aqui! — disse, passando o dedo indicador de um lado para outro, indicando algo que estivesse espalhado por todo o rosto.

— Mas ver o quê?

— Ora, isso! — disse a menina, apontando de forma mais enfática, como se fosse algo óbvio. — Estas *esquisitices*!

Mas Marvin de fato não conseguia identificar nada que pudesse ser classificado assim.

— Pois bem, estou falando dessas pintinhas aqui. Estão espalhadas por todo o meu rosto, não vê?!

E Marvin agora percebia realmente as sardas avermelhadas, que salpicavam o rosto inteiro da menina. Mas ainda assim não achou nada que pudesse classificar de anormal... ou *esquisito*.

— Bem, ver eu vi, mas o que há de errado com elas?

— Bem, acontece que as pessoas olham para mim e perguntam: "Você nasceu assim ou pintaram no seu rosto depois que você cresceu? Não dói ser desse jeito?" — repetiu as mesmas coisas que Marvin dissera segundos antes. — E então, você acha que sou *esquisita*? Porque eu não vejo nada de esquisito em você! — concluiu, colocando um sorriso no rosto de Marvin.

Este, dirigindo seu *olhar de duas cores* para a menina, que aguardava sua resposta para encerrar o caso das *esquisitices*, respondeu:

— Não, eu não acho você esquisita!

A menina sorriu de volta.

— Muito bem! Então agora que estamos conversados, explicados e entendidos, creio que podemos começar de novo; do jeito certo. Afinal, nem sequer sei o seu nome...

— Marvin, eu me chamo Marvin! — respondeu empolgado, em voz alta, ouvindo um resfôlego do roncador, como se tivesse sido importunado em seu sono.

Fazendo um sinal com as mãos para que ele reduzisse o *volume*, a menina perguntou:

— Marvin... Marvin do quê? — esperou a apresentação completa.

— É só Marvin, mesmo... sem sobrenome — disse, com novo constrangimento.

A menina sorriu e respondeu em tom de brincadeira:

— Então muito prazer, Marvin Sem-Sobrenome. Eu me chamo *Melina* — estendeu a mão para o cumprimento formal, acrescentando, com um sorriso: — Melina Sem-Sobrenome-Também.

Marvin abriu um sorriso ainda maior, vendo que encontrara uma pessoa que desejaria ter como amiga para sempre.

Melina notou a satisfação do menino.

— Agora venha comigo, vamos procurar seu gato!

E enquanto os dois novos amigos se empenhavam na busca do gato fujão, ao fundo do vagão o passageiro que parecia dormir entre roncos — protegido pelas sombras da noite — sorriu de maneira cúmplice, como testemunha do início daquela amizade.

Na hora seguinte ao encontro, Marvin e Melina se concentraram em procurar o gato, verificando em cada bagageiro ou poltrona do vagão de passageiros, mas o gato parecia ter evaporado.

— Como é o nome desse seu gato, para eu tentar chamar por ele? — perguntou Melina.

— Na verdade, ainda não tive tempo de escolher um nome — disse o menino, relembrando a maneira rápida e inesperada como tudo acontecera. E assim seguiram procurando pelo bicho até chegarem ao fundo do vagão, onde o roncador seguia com sua sinfonia, sem parecer se importar com a dupla.

— Aqui dentro esse gato não está... — decretou Marvin. — Quem sabe se passarmos para o próximo vagão? — sugeriu, indicando a porta de passagem entre os carros de passageiros e já levando a mão no trinco, quando foi advertido por Melina.

— Marvin, aí não! Não podemos passar daqui — alertou, indicando para que o menino olhasse por uma janelinha oval. — Aquele é um vagão de condenados.

Marvin firmou o olhar, mas não conseguia ver mais que algumas sombras encolhidas, dentro do vagão sombrio.

— *Condenados?* — repetiu Marvin.

— Sim, *recém-capturados*... para se tornarem novos *adormecidos* — respondeu Melina. — E que estão sendo levados para os lugares onde passarão os próximos anos. Percebo que esta deve ser sua primeira vez neste trem, não é?

67

— Sim — disse o menino. — E você?

— Não, já o usei algumas outras vezes.

Marvin ficou olhando para Melina, que pareceu entender que havia mais dúvidas perturbando o amigo.

— Vá em frente, pergunte...

— Sabe, no lugar onde eu morava, os moradores chamavam esse trem de... — hesitou um instante — bem, de *trem fantasma*.

Melina sorriu pelo apelido sugestivo.

— Bem, eu não ia mencionar isso, mas... pelas suas perguntas... você era um *adormecido*, não era?

Marvin se surpreendeu ao ouvir atribuído a ele o mesmo termo usado para se referir aos *condenados*. Seria ele então um *condenado*, também?

Melina notou o constrangimento do menino.

— Fique tranquilo, não estou julgando você. Eu conheço um monte de outras pessoas que foram *adormecidas* também... por diferentes razões. — E, falando em tom de confidência, completou: — E um monte de gente que ainda é, só que elas não sabem disso — sorriu da brincadeira. — No começo, as coisas ficam assim mesmo, tudo parece um pouco confuso. Mas, aos poucos, suas memórias vão voltar. E você vai lembrar-se de quem era e como usar o seu... *dom*.

Marvin, mais uma vez, ficou surpreso pela naturalidade de Melina ao falar sobre o tema, que para ele era um completo mistério.

— Você sabe sobre o *dom*?

Melina sorriu antes de responder, recitando:

— *"Todo menino ou menina que, ao chegar próximo dos treze anos, manifestar seu poder elemental, deverá imediatamente iniciar seus estudos para aprender a controlar suas habilidades... e prestar o juramento"*.

— *Juramento*? — Marvin não tinha ideia de sobre o que Melina estava falando. Mas havia outra pergunta mais importante em sua cabeça, naquele momento.

— E você, Melina, também tem... o dom?

— Lógico, né! — disse a menina, como quem respondesse o óbvio. — E você também tem! Caso contrário, não estaria neste trem falando comigo. O trem só busca aqueles que têm o dom. Os leigos nem conseguem enxergar o

e A Chave Mestra

trem — comentou divertidamente. — Desde que o Mistral foi... *confiscado* para o nosso transporte, somente os dotados podem enxergar o trem. Até permitimos que os leigos consigam ouvir o apito. Assim, eles acabam ficando menos curiosos, achando que de fato se trata de uma assombração — explicou, divertindo-se com aquela história toda de trem *fantasma*. — Marvin, agora preciso dormir um pouco... e você também.

— Claro, mas antes tenho que tentar achar aquele gato sumido...

Melina sorriu e perguntou:

— Você nunca teve um gato preto antes, não é?

— Não — respondeu Marvin.

— Bem, você precisa saber que os gatos pretos são um grupo à parte. Eles vêm e vão quando querem, sumindo assim, sem aviso. Até que, quando você menos espera, talvez eles voltem.

— Talvez?

— É, mas, se você realmente estiver precisando dele, fique tranquilo que ele voltará, tenha certeza! — disse, deixando um mistério no ar.

— Bom, então, se é assim... — disse Marvin, dando de ombros e encerrando as buscas pelo gato desaparecido, indo cada um tomar seu assento.

Ele pensava que não queria ter deixado a nova amiga, enquanto se acomodava na poltrona e adormecia ao embalo do Mistral.

Marvin acordou de susto, percebendo que o trem havia parado. E, instintivamente, olhou para trás, buscando Melina, mas ela já não estava mais lá. Nem ela, nem o *roncador* da poltrona do fundo. O vagão estava completamente vazio.

Então sentiu a presença de algo quente em seu colo. Era o gato, que havia reaparecido e estava ali, bem aconchegado.

— Gato! Por onde você andou?! — perguntou, ensaiando advertir o bichano sumido. Mas em seguida desistiu, pensando no que Melina dissera sobre o comportamento daquele grupo felino à parte, e sentindo que era bom ter de volta sua companhia naquela jornada.

69

— Bem, gato, então vamos sair daqui e ver se achamos o amigo do Senhor Gentil para saber se ele poderá mesmo nos ajudar a encontrar o tal *Portador*.

O gato olhou para Marvin, espreguiçando-se e saltando, a seguir, em direção à porta de saída. O Mistral estava parado, resfolegando em meio à espessa névoa branca que quase lhe cobria todo o corpo de metal e impedia que Marvin pudesse ver onde estavam.

Parou por um instante na porta do vagão, hesitante. Até que — como começava a se tornar um hábito — o gato novamente tomou-lhe a frente, pulando para fora do trem e atravessando a nuvem de vapor.

— Gato! — protestou Marvin, mesmo sabendo que já era tarde para impedir o gato preto de fazer o que quisesse. Assim, respirou fundo e, tomando coragem para seguir atrás do gato, atravessou a fumaça densa de um só passo, tocando o solo firme ao dar o passo adiante. Estava na Capital.

Assim que desceu do trem, ouviu o apito do Mistral anunciando sua partida, sumindo quase que instantaneamente em meio à fumaça que ele próprio produzia.

Em um instante a névoa se dissipou, e Marvin pôde ver, pela primeira vez, as ruas da Capital ainda adormecida.

"Mas e agora, para onde ir?", pensou e lembrou-se então do cartão vermelho guardado no bolso que, segundo Gentil, *guiaria seus passos* até o amigo que lhe ajudaria.

Pegou o cartão e teve uma nova surpresa, pois o cartão vermelho que antes se apresentara sem nem uma palavra sequer começava agora a formar letras douradas, perfeitamente visíveis.

— O... E-m-p-ó... — leu em voz alta. E as letras pararam por aí.

Porém, o surgimento mágico das letras não foi a única nem a maior surpresa, pois logo a seguir Marvin sentiu um forte puxão em sua mão, como se o cartão estivesse sendo atraído por uma força invisível e que de fato parecia indicar o caminho que ele deveria seguir.

Marvin deu alguns passos na direção para a qual o cartão era atraído, e viu que mais letras começaram a surgir. E, conforme avançava, novas letras surgiam, até que ele pôde ler um nome por inteiro impresso no cartão:

— O Empório Mágico!

Era para lá que ele iria.

5.

O EMPÓRIO MÁGICO

Marvin se deixou levar pelo cartão. Percebeu que, a cada tentativa de contrariar o caminho indicado, o cartão fazia desaparecer parte do nome que já estava ali escrito, até que ele aceitasse o percurso indicado. E assim, tendo o gato magrelo como companhia, Marvin prosseguia pelas ruas semiescurecidas da Capital, que iam recebendo os primeiros traços de luminosidade do dia que nascia.

O cartão puxava a mão de Marvin cada vez com mais intensidade, fazendo com que ele tivesse que acelerar o passo até estar sendo literalmente arrastado pela força mágica que unia o pedaço de papel vermelho ao local misterioso para onde era atraído. Isso continuou até chegarem a uma avenida larga, onde Marvin sentiu o cartão aquietar-se em suas mãos. Pareciam, finalmente, ter chegado ao destino.

Ali um grande viaduto se destacava, formado por antigos arcos que abrigavam corredores de passagem abaixo de si, tendo em sua extensão diversas portas vermelhas que pareciam estar ali há muito tempo. Algumas eram muito pequenas, com menos de um metro de altura, e outras muito altas, chegando além de três metros. Muitas delas estavam trancadas com correntes — sem qualquer indicação do que pudesse existir lá dentro —, enquanto outras exibiam placas do comércio ou serviço prestado ali.

Marvin respirou por um instante — tentando recuperar o fôlego roubado pelo ritmo acelerado com que o cartão o puxara pelos últimos quarteirões — e tentou buscar ajuda em seu companheiro de viagem. Mas, como o gato lhe respondeu apenas com um miado indiferente, voltou-se para o cartão, almejando uma nova indicação, pensando que, se apontasse o cartão em direção à sequência de portas à sua frente, talvez sentisse um novo puxão ou alguma indicação de qual daquelas portas poderia ser o tal Empório Mágico. Mas o cartão nem se mexia.

Porém, ao olhar mais atentamente para o pedaço de papel cintilante, viu surgir ali algo de novo que agora também estampava o cartão: o número 33.

— Veja, uma nova pista! Quem sabe não encontramos esse mesmo número em uma dessas portas — disse Marvin, dividindo a descoberta com o companheiro.

Foi conferindo porta a porta, número a número, enquanto observava as pequenas vitrines encardidas pelo tempo, tentando identificar através delas algo que pudesse dar uma pista.

Subiu e desceu, refez novamente o trajeto, conferindo minuciosamente cada porta, mas sem sinal do número 33 ou do tal O Empório Mágico.

— Parece que nosso *guia* nos trouxe para o lugar errado, não acha, gato? Gato?! Gato!!! — exclamou, vendo que o bichano sumira novamente. — Ah, mas esse gato está me dando nos nervos! — protestou. — É melhor você reaparecer imediatamente! Já basta eu ter que ficar procurando esse tal de Empório Mágico, um lugar que não existe, e ainda você...

— Perdão, mas terei ouvido a menção sobre um certo lugar que... *não existe*? — a voz empolada interrompeu o discurso contra o gato, tão desaparecido quanto a loja.

Marvin virou-se e deu de cara com um sujeito baixote, de cabelo e o bigode bem oleados e escovados para trás. Usava um pouco usual terno branco com gravata borboleta vermelha, que combinava com a faixa de lantejoulas que adornava sua proeminente barriga, segurando em uma das mãos uma bela cartola preta. E se aquilo não fosse um mágico, então ninguém mais poderia ser.

O homem esperou o término do exame de Marvin sobre ele para repetir a pergunta:

— E então, acaso ouvi o menino mencionar algo sobre um lugar que *não existe*?

— Hã... sim, senhor. Estou aqui já há mais de hora procurando de porta em porta, e nem sinal de encontrar esse tal de Empório Mág...

— Um instante, por favor — interrompeu o homem, colocando formalmente a cartola sobre a cabeça, com ares de visível incômodo. — Mas se acaso o jovenzinho disse... *Empório Mágico*, creio que tal lugar de fato não exista! — disse, encerrando a questão.

— Eu já imaginava — disse Marvin, com desânimo. — Afinal, eu...

— Agora, se o jovem estiver buscando *O* Empório Mágico... nesse caso é muito diferente!

"Muito diferente? Mas, afinal, qual a grande diferença entre Empório Mágico e *O* Empório Mágico?", pensou Marvin consigo mesmo. Mas resolveu não contrariar o único que parecia poder ajudá-lo.

— Bem, a questão é que preciso encontrar esse lugar. E a única pista que eu tenho me trouxe até aqui.

— E qual seria essa *pista*, se me permite perguntar? A que o trouxe até *O* — enfatizou novamente, certificando-se de que Marvin entendia — Empório Mágico?

— Está bem aqui neste car... — Marvin hesitou. Como iria revelar que chegara até ali literalmente puxado por um cartão mágico? Certamente o homem acharia que ele era um maluco. — Está em um... hã... um papel... onde tenho... onde tenho anotado esse nome. E também um número: 33.

— O Empório Mágico... número 33... sim, você está, precisamente, no endereço certo, posso assegurar.

— Bem, mas se o senhor tem tanta certeza de que estamos no endereço certo, acho que a única explicação é que o tal lugar não existe mais. Ou então, quem sabe, roubaram a placa da frente, porque...

Marvin Grinn

— O quê? — interrompeu o homem de sobressalto. — Roubaram a placa da MINHA loja? — disse, saindo em disparada na direção do centro dos arcos do viaduto, movimentando o corpanzil com tal agilidade que foi difícil para Marvin acompanhá-lo.

Quando finalmente chegaram à frente de uma das portas — pela qual Marvin passara diversas vezes, apenas instantes atrás — encontraram ali, perfeitamente visível, a placa vermelha que exibia o nome procurado, em grandes letras douradas:

O Empório Mágico — Desde 1899.
Artigos de luxo para mágicos e magistas.

Tendo, logo abaixo, o número 33.

— Felizmente... felizmente, como eu imaginava, está bem aí! — apontou para a placa, voltando-se com ar de censura para Marvin, que chegava esbaforido logo atrás do mágico.

— Mas que brincadeira foi essa, menino? Falar que roubaram a placa da minha loja!

— Mas é que... ela não estava aí apenas minutos atrás! — defendeu-se.

— Ora, certamente que você não olhou direito, meu jovenzinho. Ela segue bem aqui, exatamente onde eu mesmo a coloquei, no dia da inauguração da minha loja.

— Eu... realmente não entendo. Passei por aqui repetidas vezes, e não havia mais do que portas trancadas e vitrines vazias... — disse, observando a vitrine em formato de meia-lua, agora repleta de caixas coloridas, lenços, argolas, varinhas e trajes próprios para mágicos, conforme o enunciado da placa afixada na entrada.

— Vazia? Ora, meu jovem, creio que você deveria mesmo prestar mais atenção — disse o mágico, adotando um tom malicioso de quem parecia se divertir com a confusão que a sequência de surpresas causava no menino —, repare só que belos artigos tenho expostos bem aqui.

E assim que aproximou seu rosto do vidro, Marvin viu tudo se iluminar, com os objetos da vitrine se movimentando como se tivessem ganhado vida.

e A Chave Mestra

— Ah, mas olhe só, vejo que você é bem-vindo! — disse de forma enigmática. — Mas deixemos de lado todo esse mal-entendido sobre minha loja não existir e esse seu delírio envolvendo o sumiço da minha placa, e vamos logo entrando — convidou o mágico, destrancando a porta, não sem antes dar uma discreta olhadela para os lados, certificando-se de que ninguém mais os observava. Ao adentrarem, a loja toda pareceu adquirir vida também, saudando a chegada do mágico e de seu convidado.

— Ah, bom dia para vocês também, crianças! — disse o mágico, como se falasse com algo mais do que com objetos. Percebendo a animação com que esvoaçavam em torno de Marvin, comentou: — É, parece que eles gostaram mesmo de você...

— Eles? Mas quem gostou de mim? — perguntou, intrigado.

— Eles! — respondeu, apontando para os objetos que agora gravitavam ao redor do menino. — Todos eles!

E eram cartas que se embaralhavam no ar, molas que pulavam de um lado para o outro sobre o balcão, era como se tudo ali tivesse mesmo vida própria. Enquanto Marvin ainda tentava entender como aqueles objetos podiam movimentar-se sozinhos, o mágico se dirigiu para detrás do pequeno balcão.

— Bem, bem... muito bem! Agora, aquietem-se todos, por um instante, para que eu possa atender adequadamente nosso convidado — disse, fazendo com que toda aquela movimentação cessasse de uma só vez.

— *O* Empório Mágico, do fabuloso *Mister Marvel*, lhe dá oficialmente as boas-vindas!

— Mister Marvel? — repetiu o menino.

— Perfeitamente! Mister Marvel, primeiro e único! — E como quem anunciasse uma grande atração, complementou: — O Grrrande Mago; o Bruxo de Las Vegas; o Ilusionista das Multidões; o senhor das Mil Artes Ocultas; o Mestre das Escapadas Impossíveis; o... — hesitou antes de atribuir a si mesmo mais uma das muitas titulações, vendo que Marvin olhava para ele muito mais confuso do que impressionado. Então finalizou a apresentação, dizendo apenas: — Em resumo, este que vos fala; proprietário e fundador do fantástico O Empório Mágico.

— Fundador?! — Marvin repetiu em voz alta, relembrando da data inscrita na placa, *Desde 1899*, e pensando o quanto aquilo parecia inverossímil. Afinal,

75

o mágico estava longe de parecer tão velho assim, especialmente se tratando de alguém que, nesse caso, teria de ter mais do que cem anos de idade. Mas decidiu apenas aguardar o desfecho daquela interminável introdução.

— E você, meu jovem, como devo chamá-lo?

— É Marvin... apenas Marvin, mesmo — adiantou, tentando evitar maiores delongas com o assunto do sobrenome, que ele próprio desconhecia.

— Muito bem então... *apenas* Marvin, o que o traz até o fabuloso O Empório Mágico? Quem sabe o meu maravilhoso kit do aprendiz de feiticeiro, que inclui fenomenais segredos de magia para mágicos iniciantes.

— Hã?! Não, na verdade...

— Não?! Por certo que não — interrompeu o mágico. — Afinal, meu jovem visitante não é apenas um mero aprendiz, claro que não! Assim, posso ofertar ao prezado colega artigos profissionalíssimos ou um belo traje de apresentação para mágicos experientes, como nós. Saiba que tenho os melhores, feitos de seda e cetim, com capa, luvas e belíssimas cartolas! — disse, mostrando uma arara de roupas que surgiu por detrás dele. Mas Marvin, logicamente, não estava interessado em nada daquilo e seguia tentando explicar o real motivo de estar ali.

— Olhe, senhor, o que me traz aqui é...

— Ah, não! Mil vezes não! — interrompeu Mister Marvel, com ar contrariado. — Não venha me dizer que você é apenas um desses meninos peraltas que vêm aqui atrás de uma dessas... almofadas de traque?! Não, por favor me diga que não é nada tão indigno que o trouxe até O Empório Mágico.

— Almofada... de traque? — perguntou Marvin sem entender do que se tratava.

E Mister Marvel fez surgir uma almofadinha colorida, sentando-se sobre ela, produzindo o sonoro som de um pum.

— Viu só?! — falou, desacorçoado. — Você coloca isso no assento do professor, o barulho acontece, todo mundo cai na risada, e o pobre coitado que se sentou morre de vergonha. Enfim, truques para divertir idiotas. Diga-me, não foi atrás de algo tão grosseiro que você veio até minha loja, certo? — disse, em tom de súplica.

— Não, não senhor! — Marvin apressou-se em afirmar, para alívio do mágico.

e A Chave Mestra

— Ah, certamente que não... e logo percebi. Afinal, minha loja não se animava assim desde que... — hesitou por um instante no que ia dizer, observando o menino mais atentamente — desde que outro menino de olhos tão curiosos quanto os seus esteve por aqui, no passado. Vamos, agora não tenha mais receio de nada e mostre-me o que o trouxe até aqui. Ele está aí com você, não está?

E muito embora Mister Marvel desse a impressão de saber exatamente como Marvin chegara até ali, o menino ainda hesitava, tentando decidir se devia ou não mostrar o cartão que o guiara até ali. Pensando que tinha pouco a perder, deu de ombros e tirou o cartão do bolso, mostrando para o mágico.

— Ah, eu sabia, eu sabia! Você tem o meu cartão! E se você tem precisamente este cartão, posso imaginar perfeitamente quem o mandou aqui... e o que você veio buscar — disse, sorrindo, com uma piscadela de olho para Marvin, que sentia que algo finalmente iria se revelar.

— Aguarde aqui um instante, que eu já volto. E você, não toque em nada, ouviu? — disse, apontando para o menino com olhar severo.

Desconfortável pela insinuação, Marvin se defendeu:

— O senhor pode ficar sossegado, eu jamais pegaria nada que não é meu...

— Não, não, não... eu não estava falando com você. Tsc, tsc, tsc! Estava me dirigindo a ele — disse, apontando para um lenço de seda, que aparecia sorrateiramente por detrás do ombro de Marvin. — Nem você, espertinho, e nem nenhum de vocês — ordenou, severo, olhando para os objetos no entorno da pequena loja. — Não quero que toquem em um só fio de cabelo do nosso convidado, entenderam?

E então abriu uma porta atrás do balcão, fechando logo depois de sua passagem e deixando Marvin sozinho na quietude da loja — até perceber a movimentação ao seu redor.

Eram os objetos que voltavam a se remexer nas prateleiras, pulando de um lado para o outro e esvoaçando ao seu redor, como em sua chegada. Até que o tal lenço — tão recomendado por Mister Marvel — resolveu partir para cima dele, enrolando-se em torno do corpo de Marvin, subindo-lhe pelos braços e pelos ombros, provocando cócegas em sua nuca.

— Mas, afinal, o que são vocês? — Marvin perguntava, maravilhado, aceitando o contato daqueles objetos que, inexplicavelmente, enredavam-se em

77

torno dele. Até que se ouviu um clique na porta, e todos os objetos imediatamente pularam de volta aos seus lugares, aquietando-se novamente, como se nada tivesse acontecido.

— Ah, pronto, pronto, pronto! Espero não ter me demorado demais — disse Mister Marvel ao retornar. Quando percebeu silêncio excessivo da loja, falou:

— Ah, não pensem que me enganam, seus assanhados. Aposto que não deixaram nosso convidado em paz — disse, em tom acusatório. — Eles ficaram importunando você, não ficaram?

— Não, imagine... — disse Marvin, olhando de forma cúmplice para os objetos e, em especial, para o lenço, que se amontoara inocentemente sobre o balcão.

— Desculpe por eles, meu rapaz — disse, abrindo os braços em torno da pequena loja. — Há tempos não recebemos visitas aqui, muito tempo. Mas vamos direto ao assunto que trouxe você até aqui — prosseguiu, fazendo Marvin suspirar com alívio na iminência de alguma resposta. — Tenho aqui algo que atravessou o tempo para chegar até suas mãos — disse, fazendo uma reverência enquanto apresentava para o menino uma antiga caixinha de madeira.

— O Senhor Gentil pediu que o senhor entregasse essa caixa para mim? — Marvin perguntou.

— Senhor Gentil? — Mister Marvel pareceu desconhecer o nome. — Bem, o que sei é que fui incumbido por meu velho amigo a entregar esta belezinha àquele que se apresentasse em minha loja portando exatamente o cartão que o trouxe até aqui. Assim... — disse, fazendo novamente a mesura, com a caixinha nas mãos — passo-a às suas mãos. Ela agora é de sua responsabilidade.

O menino olhou um tanto confuso para a pequena caixa de madeira trabalhada em entalhes de estrelas sem ter muita certeza do que devia fazer. Enquanto isso, Mister Marvel franzia o bigode pela falta de reação do menino diante da entrega do objeto.

— Bem, meu jovem, o cartão foi apresentado... a caixa foi entregue... e agora...

— E agora o quê? — Marvin permanecia confuso.

— Você não deveria abrir a caixa para ver o que tem dentro dela?! — disse Mister Marvel, exasperado pela falta de atitude do menino.

— Bem, eu... está certo. Vamos abrir logo e ver o que o Senhor Gentil deseja que eu descubra aqui!

Mister Marvel sorriu, satisfeito.

— Ah, agora sim! Vamos lá, jovem Marvin, abra a caixa; desvende logo o *segredo* que ela esconde... — falou, misterioso.

E Marvin abriu a tampa da caixa para ali dentro descobrir...

— NADA! — exclamou. — A caixa está vazia! — protestou, olhando para Mister Marvel, que observava a surpresa indignada do menino, com um olhar jocoso de quem já sabia exatamente o resultado que ele teria ao abrir a caixa.

— Perfeitamente: nada! Nadinha! Brilhante, não é mesmo?! — disse Mister Marvel, exultante.

— Brilhante? Frustrante, isso sim! Mas, afinal, que brincadeira é essa? Desde que saí de casa, tenho andado sem rumo certo, tentando encontrar alguma mínima resposta sobre mim e sobre quem eu sou, e tudo que encontro, ao invés de respostas, são apenas mais mistérios — indignou-se. — Um trem que ninguém sabe que existe; um cartão enigmático; uma caixa vazia; um livro em branco...

E bastou mencionar a existência de um *livro em branco* para o simpático Mister Marvel, imediatamente, mudar o semblante.

— Shhh! Shhhhh, meu rapaz! — alertou o mágico, levando o dedo até a boca de Marvin para silenciá-lo, falando, a seguir, aos cochichos. — Silêncio, jovem Marvin! Acaso não foi devidamente alertado de que não deve nunca, NUNCA, sair por aí falando que sabe... (e que, se sabe, não deve me contar nada!) sobre um — baixou ainda mais o tom de voz — *livro em branco*? Ah, não. Não, não, não senhor. Nunca falamos! Nunca!

Marvin tentou desculpar-se.

— Eu... eu não queria contar que...

— Shhhhh! — repetiu o pedido de silêncio. — Então não me conte! Eu não quero e não devo saber de nada, entendeu? Olhe, preste atenção apenas na caixa — disse, apontando para a caixinha nas mãos de Marvin. — Aqui dentro terá, sim, respostas para você.

— Em uma caixa vazia?

— Não, jovem Marvin, aí é que você se engana. A caixa apenas *parece* estar vazia, mas na verdade está... *cheia*. Ou pelo menos estará, *na hora certa*! —

concluiu, como se tivesse esclarecido tudo, mas apenas causando mais confusão na cabeça de Marvin.

— Olhe, senhor... Mister Marvel, no momento sua caixa aqui parece estar apenas cheia de vazio, assim, eu...

— Jovem Marvin, permita-me esclarecer, uma vez que, inexplicavelmente, vejo que desconhece por completo a maravilha que tem nas mãos. Saiba que o que está agora em sua posse, nada mais, nada menos que uma de minhas mais brilhantes criações: a caixa do *Hora Cheia, Hora Vazia*.

— Hora cheia... — repetiu o menino.

— Hora vazia! — completou Mister Marvel. — Um objeto admirável e um dos meios mais seguros de se guardar algo muito precioso ou um segredo muito, muito, muito secreto — prolongou ainda o mistério. — Como disse, a caixa apenas parece estar vazia, mas posso lhe assegurar que bem aqui — apontava para o interior aveludado da caixinha — tem algo de inestimável valor e que, se foi depositado nela, é porque deve permanecer escondido até ser entregue a quem é de direito. Nesse caso, essa pessoa parece ser você! — completou enquanto Marvin alternava seu olhar de duas cores entre os olhos do mágico e o interior da caixa que, nesse momento, parecia não guardar nada além de coisa nenhuma.

— Mas e o que é que foi guardado aqui para ser entregue a mim? — perguntou, tentando aplacar a decepção.

— Bem, jovem Marvin, isso eu não saberia dizer, pois é um segredo que apenas aquele que guardou o conteúdo na caixa poderá responder. — Ao dizer isso, viu novamente o ar de frustração no rosto do menino, vendo que sua jornada fora em vão e, provavelmente, pararia por ali. — Hum, mas se não sei o que pode estar escondido aí, certamente posso lhe instruir sobre o funcionamento dessa caixinha e como você poderá descobrir o que foi escondido aí dentro — disse, fazendo ressurgir a esperança em Marvin.

Mister Marvel, então, assumiu um tom professoral, recitando uma instrução.

— Asseguro-lhe que *"essa caixa, ao ser levada ao exato local, data e hora onde e quando o conteúdo foi guardado, apenas uma vez a cada ano, durante exatamente um minuto inteiro, poderá ser reaberta e ter seu conteúdo oculto revelado!"*

E acrescentou, em tom de alerta:

— *"Mas apenas 'uma vez a cada ano' e somente por 'um minuto inteiro', e nada mais!"*

— Mas como saberei quando foi isso? — Marvin perguntou, aflito, vendo que sua pista de fato ameaçava terminar ali, sem levá-lo a lugar nenhum. — E em que local pode ter sido?

— Bem, a certeza da data e da hora, não saberia lhe precisar... — Mas antes que Marvin suspirasse mais uma vez em desânimo, Mister Marvel ainda complementou: — Já o local onde o jovem poderá tentar a abertura da caixa, isso eu sei perfeitamente, afinal, é o mesmo onde recebi esta caixa das mãos de meu velho amigo, quando foi confiada a mim sua guarda, até ser entregue àquele que me apresentasse esse belíssimo cartão — concluiu, mostrando o cartão-guia que trouxera Marvin até ali.

— Então me diga, onde seria esse local?!

— Precisamente no local conhecido como Mansão Giardinni.

— Mansão... Giardinni?

— Exatamente, jovem Marvin, creio que é para lá que você deva se dirigir. E quem sabe o meu velho amigo, a quem você chama de Senhor Gentil, não lhe revele a data e a hora necessárias para desvendar o mistério da caixa?!

Marvin suspirou. Mais um lugar para ir, com a total incerteza do que poderia encontrar e tendo como única esperança de ajuda o ressurgimento de alguém que vira apenas uma vez de verdade. Isso tudo na improvável possibilidade de que saísse dos seus sonhos para lhe contar qual seriam as tais data e hora misteriosas. E tudo isso lhe parecia mais como um pesadelo.

Mister Marvel percebeu as dúvidas que pairavam sobre o olhar do menino.

— Vamos lá, jovem Marvin, não desanime! Eu ainda tenho mais uma pequena, porém valiosa, informação para lhe dar.

— Está bem, mas, por favor, não me diga que vai me entregar mais um cartão em branco ou coisa assim!

Mister Marvel sorriu.

— Não, jovem amigo, asseguro-lhe que não entregarei nenhum cartão em branco.

Marvin deu um suspiro de alívio e ficou olhando para Mister Marvel, como se esperasse receber algo, mas o velho mágico não se movia e apenas seguia olhando para ele, com o sorriso de quem, realmente, estava se divertindo com tudo aquilo.

— Hã... e então, o senhor vai entregar o quê?

— Bem, como lhe disse, não vou entregar nenhum *cartão em branco*. Nem *em branco*, nem *escrito*. O que tenho para você é apenas uma instrução, muito simples — disse, recitando a seguir: — *"Depois que o relógio completar as doze, siga confiante até a margem onde dorme o rio. E ao chegar em frente do leito sereno, rompa o silêncio e convoque o Balseiro".*

— *Margem onde o rio dorme, convoque o Balseiro?* — Marvin repetiu. — Essa é a tal instrução *muito simples*? — retrucou, vendo que o mistério apenas continuava. — Tem certeza de que não tem mais nada para me dizer?

— Hã... claro, claro! Apenas deixe-me recordar... ah, sim! *"Eis que, ao aportar a balsa, o condutor perguntará aonde deseja ir. E você, de pronto, responderá convicto: 'Leve-me à décima sétima, a Ilha Invisível.'"*

— *Ilha... invisível?!* — Marvin apenas ficava cada vez mais confuso. — E era só isso?

— Hum, deixe-me recordar... Sim, há mais um momento muito, muito importante. O Balseiro ainda o testará, perguntando: *"Apenas dezesseis ilhas formam o arquipélago. Aonde deseja ir? E o passageiro, convicto, deverá insistir, repetindo: 'Leve-me à décima sétima, a Ilha Invisível.'"* — concluiu Mister Marvel, parecendo finalmente ter encerrado suas instruções. — E então ele o levará, lá você encontrará a Mansão Giardinni, e pronto, missão cumprida!

Marvin olhava para o homem que se dava por muito satisfeito em ter passado as truncadas e quase inverossímeis informações.

— Tem certeza de que é só isso mesmo? — Marvin procurou se certificar.

— Perfeitamente!

— *Mansão Giardinni, chamar o Balseiro, décima sétima, a Ilha... Invisível...* — repetiu, mais por incredulidade do que por achar que aquelas instruções resultariam em algo. Mas, ainda assim, sabia que não havia muito o que fazer e tampouco muito a perder.

— O jovem entendeu, de fato, perfeitamente — repetiu Mister Marvel.

— Bem, então, se era só isso, acho que já vou indo, para achar a... Ilha Invisível.

e A Chave Mestra

— A Mansão Giardinni — acrescentou Mister Marvel.

— E obrigado pela... *caixa* — disse, mostrando a caixinha de madeira, guardando-a a seguir na bolsa de viagem, junto a outra valiosa carga, ao que tudo indicava, ambas confiadas a ele por Gentil.

— Boa viagem, jovem Marvin — disse o mágico, em tom de despedida —, cuide bem da minha caixinha.

E com um aceno e um sorriso meio sem graça — e ainda levando com ele as mesmas dúvidas com as quais chegara até ali —, Marvin partiu. Enquanto isso, Mister Marvel sentia o lenço, que estivera quieto sobre o balcão, subindo pelo seu braço, entrelaçando-se até chegar a seu ombro.

— Eu sei, também gostei do menino. Mas ele ainda tem um longo caminho a percorrer — concluiu, vendo Marvin sumir de sua vista.

E então percebeu um novo rosto, chegando pelo lado de fora da vitrine. Um menino, de orelhas grandes e cabelo arrepiado, que grudava o nariz no vidro, divertindo-se com os objetos mágicos que se movimentavam para ele.

— Olhe, madrinha, olhe aqui! — gritou o menino para uma mulher com cara de rabugenta, que se aproximou da vitrine, já ralhando com ele.

— Mas o que é que você está vendo aí?

— Os brinquedos, madrinha, as cartas, se mexendo sozinhas. Veja! — apontava para a vitrine.

Porém, diferentemente dele, a madrinha não via nada além de uma vitrine vazia.

— Mas do que você está falando? Saia logo de perto desta janela suja, estamos perdendo tempo aqui — disse a mulher, que logo em seguida começou a espirrar. — Viu, minha alergia recomeçou, e a culpa é sua! Vamos embora, de uma vez!

E, com um safanão, puxou pelo braço o menino franzino, que não compreendia como a madrinha não via os objetos se mexendo.

Mister Marvel sorriu.

— Hum, animem-se, meus queridos. Creio que, muito em breve, teremos novas visitas! — disse para a loja.

Enquanto relembrava o visitante anterior que partia, pensava: "Muito bem, menino Marvin, que a magia comece para você. Abracadabra!!!"

83

Quando Marvin saiu pela porta da loja, não pôde deixar de sentir uma certa frustração. Tinha chegado cheio de esperanças em obter respostas sobre seu passado e agora saía apenas com novas perguntas a responder. Ao ganhar a rua — com estranhamento — notou que estava escuro e era noite outra vez. Algo inconcebível, uma vez que não se passara mais do que uma hora durante o período em que estivera dentro da loja.

Mas antes que pudesse ponderar mais sobre o fato, viu mais à frente um conhecido cabelo avermelhado que atraiu sua atenção; era Melina, não havia engano!

Com o ressurgimento da amiga, decidiu simplesmente esquecer a história do tempo transcorrido, correndo ao encontro da menina que conhecera no Mistral. Deixava para trás O Empório Mágico de Mister Marvel e tinha pela frente um novo mistério a desvendar.

6.

DUELO NA CIDADE BAIXA

—Melina! Melina! — Marvin gritou até conseguir atrair a atenção da menina, que retardou seu passo para que ele a alcançasse.

— Olá, Marvin, então nos encontramos de novo. Você por acaso anda me seguindo? — perguntou Melina, provocativa, fazendo Marvin enrubescer.

— Não, eu, hã... estive apenas visitando um amigo por aqui — respondeu, sem dar maiores detalhes.

— Hum... não sabia que você tinha *amigos* aqui na Capital... — comentou, deixando Marvin com as bochechas ainda mais vermelhas por saber que de fato escondia algo. Melina percebeu e, sorrindo maliciosamente, facilitou as coisas para ele. — A não ser, é claro, que esteja se referindo a este seu amigo... olá, *Bóris*! — disse, abaixando-se para fazer um afago na cabeça do gato preto, que saiu do lado de Marvin para roçar-se em suas pernas.

— Bóris?! — Marvin repetiu o nome sem entender a quem Melina se referia, para só então notar o bichano magrelo aos seus pés. — Gato! — exclamou, surpreso ao ver o bicho reaparecendo de forma tão misteriosa quanto havia sumido. — Você tinha desaparecido... novamente — comentou, colocando um sorriso divertido no rosto de Melina. — Bóris? — tentou entender de onde surgira o nome.

— Bem, você disse que não havia encontrado um nome para ele ainda, então...

— Bóris — repetiu Marvin, tentando se acostumar com o nome. — Bem, ao menos para mim parece bom — respondeu. — Mas e você, o que você acha, gato? — perguntou ao bichano, que apenas olhava o diálogo entre a dupla, parecendo indiferente com a discussão ou com o resultado dela. — Bem, como parece que ninguém se opõe, está decidido: será Bóris! — concluiu Marvin, enquanto Melina sorria diante daquela relação menino e gato que se iniciava.

— E para onde vocês estavam indo? — perguntou Melina.

— Bem, nós temos que encontrar o... *alguém*; para tomarmos um, hã... *transporte*; e irmos a um... *novo lugar* — disse Marvin, mantendo o mistério sobre toda aquela história de *Balseiro e Ilha Invisível*. — Mas apenas mais tarde. E quanto a você, o que você veio fazer aqui na Capital? — perguntou.

— Bem, se eu contar, terei que matar você logo em seguida — falou, permanecendo com o olhar sério sobre Marvin, que engoliu em seco. Mas não se aguentou e logo caiu na gargalhada.

— Você é mesmo uma figura, hein, Marvin Sem-Sobrenome?! — relembrou a apresentação no trem. — Acompanhe-me, quero mostrar um lugar para você.

Marvin concordou, e sua barriga fez um sonoro ronco.

— Nossa, devo estar com fome — deu um sorriso amarelo.

— Deve? — comentou Melina, com um sorriso irônico. — Venha, aonde vamos podemos comer enquanto conversamos.

e A Chave Mestra

A Cidade Baixa era ponto de encontro de diversos grupos da Capital, de engomadinhos a arruaceiros, que se misturavam por ali, ao cair da noite. Marvin e Melina se sentaram para comer, observando o movimento das pessoas que começavam a chegar.

O friozinho aumentava e, naquela noite, chegara acompanhado de uma leve bruma, que inundava as ruas, fazendo Marvin pensar se não era formada pela fumaça que saía das bocas das pessoas que riam e falavam alto naquele ponto de encontro de todos.

— Olhe aqueles que vêm vindo lá — disse Melina, indicando um grupo que chegava.

— Nossa, que cabelos esquisitos! Parece até que tem uma vassoura cravada na careca daquele sujeito.

Eram os *punks*, com seus cabelos espetados e coloridos, usando roupas de couro com correntes e adornos cravejados, e com caras de poucos amigos, assim como outro grupo que aportava pelo outro lado da rua. Melina percebeu que a atenção de Marvin recaiu sobre eles e alertou:

— Aqueles são chamados de *skinheads*. E é bom não se aproximar muito deles. Não são de fazer amizade, sabe? — disse, em tom de ironia.

— Os *todo-carecas*?

— Isso, os *todo-carecas* — Melina riu da forma inocente que Marvin se referia a um dos grupos mais violentos da Capital.

Mas ainda havia outros que se aglutinavam em blocos, cada um ocupando seu espaço. Os *hippies*, que tinham cabelões compridos, caras sonolentas e de boa paz; os *góticos*, que se vestiam de preto dos pés à cabeça e ficavam mais afastados, preferindo as sombras a interagirem com outras pessoas — cada um diferenciando-se do outro pela forma peculiar de se vestir e agir e, ali, na Cidade Baixa, coexistindo, ainda que separados pela linha imaginária que demarcava o *território* de cada um deles.

Até que, em meio aos diferentes grupos que já estavam ali, Marvin notou um, em especial, saindo de uma viela escura para dominar sua atenção.

— Melina, e quem são... aqueles? — Marvin apontou para os jovens que avançavam, ganhando espaço e fazendo com que todos os demais grupos, até mesmo os temidos *skinheads*, dessem-lhes passagem.

87

Marvin Grinn

— *Aqueles* são encrenca de verdade... — respondeu Melina, parecendo apreensiva. — Vamos, abaixe essa mão e vamos sair daqui — disse, sem dar maiores explicações.

Embora aceitando a condução de Melina, que o puxava mais para longe, a curiosidade de Marvin o impedia de deixar de acompanhar os movimentos dos recém-chegados. Um grupo formado por jovens de diferentes idades, mas todos com igual ar de superioridade e arrogância. Estranhamente, eles pareciam ter sido, cada um, pinçados dos diferentes grupos que ele observara anteriormente.

Com exceção de um — que se destacava ao centro do grupo, como que escoltado pelos demais —, que não parecia pertencer a qualquer um daqueles grupos. Um jovem que não devia ter mais de quinze anos de idade e que, nitidamente, caminhava como o líder daquele pequeno bando. Um rapaz magro, de rosto fino e comprido, com cabelos quase brancos, tão alvos quanto sua pele, e com um olhar azul-acinzentado que parecia penetrar a espinha de Marvin, mesmo sem ter olhado diretamente para ele.

Melina percebeu o olhar do amigo, que não desgrudara do grupo.

— Marvin, pare de encarar, eles são encrenca! — alertou, puxando Marvin ainda mais para o lado. — Vamos para o outro lado, eles devem estar indo ao Vesúvio, por certo. Se ficarmos longe deles, não teremos com o que nos preocupar.

Mas Marvin — por um motivo que ainda não conseguia explicar — sentia uma inevitável atração por seguir acompanhando os movimentos dos jovens, que agora chegavam em frente a uma casa antiga, toda pintada de preto e com chamas de cor escarlate desenhadas nas paredes, onde uma placa em neon exibia o nome referido por Melina: *Vesúvio*.

O jovem de cabelos esbranquiçados parou, fazendo com que os demais também parassem, e ficou observando um rapaz bem-vestido que conversava animadamente com algumas moças. O grupo rodeou os jovens, abrindo espaço para seu líder chegar até eles e interromper a conversa.

O rapaz — mais velho que o garoto de cabelos esbranquiçados — chamava a atenção por sua boa aparência, com roupa alinhada que denotava elevada classe social. E quando foi interpelado pelo jovem, respondeu com desdém:

e A Chave Mestra

— Está falando comigo? Não é hora de criança estar na cama? — disse com ironia, provocando um sorriso nas moças pela valentia em enfrentar sozinho o grupo que os rodeava.

E foi então que Marvin viu o garoto de cabelos platinados cerrar os punhos, incomodado pela afronta. Ele poderia jurar que, no entorno de suas mãos, havia chamas se formando, enquanto seus olhos ficavam tão vermelhos ao ponto de as pupilas desaparecerem. Via sua boca esfumaçar, mas de uma forma muito diferente do vapor provocado pelo hálito quente em contato com o ar frio da noite.

E o rapaz bem-vestido — tão valente a princípio — começou a sentir como se algo o sufocasse. Um aperto invisível lhe queimava o pescoço, colocando-o de joelhos, incrédulo, enquanto balbuciava uma súplica abafada para o jovem de cabelos esbranquiçados.

O jovem, com um dos braços em riste e com as mãos verdadeiramente em chamas — como Marvin agora podia ver claramente — demonstrava ser o causador de tudo aquilo.

Mas antes que o aperto de fogo do jovem terminasse por sufocar de vez o rapaz, algo inesperado aconteceu.

Melina só percebeu que Marvin tinha deixado o seu lado para partir em direção ao grupo quando já era tarde demais. Primeiro ele caminhou a passos rápidos, então parou entre o rapaz caído e o garoto de olhar flamejante, atraindo a atenção do agressor e provocando um alívio no rapaz agredido, que sentia o aperto em sua garganta cessar.

— Não! — foi o que disse Marvin ao encarar o jovem de cabelos esbranquiçados.

— *Não*? E quem é você para *negar ou consentir* algo a mim? — respondeu o jovem, pronto para descarregar sua ira contra o recém-chegado que o afrontava.

89

— Eu sou... Marvin — respondeu, titubeante, parecendo sair do efeito hipnótico que o atraíra até ali. — Eu... não quero *encrenca* — repetiu o termo usado por Melina para se referir ao bando —, apenas o deixe em paz — disse, apontando para o rapaz que tentava se levantar.

— Deixá-lo em paz... mas é claro! — respondeu, cinicamente, o garoto de cabelos esbranquiçados. — Mas, nesse caso, quem tomaria o lugar dele? Você?! — disse, estendendo suas mãos em direção a Marvin, que agora via bem de perto as chamas que, de fato, ardiam nos punhos do jovem. Chamas que somente ele conseguia perceber.

Com a mão incandescente, já quase ao ponto de tocá-lo, o jovem aproximou-se perigosamente de Marvin e da preciosa carga que ele carregava: O Livro de Todos os Bruxos. Sobre o qual *"ninguém deveria colocar os olhos ou saber da existência"*.

Nesse momento — e ainda que não soubesse como —, Marvin reagiu.

Marvin despertara do transe em que estivera, sendo puxado pelo braço por Melina, acompanhando a menina, aos tropeções, sem entender o que havia acontecido. Apenas a seguia, ouvindo a voz da amiga, que, apesar de estar bem ao seu lado, parecia-lhe estranhamente distante.

Arriscou uma olhada para trás, na direção do local onde estivera segundos antes, frente a frente com o menino de mãos flamejantes. E conseguiu vê-lo, metros além do ponto onde o confrontara, estendido no chão, tentando ser erguido por uma menina oriental e um rapaz grandalhão, que o tiravam do amontoado de sacos de lixo para onde fora humilhantemente arremessado.

— Marvin, agora apenas me obedeça e os esqueça! Precisamos mesmo sair daqui o mais rápido possível — ordenou, ríspida.

Marvin seguia, confuso, e, enquanto andavam a passos largos para longe dali, tentava questionar Melina sobre o que havia feito naquele momento de apagão.

— Mas... o que foi que aconteceu, você viu?

— Depois, agora precisamos nos misturar à multidão e nos esconder!

— Nos esconder, mas onde? — perguntou, ainda desnorteado.

— Lá — disse Melina, apontando para um velho sobrado, na frente do qual um grande grupo se aglomerava. — O *Baile das Fadas*!

Marvin seguiu Melina, que caminhava resoluta, para entrarem na casa.

— Ele está comigo! — disse Melina ao homenzarrão que selecionava o acesso à tal casa. Ele apenas assentiu com a cabeça, permitindo que entrassem de imediato.

Dentro do casarão, Marvin ouvia a música alta. Melina o conduzia, acotovelando-se por entre corredores estreitos e abarrotados de pessoas que pareciam todas querer ir para o mesmo lugar, para onde Melina o conduzia.

— Melina, precisamos mesmo vir por aqui? É muita gente e...

— Quieto, garoto, agora preciso que me obedeça! — disse, encerrando a discussão. Até que, segundos depois, adentravam um grande salão, de onde a música saía: o coração da casa. Um espaço que por dentro parecia muitas vezes maior do que se poderia imaginar quando visto de fora.

Marvin olhava para o teto abobadado e as colunas que subiam muitos metros acima, formando quatro grandes mezaninos, uns opostos aos outros, estabelecendo uma clara divisão entre grupos que ocupavam cada um daqueles balcões.

— Pronto, agora é ficar por aqui e esperar que Narciso não encontre a gente.

— Narciso... mas quem é Narciso?! — perguntou Marvin.

— Ora, *Narciso Flamel*, o garoto que você acabou de enfrentar e... — Melina caiu em si. — Quase me esqueço de que você é um recém-despertado que mal sabe algo sobre si mesmo; como saberia quem é Narciso Flamel? Até porque, se soubesse, provavelmente nem teria feito a besteira de ir confrontar alguém como ele.

Marvin assentiu, ainda que não entendesse a importância do tal Narciso. Melina percebeu e explicou.

— Narciso Flamel faz parte de uma das Quatro Famílias dos fundadores, que imigraram do Velho Continente para cá, há mais de um século. O pai de Narciso

MARVIN GRINN

hoje é um dos patriarcas, um homem de grande poder. Segundo dizem, ele usa esse poder e o dom para obter vantagens sobre os leigos.

Quatro Famílias? Fundadores? Marvin não sabia sobre nada daquilo. Porém, o que sentia era que a simples menção do sobrenome Flamel lhe soava de maneira estranhamente familiar e despertava nele algo de ruim, como um antigo pesadelo.

— Mas você deu uma bela lição nele hoje, hein, Marvin Sem-Sobrenome?! — Melina interrompeu seus pensamentos com o elogio. — Só não queria ser eu a estar ao lado de Narciso quando ele acordar e se der por conta do que aconteceu. E de como você o acertou.

— De como *eu* o acertei? Mas eu... não me lembro o que aconteceu — disse Marvin, com sinceridade.

Mesmo estranhando aquela suposta amnésia sobre o próprio feito, Melina decidiu relatar o que vira.

— Bem, depois que saiu do meu lado, vi você caminhando até estar em frente a Narciso, ignorando por completo os meus chamados — disse, em tom de censura. — Vocês trocaram algumas palavras e, de repente, você ficou paralisado por um instante, como uma estátua.

— E depois?

— Bem, Narciso estendeu as mãos sobre você e, quando foi tocá-lo, simplesmente foi arremessado para trás — disse Melina, sem esconder um sorriso de satisfação.

— E o que eu fiz, então?

— Você só continuou ali, parado, estático, até que eu alcançasse você.

— E o que mais? Eu disse alguma coisa...

— Bem, na verdade eu vi que você estava... — Melina hesitou.

— Estava...? — Marvin insistiu em saber o que mais acontecera.

— Você estava... chorando — Melina concluiu.

— Chorando? — Marvin perguntou, desconcertado.

— Na verdade não era bem um choro... era apenas uma lágrima. Essa, que ainda está aí — apontou para o resquício escorrido que ainda marcava o rosto de Marvin. — Uma lágrima... diferente... escura — disse, hesitando novamente, como se evitasse falar sobre algo que já ouvira anteriormente em histórias contadas apenas entre os dotados. — Uma *lágrima negra*.

Narciso Flamel se recuperara instantes depois de Marvin sair de cena. Fora erguido do chão, sem ter bem a certeza de como tudo havia acontecido. Mas ainda que não quisesse aceitar o fato, fora o garoto estranho que o acertara.

— Para onde ele foi? Digam logo! — perguntou ao rapaz enorme, com braços inteiramente tatuados à mostra, que o amparava, e à menina oriental, que apenas o olhava.

— Não sabemos — foi a resposta do rapaz —, o moleque o acertou e depois uma ruiva sumiu com ele... por ali! — apontou na direção em que Marvin e Melina haviam corrido.

— Acertou? Quem me acertou? Ninguém me acertou, ouviram! Ouviram?! — esbravejou, encarando os demais seguidores, que mantinham mais distância.

E o que percebeu no olhar de cada um deles apenas o deixou ainda mais furioso. Ele viu ali dúvida... e desconfiança. Algo que apenas alguns minutos atrás não estava ali. A incerteza de se Narciso Flamel era ainda tão poderoso quanto pensavam. Como quando desafiou, um a um, os líderes de cada grupo de encrenqueiros da cidade, derrotando todos para tornar-se uma espécie de líder absoluto entre todas as gangues da Capital.

— Acho que apareceu alguém capaz de derrotar você, Narciso — disse a menina oriental.

Narciso olhou para ela, sabendo que, apesar de apenas ela ter tido a coragem de falar, era o que todos deviam estar pensando também. Enquanto olhava para o rosto de cada um daquele grupo que chegara até ali tão confiante no seu líder, viu aproximar-se outro rapaz do bando, um tanto mais velho que os demais, ostentando um corte de cabelo moicano.

— Narciso, este inútil aqui — disse, apontando para o garoto que trazia, literalmente, preso debaixo do braço — contou que o moleque e a guria entraram no Baile das Fadas. Quer que eu vá buscá-los para você? — sugeriu. — Como você sabe, eu não posso entrar lá... é só para convidados; mas posso ficar do lado de fora esperando. Uma hora o guri e a ruiva vão ter que sair e...

93

— Não! — interrompeu Narciso. Apesar da raiva que sentia, fazendo queimar as mãos e o peito, sabia o que tinha que fazer agora. E isso lhe doía ainda mais. — Deixe-os para lá... por enquanto. Preciso voltar e avisar... — Hesitou sobre o que iria dizer. — E pensar no que vou fazer com eles — disse, ocultando os reais motivos para interromper a caçada à dupla de fugitivos. — Venham, vamos embora! — ordenou ao grupo.

Mas, quando se voltou para retornar à ruela escura de onde haviam saído, viu que ninguém o seguia. Olhou o grupo, repetindo o comando.

— Vamos embora, já disse! Ou vão ficar aí parados o resto da noite? — vociferou contra os jovens que não se moviam.

E então confirmou o que já pressentira: havia perdido a liderança do grupo.

— Nós vamos ficar — falou a garota oriental em nome de todos.

— Está me desafiando? — perguntou Narciso, aproximando-se perigosamente da menina, com os punhos fechados adquirindo outra vez o tom escarlate.

— Não. Mas você também não exerce mais liderança sobre nós — falou diretamente para Narciso, mas também dirigindo-se aos demais.

— Vocês estão jurados a mim! — protestou Narciso, também dirigindo-se a todos.

— Não, não mais — disse a oriental. — Quando o garoto derrotou você — disse, saboreando cada palavra —, fez com que também perdesse sua condição de *vencedor de todos os combates*. E isso nos liberou do juramento que fizemos a você.

Narciso não acreditava no que estava escutando. Aquele desconhecido, de uma só vez, havia lhe tirado o respeito — ao derrotá-lo de maneira humilhante — e agora lhe roubava a liderança que havia conquistado sobre cada líder das gangues da Capital.

Seu olhar de ódio cruzou com o olhar desafiador da garota oriental, e ele pensou em dar-lhe uma lição ali mesmo, para ensiná-la a respeitar o verdadeiro poder. Mas sabia que isso não faria com que reconquistasse a posição perdida.

— Você sabe o que tem que fazer agora, não sabe? — disse a oriental, lembrando a Narciso o que ele já sabia.

— Sim — respondeu secamente.

— Muito bem, então encontre e derrote o guri. Então voltaremos a seguir você. Mas até lá...

A oriental apenas deu as costas a Narciso. No que, aos poucos, foi imitada pelos demais.

— Adeus, Narciso Flamel! — disse, sem esconder a satisfação que sentia, partindo e deixando Narciso ardendo em fúria... e dor.

Sim, a dor lancinante voltava, ameaçando rasgar seu peito e libertar o que guardava preso ali dentro.

"Agora... justamente agora... ela precisava retornar?", pensou Narciso, primeiro arqueando as costas para trás e depois dobrando o corpo sobre o estômago, até ver a fumaça escura saindo pela sua boca, fazendo-o engasgar e tossir.

— Eu... eu ainda estou aqui. E eu estou com você, Narciso — disse a voz grasnada ao seu lado.

Apesar da dor lancinante que o queimava por dentro, Narciso procurou recobrar-se, empertigando-se para olhar nos olhos do rapaz de moicano, permitindo-se um leve sorriso em meio àquela noite catastrófica.

"Ao menos um", pensou.

— Espinho... é preciso que eu parta daqui... agora — explicou, chamando pelo seu nome das ruas, o único que lhe permanecera fiel. — Em breve vou... convocá-lo novamente. Por ora, fique atento... e tente descobrir o paradeiro deles... principalmente... o garoto.

Hesitou por um instante, para recobrar o fôlego, antes de prosseguir entre gemidos abafados, provocados pela dor.

— Porém, se encontrá-lo, apenas... observe e imediatamente me avise. Não tente fazer nada sem a minha... ordem — acrescentou, esperando pela reação do moicano.

— Você é o chefe, Narciso — respondeu o moicano, fazendo surgir um sorriso no rosto do garoto combalido e afastando-se para cumprir as *determinações* de Narciso. Enfraquecido, não tanto pelo ataque externo que recebera, mas por algo muito mais poderoso que vinha de dentro, Narciso sabia que agora precisava de privacidade absoluta para imediatamente liberar o que ameaçava dilacerá-lo por dentro.

E enquanto andava cambaleante em direção à ruela, Narciso repetiu para si mesmo: "Ao menos... um".

Minutos depois, encostava no canto da viela um reluzente Rolls-Royce negro — símbolo evidente de riqueza material —, de onde desceu um chofer vestido a caráter, servilmente abrindo a porta para Narciso Flamel. Na lapela do uniforme, brilhava um pingente dourado com a efígie de um dragão. A mesma imagem que ornava o capô do veículo e que marcava a Casa Flamel.

— Para onde, patrão Narciso? — o chofer cumpriu com a formalidade, embora já soubesse do destino.

— De volta ao Majestic, agora! — ordenou Narciso, mal conseguindo conter a dor que aumentava.

O chofer conhecia bem o mau gênio do menino — tão parecido com o do pai que até dava medo —, mas estava habituado a obedecer sem questionar ou se importar com grosserias. Afinal, os Flamel pagavam muito bem pelos seus serviços... e pelo seu silêncio.

Assim, instantes depois, Narciso chegava à sua suíte — após passar pelo saguão do hotel, ignorando o simpático desejo de boa-noite do recepcionista —, fechando a porta atrás de si e, finalmente, sentindo por completo o peso das consequências do que acontecera naquela noite.

Tinha sido incumbido de uma missão pelo pai e falhara. Enfrentara um oponente desconhecido, aparentemente um leigo, e fracassara.

Não, um leigo, não, disse Narciso para si mesmo, sabendo que o que o atingira fora algo poderoso e desconhecido para ele.

Mas o que mais lhe doía naquele momento era que, com a derrota, perdera também a liderança do bando que o seguia. Não que aqueles vagabundos de rua fossem grande coisa, mas era pelo que representavam para ele. Uma posição que não fora obtida por causa do nome Flamel ou pela posição que o pai ocupava. Fora apenas mérito seu, conquistado por direito... em duelo.

Tanto fazia para ele se aqueles com quem lutara eram leigos, incapazes de perceber os dons especiais que ele possuía. Afinal, se recebera um poder nato, era superior e merecedor de tal posição.

Olhou para as mãos, incandescentes, flamejantes, como Marvin havia visto. Pensou novamente que o menino conseguira enxergar, estava nítido em sua expressão. Assim, leigo por certo não era, pois percebera as chamas em suas mãos, antes de... derrubá-lo. E a lembrança da derrota fez voltar a dor esquecida por alguns instantes.

Mas antes de realizar o doloroso ritual de liberar a toxina que estava em seu corpo, cumpriria a pior tarefa, que ainda estava por vir, de toda aquela noite desastrosa: ligar para o pai e contar o que havia ocorrido.

Pegou o telefone na cômoda e discou, chamando uma, duas vezes, e então ouviu a voz grave e severa do outro lado da linha. Nem um *boa-noite* ou um *como tem passado, meu filho?*; apenas a costumeira secura e a permanente cobrança no tom de voz.

— E então, minhas ordens foram cumpridas? — perguntou Ingo Flamel ao filho.

— Pai, eu...

— Vamos, Narciso, não tenho tempo para balbucios. Responda apenas: minhas ordens foram cumpridas ou não? — repetiu, com uma calma tão controlada quanto a de um vulcão prestes a entrar em erupção.

— Pai... — repetiu Narciso, ainda tentando escolher as palavras para contar a verdade.

— Fale, Narciso, agora! — ordenou Ingo, perdendo o pouco do controle que tivera até então.

— Não... — respondeu Narciso, reticente.

— Não? E por que *não*... filho? — E a última palavra pareceu queimar na boca de Ingo antes de ser pronunciada.

— Eu fui até lá... e encontrei o tal sujeito, o filho do homem que o senhor queria intimidar. Eu estava com tudo sob controle quando...

— Quando...? — perguntou, com impaciência, a voz do outro lado da linha.

— Quando o menino apareceu e me impediu de completar a missão que o senhor determinou — justificou-se Narciso.

97

E, ao concluir, ouviu a respiração abafada do outro lado da linha com um imenso resfôlego, expressando toda a insatisfação que Ingo Flamel fazia questão em demonstrar.

— Um... *menino*? E que menino *impediu* um Flamel, Narciso?! Diga, um leigo qualquer? — Ingo agora gritava ao telefone.

— Não, não um leigo! — respondeu, vendo ali a única explicação para seu insucesso. — Ele via meus poderes, pai. E ele tinha poderes também. Ele...

— *Ele, ele...* ele o quê, Narciso? Como um menino desconhecido derrotou você? — gritou Ingo. — E se ele via seus poderes, se não era um leigo, o que você viu nele para saber que era também um dotado?

Mesmo contra a vontade, Narciso obrigou-se a recordar a cena, voltando ao exato momento antes de ser arremessado para longe, por alguma força inexplicável. Reviveu o ponto em que avançou sobre o garoto estranho e viu em seus olhos algo que lhe dera a certeza de que não se tratava de um leigo.

— Os olhos dele, quando me aproximei, de repente, ficaram escuros... totalmente escuros. E então vi que ele parecia estar... chorando. Era apenas uma lágrima que escorria pelo rosto, mas era uma lágrima...

— Negra! — a resposta veio do outro lado da linha, na voz de Ingo Flamel.

— Sim... — disse Narciso. — Foi isso mesmo, pai. Pai? Você ainda está aí?

Após alguns segundos de silêncio e suspense, Ingo falou mais uma vez com ele, mas agora com surpreendente calma.

— Descanse, filho... você trabalhou bem. E prepare-se para voltar para casa.

— Eu... eu não me sinto muito bem para retornar. A dor... ela voltou mais forte.

— Recupere-se, então. E, depois, regresse à Mansão Flamel — disse Ingo, encerrando a ligação e deixando do outro lado da linha um atônito Narciso, que agora já não entendia mais o que se passara.

Esperara todo tipo de reação do pai, mas nunca a que acabara de presenciar: um Ingo tolerante, que o chamara de volta à casa... e o tratando como *filho*. Aquela fora, sem dúvida, a maior dentre todas as surpresas daquela noite.

Recolocou o telefone no gancho e quis respirar aliviado, mas então a dor voltou com força total. Narciso, que já conhecia as crises, na solidão de um quarto de luxo do Majestic, abraçou o próprio corpo, na tentativa inócua de conter o que queria se libertar de dentro dele e o obrigava a arquear, ao máximo, sua cabeça para o alto e abrir a boca para libertar, em jorros espessos, o que ardia em seu interior.

E se alguém pudesse ter presenciado a cena que se seguiu, veria um jovem de cabelos brancos, ajoelhado, com a boca expelindo fumaça e chamas que saíam de dentro dele.

Narciso gritou de dor, mas ninguém estava lá para ouvir ou ajudar.

Na Mansão Flamel, Ingo recolocara no gancho o reluzente telefone dourado. A raiva que permanentemente o consumia por dentro, sempre prestes a explodir ao menor desagrado, agora fora trocada por um raro sentimento de calma. E mesmo depois de saber da falha de Narciso — na missão de dar um *recado* ao seu oponente nos negócios, intimidando seu sucessor —, mesmo isso parecia agora ser um problema menor. Porque a notícia que o filho trouxera valia mais do que o que poderia deixar de ganhar em bens materiais. Valia muito e, para ele, valia tudo. Porque, ainda que sem intenção, Narciso encontrara para ele algo inestimável; algo que ele julgava perdido, inalcançável, mesmo para alguém com sua posição e poder.

Respirou fundo por um instante e, retomando o tom autoritário, chamou alguém que não estava ali.

— Silas! Silas! — gritou com impaciência.

A porta se abriu, quase que instantaneamente, para dar entrada a um homem magro, de aparência cinzenta e olhos escuros. Ele entrou no aposento, recebendo de volta o olhar gelado, de um azul-acinzentado penetrante, de Ingo Flamel. Outra herança de família, passada através de gerações.

— Para chegar tão rápido, devia estar escutando atrás da minha porta — disse acusatoriamente ao serviçal.

— Não, senhor, eu... não ousaria — respondeu Silas, baixando os olhos, subserviente.

— É bom que não ouse mesmo — ameaçou Ingo, olhando sobre a cabeça do homem. — De onde tirei você, sempre posso mandá-lo de volta.

Silas estremeceu pela ameaça, pedindo, suplicante.

— Acaso não tenho o servido bem e adequadamente, senhor? Imploro que não considere tal possibilidade. Sei que posso me esmerar ainda mais.

Ingo Flamel sorriu, triunfante, sabendo que tinha o pequeno homem nas mãos.

— Isso veremos. Agora tenho uma tarefa especial para ser cumprida. O... *Portador* se revelou — disse, surpreendendo Silas. — Assim, sabe o que fazer — disse, partindo a seguir como uma torrente de lava, irradiando calor pelos corredores da Mansão Flamel.

— Sim, Mestre Ingo, sei exatamente o que fazer — disse Silas, não tão subserviente como de costume.

Marvin se sentia perdido e atordoado em meio à enorme quantidade de pessoas que lotavam a sala do velho casarão. Eram centenas de pessoas que riam, falavam alto e ovacionavam a cada troca de música. Um turbilhão de burburinhos que obrigavam Melina a quase gritar para ser ouvida pelo amigo.

— Está se sentindo melhor?! — perguntou.

— Eu acho que sim! — respondeu o menino, no mesmo tom de voz, incomodado com toda aquela balbúrdia enquanto olhava para toda aquela gente esquisita. E foi nesse instante que se deu conta de algo que faltava ali.

— Melina, e o gato?! Nós o deixamos para trás e...

— Não se preocupe com o Bóris. Tenha certeza de que ele sabe se cuidar. E muito melhor do que você — disse, rindo-se do menino. — Ao menos, tenho certeza de que não deve estar por aí arranjando problema com jovens herdeiros de Casas Ancestrais, que nem um certo garoto que eu mal conheço, e já me meteu em confusão — disse, com uma ironia divertida.

— Me desculpe, eu... não sei por que eu fiz aquilo.

e A Chave Mestra

— Esqueça, Marvin, já passou. E já que estamos aqui, vamos aproveitar um pouco a festa.

Marvin voltou sua atenção para as pessoas ao seu redor, notando que a maioria agora surgia com um tipo de varetas fininhas e compridas nas mãos. Algo de especial parecia estar para acontecer, pois sua atenção agora se dirigia para o imenso relógio, que dominava a parte mais elevada do salão.

— Quer saber por que chamamos este lugar de *Baile das Fadas*? — Melina perguntou de repente. — Espere só mais alguns instantes e você entenderá. A *contagem* já vai começar!

E antes que Marvin pudesse tentar entender do que se tratava, a música parou em meio a um estrondo, e um homem gordo — de cabelo alaranjado e voz afetada — apareceu no centro do palco para comandar o espetáculo.

— E aí, gente encantada... prontas para brilhar?!

A resposta veio na forma de um urro coletivo.

— Então, que o Baile das Fadas tenha início! Brilhem, meus amores, brilhem!

E centenas de braços, segurando as varetas, ergueram-se, produzindo faíscas por todos os lados. Então, Marvin compreendeu o porquê de estarem ali, ao perceber — em meio às faíscas — outras manifestações igualmente luminosas... e extraordinárias. Jovens que ali liberavam abertamente seus poderes, ocultos pela multidão, misturados entre os leigos que dividiam o espaço com os dotados, sem perceber o que acontecia à sua volta — ou ao menos sem dar importância. Ali Marvin via a magia acontecer.

— Entendeu agora o que este lugar representa, Marvin? É como um refúgio para que pessoas como eu — corrigiu-se —, como nós, possamos extravasar um pouco do nosso poder sem sermos identificados. Aqui nos misturamos entre os leigos e, enquanto eles se divertem, nós nos divertimos também... e nos expressamos. É como um desafio à *proibição*.

Enquanto Melina falava, Marvin seguia atento ao que via ao redor, agora distinguindo e identificando os jovens que se destacavam aos seus olhos, mesmo em meio à multidão. Apenas dotados liberando um pouco da magia presa dentro de si.

Aproximava-se agora de uma hora completa desde que haviam chegado ao casarão sem que avistassem nenhum sinal da presença de Narciso Flamel ou alguém de seu grupo, mal sabendo eles que agora o rapaz sequer tinha seguidores para ameaçá-los. Assim, entenderam que fora a providência de se esconderem ali que os livrara da ira do jovem Flamel.

— Acho que estamos seguros e já podemos ir embora daqui — disse Melina. — Afinal, já deve estar perto do horário de você encontrar *alguém*, não é?

— Horário... nossa, é claro! Desculpe, Melina, mas creio que já estou atrasado, mesmo — disse, lembrando-se das instruções de Mister Marvel sobre encontrar o *Balseiro*, após *as doze*.

Melina, então, tomou a frente, mais uma vez, conduzindo os passos do amigo pelo casarão até o lado de fora, usando uma saída pelos fundos para não serem surpreendidos por Narciso ou alguém que pudesse estar aguardando. Mas, aparentemente, não havia ninguém. Assim, a dupla partiu, deixando para trás o velho sobrado com seu Baile das Fadas e a agitação da Cidade Baixa.

Caminharam por alguns instantes, até Melina quebrar o silêncio.

— Muito bem, senhor Marvin Sem-Sobrenome, e você já sabe para onde ir agora ou também é um segredo mortal?

Marvin permaneceu um instante sem responder, pensando que, na verdade, não tinha muito bem a ideia de onde deveria ir. Apenas tinha a informação incompleta, dada por Mister Marvel, de *chamar o Balseiro* à beira de um rio — que ele não sabia onde ficava — e ser conduzido a uma *ilha invisível*. Nada mais difícil de se explicar.

— Hã, Melina, você por acaso sabe se tem algum rio por aqui?

— Sim, não é longe. Quer que eu leve vocês até lá? — perguntou, sorrindo.

— *Vocês*, mas vocês...? — Marvin adivinhou antes de concluir. — Ele voltou, não é mesmo?

— Está bem atrás de você — Melina adiantou-se em dizer.

Marvin suspirou e virou-se para reencontrar o gato magricelo olhando para ele como se nunca tivesse saído dali.

— Melina, por acaso você não quer um gato de presente? — perguntou Marvin, provocando um largo sorriso da amiga.

— Eu até que poderia dizer que sim. Mas, ao que tudo indica, quem precisa desse gato aí é você! Foi a você que ele escolheu. Assim, aproveite o que ele tem para lhe oferecer.

— Prometo que vou tentar... — disse Marvin. — Contanto que ele não resolva desaparecer novamente.

— Bem, acho que isso ele não poderá lhe prometer. Venha, Marvin, eu mostro o caminho!

O trio andou por alguns minutos até avistarem as margens do grande rio que costeava a Capital. À medida que se aproximavam mais da água, Marvin sentia a temperatura da noite fria baixar ainda mais, provocando-lhe um arrepio.

Melina seguia na frente, até avistarem um ponto onde a margem fazia uma curva, avançando rio adentro. Ali, um prédio imponente, com pelo menos quatro ou cinco pavimentos de altura, destacava-se. Parecia mais uma fábrica, com uma chaminé que se elevava muitos metros acima, expelindo uma fumaça cinzenta que contrastava com o breu da noite. E foi então que Marvin notou o nome escrito no letreiro da construção fumegante: USINA FLAMEL.

Ao ler o sobrenome conhecido, Marvin sentiu um novo arrepio percorrer-lhe o corpo inteiro. Mas, desta vez, ele sabia que não era por causa do frio.

— Flamel... — disse em voz alta.

— Sim, eles são os donos da fábrica. E de muitas coisas mais por aqui. Mas não se preocupe, aqui é o único lugar que você não deverá encontrar Narciso — disse Melina, achando que a menção de Marvin vinha pelo receio de reencontrar o desafeto recém-conquistado. — Bem, Marvin, aí está o rio, e acho que aqui nos despedimos... novamente.

Marvin olhou para a menina com tristeza, afinal estava gostando de ter uma amiga depois de tanto tempo tendo apenas dona Dulce como companhia permanente.

— Sim, parece que aqui nos separamos... — respondeu com melancolia.

— Então cuide-se, Marvin Sem-Sobrenome. E não vá sair por aí *desafiando* outro herdeiro de Família Ancestral, com poderes mágicos, está bem?! — disse, devolvendo um sorriso ao rosto de Marvin.

— Prometo que vou tentar... — respondeu.

— E prometa que vai cuidar bem dele... — recomendou, apontando para Bóris.

— Ah, pode deixar que eu cuido sim e...

— Eu estava falando com o Bóris — interrompeu Melina, olhando diretamente para o gato. — Cuide para que esse seu *dono* não se meta em mais confusão!

O gato deu um miado fininho em resposta enquanto Marvin pensava: "Mas era só o que me faltava; então agora o 'responsável' da dupla é um gato magrelo, que some e reaparece quando bem entende?!".

Então, sem dar importância para a cara contrariada do amigo, Melina despediu-se, retornando pelo mesmo caminho que os levara, enquanto Marvin preparou-se para seguir na direção oposta, quando sentiu uma súbita lufada de vento nas suas costas — algo que lhe causou estranheza, uma vez que não ventava na noite fria.

Voltou-se — imaginando ainda ver a nova amiga subindo a rua —, mas, para sua surpresa, não havia mais nem sombra de Melina. A menina desaparecera por completo, como se tivesse evaporado.

Esse era apenas mais um mistério cuja explicação teria que ficar para depois, afinal, em dias de tantas *estranhezas*, essa talvez fosse a menor delas. Aliás, tais estranhezas cada vez menos o surpreendiam, pois começava a se acostumar com este mundo, do qual parecia fazer parte, muito embora ainda questionasse isso. Afinal, não notava em si nada que o fizesse se sentir diferente, além dos olhos de duas cores, lógico. E talvez o fato de agora andar por aí carregando um livro que, supostamente, esconderia "todos os segredos de magia existentes no mundo" — pensou com ironia, olhando para o gato que, ao menos por enquanto, seguia ao seu lado.

— Bem, gato... ou melhor, Bóris, parece que agora voltamos a ser só nós dois. Vamos então achar o tal *Balseiro* para nos levar à... *Ilha Invisível* — disse, sem acreditar no que ele próprio falava.

e A Chave Mestra

E como o sumiço repentino de Melina de repente lhe voltou a cabeça, Marvin olhou para Bóris, com um comentário sarcástico:

— Será que Melina pegou de você a mania de desaparecer? — perguntou, olhando para o gato, que apenas seguia indiferente, acompanhando seus passos até à margem do rio.

Apesar de não haver ninguém à vista, muitos metros acima de suas cabeças — próximo ao topo da chaminé da Usina Flamel —, um par de olhos seguia observando a progressão da dupla até as margens do rio. Estavam sendo vigiados por alguém que, literalmente, flutuava acima deles.

7.

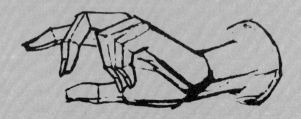

A SALA DAS PASSAGENS

Marvin e Bóris tinham, à frente, as águas escuras do rio e, às costas, a Usina Flamel. Ainda sentindo-se incomodado com o sobrenome *famoso* que estava no letreiro do prédio, Marvin acabou por repeti-lo em voz alta, uma última vez.

— Flamel... — disse, entre dentes, e percebeu Bóris eriçar o corpo, como em desagrado. — Hum, parece que nenhum de nós gosta muito desses sujeitos, não é mesmo? — disse, sorrindo pela cumplicidade do bicho e decidindo colocar os Flamel de lado para concentrar-se no que viera fazer ali.

Aproximou-se mais da margem do rio, até seus pés quase serem tocados pela marola da água. Ainda que sem lua, a noite era de céu limpo e tranquilo, permitindo que Marvin enxergasse o suficiente para perceber que por ali não havia sinal de balsa, barco, bote ou de qualquer embarcação que fosse.

Olhou para o gato em busca de um incentivo antes de tentar realizar o estranho ritual sobre o qual fora instruído, mas recebeu em troca apenas um miado.

"Bem, Marvin, então agora é com você!", pensou, tentando encontrar propósito no que estava prestes a fazer, e procurou então relembrar as orientações dadas pelo mágico.

— Em primeiro lugar devo *"chamar o Balseiro"* — repetiu a instrução em voz alta. Apesar de se sentir um tanto desconfortável, resolveu arriscar uma tentativa, ainda que pouco confiante no resultado.

— Bal... Balseiro! Balseiroooo...! — chamou e aguardou, olhando de um lado para o outro e vendo apenas o rio escuro à sua frente. — Balseiiiroooo!!! — chamou mais alto, começando a julgar-se bobo por estar ali, gritando para o vazio do rio. — Bem que achei que isso não ia dar certo, mesmo. Ficar aqui gritando só poderá é atrair alguém para me mandar fechar a boca e ir embora para casa.

Mas qual casa, se não havia sequer lugar para onde pudesse voltar agora? Assim, ficou ali parado, analisando suas opções, quando notou Bóris se eriçar novamente, deixando escapar um chiado estridente como se visse algo vindo no rio.

Forçou a vista tentando identificar o que chamara atenção do gato, mas ainda não via balsa nem balseiro algum. Porém havia algo diferente, sim; uma bruma espessa, que começava a se formar rapidamente, vinda, aparentemente, do rio.

A névoa densa avançou rapidamente em sua direção até que, de dentro dela, Marvin viu a ponta de um barco emergir, parando metros antes de tocar a margem do rio, próximo de onde ele estava.

De lá, veio a voz gutural que lhe perguntou:

— Você me chamou. Aonde deseja ir?

Mesmo espantado pela repentina aparição, Marvin reuniu coragem para responder.

— Você é o... *Balseiro?*

Mas, a essa pergunta, não obteve resposta. O silêncio prosseguiu até que, subitamente, Marvin lembrou-se da sequência de instruções dadas por Mister Marvel. E respondeu à pergunta que a *voz* havia feito, na forma como fora ensinado.

— Eu desejo ir... ou melhor... *"leve-me à décima sétima, a Ilha Invisível..."* — disse, procurando parecer firme e decidido.

Por um instante, a voz manteve-se em silêncio, respondendo a seguir, de dentro da bruma:

— *Apenas dezesseis ilhas formam o arquipélago. Aonde deseja ir?* — insistiu a voz, como havia previsto Mister Marvel.

E, assim como havia instruído o mágico, Marvin ratificou seu pedido:

— *"Leve-me à décima sétima, a Ilha Invisível!"* — sustentou.

Após novo instante de suspense, por fim viu a balsa se movimentar, aproximando-se até tocar levemente a areia no leito da margem. De lá, a voz grave se pronunciou:

— Então suba, que eu o levarei!

Ainda que receoso — mas confiando na palavra de Mister Marvel —, Marvin pegou Bóris no colo e entrou na balsa que, assim, partiu.

Marvin perdeu a noção do tempo e da localização durante a travessia, desorientado em meio à névoa espessa que parecia acompanhar o barco o tempo todo. Até que, em dado momento, ouviu novamente a voz do *Balseiro*, quebrando o silêncio que mantivera durante todo o trajeto.

— À frente, seu destino: *"a décima sétima, a Ilha Invisível"* — anunciou.

Marvin olhava sem conseguir distinguir qualquer indício que confirmasse a informação do Balseiro, uma vez que a bruma cobria tudo ao redor, tornando a ilha — se é que estivesse ali — de fato invisível.

Então sentiu o solavanco da balsa batendo em algo que amortecia sua parada em meio à água; avistou, a seguir, um tronco que parecia pairar em meio à névoa. Olhou para dentro da embarcação, tentando ver se teria — nem que fosse em sua saída — um vislumbre do misterioso condutor. Porém, além do gato, que felizmente permanecia ali, não via nada que não fosse a névoa que recobria quase tudo, de proa a popa.

Novamente pegou Bóris no colo, pronto para um desembarque, e então percebeu a luz tremulante que se acendeu sobre o tronco. E, adiante, mais luzes foram se acendendo em sequência, revelando estacas que sustentavam a longa plataforma do atracadouro.

— *"Seu destino: a décima sétima, a Ilha Invisível!"* — repetiu a voz, quase como um *aviso final* da partida da balsa, que, lentamente, começava a se mover.

Assim, Marvin buscou a estaca mais próxima como apoio para alçar a si mesmo sobre a plataforma que, assim como as estacas, parecia pairar em meio à bruma. De um salto, pulou da balsa e aterrissou sobre o piso de madeira que rangiu sob seus pés.

"Até aqui, tudo bem...", pensou e virou-se para a balsa que já partira, tentando uma última pergunta ao condutor oculto.

— Senhor... hã... Balseiro... acaso sabe como faço para encontrar a Mansão Giardinni?

Mas o Balseiro, se antes de poucas palavras, agora emudecera de vez. Marvin só pôde ver a ponta do barco mergulhar totalmente na bruma, deixando menino e gato a sós no atracadouro que se estendia à frente.

Sem outra opção, Marvin caminhou pela plataforma, percebendo que, a cada passo, uma nova luz se acendia à frente e outra se apagava às suas costas. A bruma parecia se dissipar mais e mais, até desaparecer por completo, revelando o caminho de tábuas, por onde Marvin e Bóris prosseguiram, até seu pé reencontrar terra firme, e seus olhos avistarem uma nova trilha pelo meio do campo.

Pouco mais de uma hora havia se passado, e a trilha o conduziu em meio a um capinzal alto, mas que parecia se abrir à medida que progrediam. Marvin tinha Bóris ainda ao seu lado, mesmo que com cara de poucos amigos, com ocasionais miados de protesto. Ele estava, certamente, queixoso pelo longo trajeto, e seu espírito felino pedia alguma coisa que lhe forrasse o estômago e um lugar confortável para repousar. Nisso, Marvin compartilhava do sentimento do gato, afinal, quem gostaria de ficar por aí, perambulando a esmo,

Marvin Grinn

sem a certeza de um destino final? Mas, ainda assim, tentou argumentar com o companheiro de viagem.

— Mas do que você está reclamando? — perguntou. — Você tem quatro patas, enquanto eu só tenho duas pernas. E eu não tinha como saber que essa tal Mansão Giardinni pudesse ficar longe, afinal, nunca estive por aqui antes!

Mas, ao falar aquilo, pensou que algo dentro de si dizia que poderia já ter estado ali, sim. Naquele campo, onde o capinzal chicoteava com o vento, e que o lembrava dos sonhos em que se encontrava com o Senhor Gentil. E assim progrediram pela trilha que os conduziu até avistarem a entrada de um bosque alto... e os portões.

Marvin apressou o passo até estar em frente à entrada, gradeada por pesadas barras de ferro, por onde heras se entrelaçavam em meio à ferrugem do tempo. Observou os portões fechados, que tinham ao centro a figura de um punho fechado, segurando um botão de cravo. A mesma flor que, misteriosamente, começara a florescer ao redor, desde a sua chegada.

Mesmo que surpreendido pelo fenômeno da abertura repentina das flores, Marvin não deixava de observar tudo mais à sua volta, tentando encontrar, aqui ou ali, algo que pudesse lhe trazer alguma lembrança do seu passado. Mas não viu nada que fizesse vir à tona uma nova recordação, como quando confrontara Narciso Flamel, horas antes.

Não que de fato se lembrasse do jovem de cabelos esbranquiçados, mas o sobrenome Flamel, de alguma forma, trazia-lhe um estranho sentimento de conexão. E não era um sentimento bom.

— Bem, e agora, Bóris, alguma ideia de como entrar? — perguntou, mas o gato se manteve imóvel, esperando que ele resolvesse o novo impasse. Marvin aproximou-se do portão e surpreendeu-se ao ver que lentamente se abriam, com um ranger de engrenagens.

— Hã... parece que já estava... aberto? — falou, tentando esconder o nervosismo de adentrar um lugar desconhecido, sem convite, cujo pesado portão de entrada se movera apenas pela sua aproximação. Mas, afinal, não seria isso um indicativo de *convite*?

Espichou os olhos adiante e vislumbrou um longo corredor de árvores com galhos retorcidos, que cruzavam suas copas, formando um caminho.

Uma espécie de túnel verde, cujo final era impossível de se ver de onde Marvin estava.

A dupla cruzou os portões, e, a cada passo adiante, mais flores desabrochavam à medida que avançavam. Marvin sentia algo semelhante sobre as árvores, como se o próprio túnel se formasse *abrindo* seus galhos para que eles cruzassem, ao passo que novamente tornavam a se entrelaçar, fechando a passagem atrás deles.

— Vamos lá, gato, não deve faltar muito agora. Quem sabe não encontramos logo a tal Mansão Giardinni, e lá tenha algo para animar você... — disse, tentando estimular o companheiro de viagem. E acrescentou: — E, espero, algo para mim também... — disse, pensando que já era tempo de aquela jornada lhe trazer alguma resposta.

Seguiram, vendo o túnel verde *serpentear* à sua frente, uma curva após a outra, até finalmente avistarem o final do caminho... e o casarão. Uma construção imponente e, certamente, muito antiga. Marvin esperava que fosse a Mansão Giardinni.

Mas mesmo antes de terem alguma prova, Marvin sentiu que aquele era o lugar certo. Afinal, à sua frente, estava a mesma casa que avistava nos sonhos com o Senhor Gentil.

Observou ao redor do casarão, lembrando que o Senhor Gentil nunca permitira que se aproximasse e muito menos que entrasse naquele lugar. Mas agora não estava mais sonhando, e, se estava ali, fora por seguir as orientações de Mister Marvel, e isso não fazia dele um intruso.

Subiu os degraus até chegar à porta de entrada, tendo Bóris ao seu lado. Na porta de madeira maciça, havia uma aldraba de cobre em forma de mão espalmada que repousava sobre o batente. De imediato, chamava a atenção por estar surpreendentemente brilhante em meio ao estado descuidado que tudo mais ao redor tinha.

Marvin Grinn

Levou a mão em direção ao objeto metálico, pensando em bater e avisar de sua presença. Mas viu a mão de cobre se fechar, agarrando o batente, como se não quisesse soltar dali, o que levou Marvin a, instintivamente, recuar.

— Mas o que é isso?! — disse em voz alta e viu a mão voltando a se mover, retornando à posição inicial.

Tomando coragem e com mais vagar, Marvin tentou mais uma vez se aproximar da aldraba, mas viu a mão metálica se fechar outra vez, tão rápida e fortemente quanto na primeira vez.

— Mas, afinal, que negócio é esse?! Venha, gato, vamos sair daqui; isso tudo está ficando muito esquisito. Quem sabe achamos outra entrada.

Porém, nem bem terminou de falar e viu a mão mais uma vez se mexer, desta vez com a palma aberta e voltada para ele, dedos em riste para cima, como se pedindo para que ele não se movesse... e aguardasse.

Surpreendido, Marvin parou e viu a aldraba novamente se mover, agora espalmando os dedos à frente, como que oferecendo-se a um cumprimento.

Marvin olhou para Bóris, esperando um conselho, mas dali só recebeu o costumeiro miado. E, assim, com um suspiro de resignação, deu de ombros e aceitou o cumprimento, vendo os dedos metálicos da mão de bronze se fecharem ao redor da sua.

Mas, ao invés do esperado toque gelado do metal, o que Marvin sentiu foi um estranho *calor* naquele cumprimento. Como se fosse mesmo a mão de alguém que o recebia, e não uma peça metálica. E quando a aldraba soltou sua mão, a porta simplesmente se abriu.

Marvin olhou para o vão à sua frente, esperando que, desta vez, pudesse haver, do outro lado, alguém que tivesse lhe aberto a porta. Mas, em rápido exame, só o que viu foi um corredor escuro e vazio, do qual pouco podia se ver adiante.

— Alguém em casa?! — perguntou, sem se mover mais um passo, pensando em aguardar por mais alguns instantes para ver se alguma alma viva apareceria. Mas só o que viu foi um conhecido rabo quebrado de gato terminando de cruzar a abertura da porta. Isso porque o resto do corpo do bicho já estava todo lá dentro.

— Bóris! — protestou contra a nova invasão do bichano, que além do constante *aparece e desaparece*, agora demonstrava a impertinente mania de ir entrando em tudo que era lugar estranho sem ser convidado. E o obrigando a ir atrás.

— Volte aqui, agora mesmo! — ordenou. Mas o gato não era de atender aos seus apelos e prosseguiu se infiltrando corredor adentro.

Marvin tentou entreabrir um pouco mais a porta e ver o que poderia estar lhe esperando antes de invadir a casa. Mas, a não ser pela figura rabiolante do gato — que seguia despreocupado, misturando-se à escuridão do corredor escuro —, Marvin não via nada... nem ninguém. Assim, arriscou um passo hesitante para dentro da casa e depois outro. Mesmo antes que pudesse dar um terceiro, ouviu o baque seco da porta que se fechou atrás dele, causando-lhe um novo sobressalto.

Voltou-se e tentou reabrir a porta. Mas essa se trancara de tal maneira que parecia que não abriria por nada. Então, suspirando, repetiu para si mesmo:

— Já sei, já sei... em frente, certo? — e foi seguindo atrás de Bóris, pelo corredor estreito.

No corredor sem janelas, a penumbra era atenuada por luminárias fracas e bruxuleantes que se acenderam assim que a porta se fechou. Marvin começava a se acostumar com aquela sequência de eventos inexplicáveis que, convenientemente, pareciam vir em seu auxílio; como se a propriedade toda estivesse facilitando sua entrada ou como se estivesse o... *recebendo*.

Enquanto progredia pelo corredor, pôde observar melhor uma sequência de quadros que recobria as paredes, ornados por molduras largas e tão antigas quanto pareciam ser as figuras nela retratadas. Eram homens e também mulheres, todos trajando mantos escuros, que guardavam entre si alguma diferença — como se pertencessem a décadas ou até séculos diferentes —, mas que tinham em comum um mesmo paramento que traziam pendente sobre o peito: a insígnia de uma chave, cruzada com uma espécie de bastão, com uma estrela na ponta.

Marvin Grinn

Sem entender o que aquilo significava exatamente, Marvin prosseguiu até dar de encontro com o final do corredor e com uma nova porta fechada — esta, estranhamente, repleta de maçanetas de diversos os tipos —, onde Bóris lhe aguardava.

— Ah, por essa você não conseguiu passar, não é, seu gato intrometido?! — censurou Bóris pelo hábito invasivo enquanto pensava que nova surpresa o aguardaria caso conseguisse transpor o novo obstáculo.

Agora, se abrir uma porta com apenas uma maçaneta já era difícil, o que dizer de uma com inúmeras? Mas a casa parecia querer mesmo recebê-lo. Bastou a proximidade de Marvin à porta para ver as maçanetas girarem sozinhas, abrindo passagem para ele. Para ele ou para aquilo que transportava...

Mas Marvin, nesse momento, mais do que compreender como aquela casa funcionava, desejava logo solucionar o mistério que o trouxera até ali. Assim, simplesmente aceitou e passou, tendo Bóris ao seu lado. E, como já era de se esperar, ao passarem, a porta simplesmente voltou a se fechar logo atrás dos dois.

Eles agora estavam em um novo cômodo — mais amplo e bem-iluminado que o estreito corredor que deixaram para trás —, um salão em formato circular. Marvin observou que na peça não havia quase nenhuma mobília, fazendo com que sua atenção recaísse sobre a pouca que havia por ali. Ao fundo, um antigo relógio de parede e, no centro da sala, uma antiga mesinha de madeira torneada — ladeada por duas poltronas —, tendo sobre ela duas xícaras... fumegando.

— Veja, Bóris, parece que tem alguém por aqui! — apontou para as xícaras, cujo calor denotava que haviam sido muito recentemente servidas. Nesse instante, lembrou-se de sua condição de *intruso*. — Viu, eu disse que não era para irmos entrando sem pedir licença! — disse, responsabilizando o gato pela intromissão. — Olá, tem alguém aqui? Desculpe, é que a porta da entrada abriu... sozinha, e este gato danado foi entrando e... eu tive que buscá-lo. Eu não queria invadir sua casa e... tem mesmo alguém aqui? — Marvin perguntou, finalmente.

Mas a sala seguia tão silenciosa e vazia quanto em sua chegada. Resolveu, então, explorar a sala, vendo se teria outra saída possível daquele lugar, já que, no caminho que fizera para estar ali, havia apenas portas fechadas esperando por ele. Foi assim que percebeu as portas que circundavam o salão onde estava.

Eram quatro, todas grandes e imponentes, duas de cada lado da sala. Dirigiu-se até a mais próxima, observando os entalhes que a diferenciavam das demais. A figura central era de uma grande árvore, com raízes que se ramificavam pelas laterais, mesclando-se com outros desenhos de motivos silvestres, esculpidos em toda a sua extensão. Na maçaneta de bronze, estava gravada a figura solitária de um triângulo invertido, com uma linha cortando o centro.

Marvin levou a mão para testar se estava aberta, mas foi interrompido por uma voz grave, que anunciou:

— A Terra!

Assustado, virou-se rapidamente para identificar a origem daquela voz, porém não viu ninguém. Em seguida, ouviu passos que ecoaram na peça vazia e olhou para o alto, imaginando que alguém poderia estar descendo a escadaria que ligava o salão à parte superior da casa, mas nada. Então o assoalho de madeira começou a ranger, anunciando que os passos estavam ficando mais próximos, até que, de um dos cantos da sala, projetou-se a sombra sinistra, que coxeava sobre *três pernas*.

Marvin começou a ficar apavorado com a expectativa de que a figura monstruosa poderia habitar aquela casa, e encolheu-se todo, já prevendo o pior. Até que, finalmente, a sombra avançou sobre ele... e se revelou.

Apoiando-se sobre sua bengala lustrosa, eis que surgia a simpática figura do velhinho de seus sonhos.

— Senhor Gentil! Ufa, você me assustou! — exclamou, abrindo um sorriso de imenso alívio, ao ver o rosto do amigo ao invés da criatura horrenda que imaginara. — Então é aqui que o senhor mora!

— Olá, Marvin, alegro-me em revê-lo e ver que conseguiu encontrar este lugar — disse Gentil. — E, respondendo à sua pergunta, por um tempo já fui um *hóspede* desta casa, sim. Hóspede e... protetor.

— Protetor?

— Sim, no tempo em que era minha a missão de guardar os muitos segredos que moram aqui.

— Que segredos, Senhor Gentil? — apressou-se Marvin em perguntar, já prevendo uma nova história.

— Como você já deve ter percebido, esta não é uma casa comum. E a sala onde nos encontramos talvez seja uma das salas mais extraordinárias em que você entrará. Um espaço restrito apenas para... convidados: a *Sala das Passagens* — disse, solene. — Um lugar criado especialmente para preservar os maiores segredos.

Gentil aproximou-se um pouco mais e acomodou-se em uma das duas cadeiras que rodeavam a mesa.

— Venha, acomode-se também, pois a viagem deve ter sido cansativa. Veja, o chá já está servido — apontou para as xícaras. — E acaso poderia oferecer um pouco também ao nosso pequeno amigo... como é mesmo o nome dele? — perguntou, olhando para o gato magrelo que se mantinha ao redor.

— Ah, é Bóris!

— Bóris? Um bom nome, não acha, senhor Bóris? E acaso fizeram uma boa viagem? — perguntou, ainda olhando para o gato, que apenas deu um miado espremido, acompanhado de uma careta de desagrado, fazendo Gentil sorrir.

— Ora, senhor Bóris, não pode ter sido tão ruim assim. Parece que os hábitos felinos estão por demais se impregnando no senhor, não? — disse, deixando Marvin um tanto confuso com aquele diálogo entre seu anfitrião e o gato, enquanto ele ficava ignorado da conversa. — Bem, não seja *reclamão*... aqui está, chá para você também!

Tirando o pires debaixo de sua xícara, serviu e ofereceu o líquido dourado para Bóris, no que foi prontamente aceito.

e A Chave Mestra 🔑

— Muito bem, agora que estamos todos devidamente acomodados e servidos, diga-me, Marvin, quando entrava, pareceu-me que você... *inspecionava* a sala. Diga-me o que notou em especial nelas — disse, apontando para as quatro portas que ladeavam a sala.

— Bem, são portas... cheias de símbolos... desenhos estranhos... desenhos de...

— *Dos* — corrigiu Gentil — *elementais*. Ali: o *ar* — apontou para a porta que tinha como figura central um rosto soprando nuvens, adornadas por raios, esculpidos nas bordas. — E ali, a *água* — apontou a seguir para a porta que tinha ao centro uma figura meio humana, meio peixe, flutuando sobre ondas, cercada de motivos marinhos. Gentil pareceu respirar fundo por um instante antes de indicar a próxima porta — E, lá, temos... o *fogo* — Marvin virou-se para reparar os entalhes de chamas, de onde se elevava a figura de um dragão alado. — Finalmente, voltamos para a porta que você examinava — apontou para a porta com a árvore esculpida —: a *terra*. Cada uma dessas portas representa uma das forças elementais da natureza, Marvin. E a porta da terra, para você, tem um significado especial. Ela representa a sua família!

— Minha família?! — Marvin exclamou com a revelação.

— Calma, prometo que lhe contarei tudo... o que puder — respondeu Gentil. — Uma história por vez — acrescentou para acalmar a ansiedade do menino. E prosseguiu: — Cada um dos quatro elementais representados também marca a habilidade natural com que nasce cada dotado. Você já sabe o que é um *dotado*, não é mesmo?

Marvin concordou com a cabeça, relembrando a conversa com Melina, a bordo do Mistral, embora achando estranho que Gentil mencionasse, uma vez que não estivera com eles no *trem fantasma*. Mas decidiu não interromper algo que tratava de sua família.

— Quando se chega à idade em que o dom se manifesta, cada dotado descobrirá a qual elemento sua habilidade estará ligada — disse Gentil, elevando a bengala e fazendo surgir no ar figuras que representavam os quatro elementais. — Houve um tempo em que as famílias de dotados procuravam se manter *puras*, realizando casamentos apenas entre seus elementais de origem, ou seja: fogo com fogo, ar com ar e assim por diante. Com isso, asseguravam a habilidade de controlar o elemento como um *dote de família*, reservado apenas aos filhos gerados por pais de um mesmo elemental. Mas, com o tempo, isso mudou, e as uniões entre os elementos diferentes passaram a ocorrer.

Gentil elevou a bengala mais uma vez e fez as imagens dos elementos que fizera surgir se unirem: fogo com água, terra com ar...

— Em consequência disso, somente na *idade da manifestação* é que cada dotado descobriria a qual elemento sua habilidade responderá.

— E alguns poderiam não manifestar *dom* nenhum? — Marvin interrompeu a explicação, na verdade, pensando sobre si mesmo.

— Sim, isso podia acontecer, de fato, pois além dos casamentos entre famílias com o dom mágico elemental, outros dotados preferiam casar-se com leigos, renunciando ao seu poder elemental — disse Gentil, fazendo a imagem que mostrava os elementais se apagando — em troca de outra magia muito poderosa: o amor — disse, fazendo a imagem de um coração surgir no ar e evaporar-se em seguida. — Mas o dom seguia podendo se manifestar nos filhos gerados da união entre leigos e dotados. E, nesse caso, a família teria uma questão delicada para lidar, pois um dotado vivendo no meio de leigos, com poderes se manifestando de repente e sem a devida orientação, poderia ser um problema, um grande problema.

— E o que fizeram então. Digo, para resolver o *problema*? — perguntou Marvin, envolvido com a história.

— Bem, uma nova regra. Ao primeiro sinal da manifestação de poder, o jovem dotado deveria ser apresentado a uma de nossas escolas, para ser devidamente instruído e aprender a lidar com seus poderes.

— E eu... vou ter que ir para uma dessas tais escolas?

— Bem, Marvin, seu caso é um pouco diferente. Isso tudo que estou lhe contando era como acontecia... antes.

— *Antes* do quê?

— Bem, antes de certos acontecimentos mudarem o modo como vivíamos e nossos *costumes*. Mas voltemos a atenção para outras questões, pois tenho pouco tempo para estar aqui e ainda muito para lhe contar.

Marvin concordou de pronto, deixando Gentil prosseguir.

— A Sala das Passagens não tem esse nome por acaso. Atrás dessas quatro portas, esconde-se o acesso a todos os portais mágicos espalhados pelo mundo. Ou seja, a partir dessa única sala, ao passar por uma dessas portas, todos

e A Chave Mestra

os portais ligados àquele elemento estarão abertos para você, à sua livre escolha — revelou. — E, ao passar por um deles, você poderá percorrer distâncias inimagináveis, viajando por milhares de quilômetros, em um segundo; em um simples atravessar de um dos portais que se encontram atrás dessas portas — disse Gentil, observando atento ao olhar de duas cores de Marvin.

— Mas, para que isso seja possível, precisamos de algo muito especial, uma relíquia mágica única, fundamental tanto para poder passar por uma das quatro portas que guarda os portais quanto para abrir qualquer uma das inúmeras possibilidades que existem escondidas pelo mundo — disse Gentil, a seguir, indagando: — Agora, se você chegou até essa sala, certamente esteve antes com meu velho amigo, não é?

Marvin imediatamente concordou com a cabeça, recordando o encontro com Mister Marvel.

— E penso que ele tenha lhe entregado algo que deixei guardado com ele.

— Sim! — exclamou o menino, apressando-se em tirar da bolsa a pequena caixa que guardara desde o encontro.

— Ah, muito bem, aí está ela. Uma linda caixa, não acha?

— Sim... — respondeu Marvin. — Mas, infelizmente, está vazia.

— É mesmo? Que estranho. E por que lhe entregariam uma caixa *vazia*?

— Bem, ele disse que a caixa não está *realmente vazia*, ela só *parece* estar vazia. E também disse que, em algum momento, estará *cheia*. Mas somente *quando* for para estar cheia novamente — Marvin deu sua versão para o funcionamento da misteriosa caixa.

— Claro, entendo perfeitamente! — disse Gentil, em meio a um largo sorriso. — E então, pelo que acaba de me explicar, esta que você tem nas mãos é a famosa caixa do *Hora cheia, hora vazia* do meu prezado Mister Marvel.

Marvin exclamou:

— É isso, esse foi o nome que o mágico falou!

— E ele lhe contou como ela funciona? — perguntou Gentil. — Tente se lembrar das exatas palavras.

— Bem, ele disse que se abrisse *"no mesmo lugar, na mesma data e na mesma hora"* de *quando* foi guardada, a caixa revelaria *o que* está escondido dentro dela — tentou repetir as instruções.

— Hum... muito interessante. E ele disse quando e onde isso seria?

— Não exatamente... — disse Marvin, meio desanimado. — Falou apenas que o local era esta casa; e também que eu teria apenas *"um minuto inteiro para examinar o conteúdo da caixa"* — recitou nas palavras de Mister Marvel —, e que, depois, só poderia tentar de novo depois de um ano — falou, dando por concluído o que se recordava do encontro.

— Bem, supondo que estamos mesmo no lugar certo e vendo que você tem a caixa em suas mãos... — disse, devolvendo a caixa ao menino — agora só nos resta saber então a "data" e "hora" precisas, certo?

— Mas e como vamos descobrir?

Gentil abriu um sorriso e decidiu acabar com o suspense.

— Acontece, Marvin, que fui eu mesmo quem confiei a guarda desse objeto ao meu amigo Marvel. E, sendo assim, sei precisamente *quando* foi guardado o que a caixa esconde. E estamos com sorte, pois, se não me falha a memória, a *data* foi, precisamente, no dia de hoje; enquanto a *hora*... — parou por um momento, olhando para o relógio sobre a mesinha. — Talvez, em poucos instantes, tenhamos a oportunidade de conhecer o conteúdo desta caixa.

— Sério? Mas aí é muita sorte, mesmo! A mesma que não tenho tido, desde que encontrei esse gato — murmurou, condenando com o olhar o gatinho preto.

— Ora, não seja tão rigoroso com nosso amigo. Aposto que, na verdade, ele deve é ter lhe ajudado muito e você nem percebeu — disse Gentil, absolvendo o gato.

— Só se for a me meter em encrenca — disse Marvin, ainda olhando com censura as intromissões do gato. Porém, motivado por Gentil, também pensou que, não fosse por Bóris e suas indiscrições, talvez ainda estivesse na estação, decidindo se subiria ou não no trem. E foi nesse momento que o relógio, entre o ranger de correntes, liberou os sinos e começou a badalar sua sinfonia do tempo.

— Muito bem, parece que a hora que esperávamos chegou! E então, não quer tentar abrir a caixa e descobrir o que foi guardado nela?

Marvin olhava para a caixa, desconfiado.

— Afinal, aposto que você fez isso muitas vezes, não foi? O que tem a perder ao tentar mais uma vez?

e A Chave Mestra

Marvin ficou sem graça por Gentil ter adivinhado que, durante o trajeto que o levara até ali, ele abrira a caixa por diversas vezes; sacudira; virara de cabeça para baixo; e nada.

— Coragem, Marvin, tenho certeza de que, desta vez, será diferente. Abra e vamos descobrir o que seu avô deixou para você dentro da caixa...

E a lembrança do avô foi o incentivo necessário para que Marvin decidisse, mais uma vez, examinar a caixa. O relógio seguia tocando, e Marvin tomou a caixa nas mãos e abriu, constatando que, desta vez, ela estava...

— Vazia.

Tanto quanto antes.

Marvin era só frustração.

— Viu só, vazia, Senhor Gentil! E o senhor disse que a hora era a certa.

— Bem, eu disse, e... Ah, mas que descuido meu — Gentil pareceu se dar conta de algo. — Meu amigo foi preciso nas instruções, e eu não tive o mesmo cuidado. E creio que a chave do nosso mistério está no próprio nome da caixa: *Hora CHEIA*. Agora, observe — apontou para o relógio , o último badalo ainda não soou. Esperemos, então, apenas mais um instante, que o relógio decrete a hora *cheia* — disse Gentil, olhando para Marvin, como se pedisse uma última oportunidade.

O último badalo soou, e o relógio, finalmente, silenciou.

— Muito bem, quem sabe agora?

— Se o senhor diz... — foi a resposta, já descrente, de Marvin.

Mas, ao abrir a tampa da caixa, desta vez, o que Marvin viu foi algo que não estivera ali em nenhuma de suas tentativas anteriores. Alguma coisa que contrastava com o veludo escuro do interior da caixa e que brilhava como o ouro.

— Senhor Gentil, olhe, tem uma coisa aqui, sim! Uma CHAVE!

— Ah, sabia que o seu avô não iria nos decepcionar.

— E eu posso tirá-la daqui?

Marvin Grinn

— Claro! Afinal, lembre-se de que o nosso minuto está correndo, e não queremos ter que esperar mais um ano para tirar esta chave da caixa, não é?

Mais do que depressa, Marvin tirou a chave da caixa, sentindo o peso do objeto metálico nas mãos e comprovando que não se tratava de uma ilusão. Gentil apenas observava com ternura o menino que examinava a chave revelada pela magia da caixa prodigiosa.

— Marvin, quero que saiba que tem em suas mãos um dos objetos mais valiosos e desejados do mundo... e que, ao menos por ora, pertence a você.

— Pertence... a mim?

— Foi você quem recebeu a caixa, não foi?

— Sim... — concordou o menino, observando a chave. — Mas e para que ela serve?

— Para que costuma servir uma chave? — Gentil devolveu a pergunta.

— Para abrir? — A resposta pareceu óbvia.

— Perfeitamente. Quem sabe para *abrir... portas* — insinuou Gentil, mostrando as portas em torno da sala.

— E qual delas esta chave abre? — perguntou Marvin.

— Diga-me, você por acaso sabe o que é uma Chave Mestra?

— *Chave Mestra?* — repetiu. — Na verdade... não.

— Chave Mestra é aquela capaz de abrir qualquer porta.

— Qualquer uma destas portas?

— Todas estas. E, também, muitas outras mais. Marvin, você segue guardando em segredo o livro que confiei a você?

Marvin enrubesceu, lembrando-se de que falara um *pouco demais* em seu encontro com Mister Marvel, mas assentiu positivamente.

— Sim, ele está bem aqui.

— E você recorda a história que contei sobre como esse livro precisava *viajar de um lugar para outro* para poder chegar rapidamente e em segurança às mãos de todos os grandes mestres da magia do mundo, e que, por isso, escolheram um Portador, que recebeu dois objetos mágicos?

— Sim, e o senhor disse que me contaria mais sobre isso, também.

— Pois um desses dois objetos mágicos agora está bem aí, nas suas mãos. A chave capaz de abrir todos os portais; a Chave Mestra!

Marvin olhou para a chave e pensou, por um instante, que parecia já a ter visto em algum lugar. Em especial, lembrou-se daquele brilho, que refletia como em uma lembrança do seu passado.

— Cuide muito bem desta chave — Gentil interrompeu seus pensamentos —, pois ela já salvou muitos outros Portadores. Aprenda a usá-la para encontrar aquele a quem se destina a guarda definitiva d'O Livro de Todos os Bruxos. E, prometo, reencontrará também a sua família.

Gentil olhou o relógio da sala. Sentia que restava pouco tempo para ele, mas ainda havia um segredo a revelar... e um alerta a fazer.

— Sabe, Marvin, a Chave Mestra foi criada por alguém de extraordinárias capacidades, que desapareceu na história e que a fez capaz de muito mais do que apenas vencer grandes distâncias geográficas; ela também permite, a quem a possuir, a possibilidade de viajar através do tempo — revelou Gentil.

— Através do...

— Tempo — completou Gentil. — Mas esses tipos de portais, muito mais raros e escondidos, somente deverão ser utilizados em casos muito, muito específicos. E somente quando não restar alternativa, pois uma vez que alteramos o passado, transformamos o futuro, como você imagina. E é por isto que esses portais existem: para corrigir, em parte, um grande mal que não deveria ser causado. Vou contar para você — disse Gentil. — Sabe, em uma das viagens que O Livro precisou fazer, o Portador recebeu a missão de visitar o maior dentre todos os mestres da magia que já existiram. Como já disse, o Livro é cobiçado por muitos, que fariam de tudo para consegui-lo. E, nesse dia em especial, eles estavam muito próximo de alcançar o Portador — relatou. — Usando a Chave Mestra, o Portador atravessou um portal para fugir dos perseguidores que vinham em seu encalço, apenas pelo tempo suficiente para despistá-los. Porém, tempo suficiente também para que chegassem antes ao local de encontro com o mago que o aguardava e acabassem por provocar a sua morte, levando com ele conhecimentos inimagináveis, que se perderiam para sempre. E isso não poderia ficar assim.

— E o que aconteceu, então? — Marvin perguntou, com ansiedade.

— Os sábios do Grande Conselho das Sombras procuraram o mestre chaveiro em busca de uma solução. E ele respondeu: "A solução para o problema já está nas suas mãos". Depois, explicou que a chave podia abrir todos os portais existentes, conhecidos ou ainda desconhecidos. O chaveiro continuou: "Existem os portais que se escondem nas 'dobras do tempo'. São muito raros e só devem ser usados em ocasiões de alta importância, como no caso que me trazem agora". Então, o chaveiro recitou: *"Que o viajante refaça seus passos a tempo de reparar o mal que não deveria ter sido feito"*. E assim os membros do Conselho das Sombras instruíram o Portador: ele deveria encontrar a passagem para retornar no tempo e encontrar o mago com vida para transmitir ao Livro de Todos os Bruxos seu precioso conhecimento, que seria preservado.

— Ufa, que bom que ele conseguiu salvar o mago da morte.

— Bem, Marvin, isso já é outra história.

— Mas ele não chegou a tempo de encontrar o mago ainda com vida?

— Bem, lembre-se do que falei. Tudo que se altera no passado, refletirá sobre o futuro, podendo ter um alto preço a ser pago. O mago, como um grande, talvez o maior de todos os mestres de magia, sabia disso. Permitirei que você observe o desenrolar final dos fatos, exatamente como eles aconteceram! Observe a história pelos olhos do Portador — disse Gentil, usando o globo de cristal para Marvin ver a cena ocorrida séculos antes.

Ao chegar à cabana, presa no alto da grande montanha, o Portador observou o caminho estreito que se estendia à frente, perdendo-se entre as curvas íngremes e o despenhadeiro. Ele sabia que, sem o recurso da Chave Mestra, dificilmente conseguiria chegar ali tão depressa. Precisava ser o mais rápido que pudesse, pois ainda haveria uma longa noite de espera até que os segredos fossem transmitidos ao Livro por completo. A pessoa que ia visitar era alguém de conhecimento vasto e inestimável, tanto que o permitiram usar a Chave, pela primeira vez, para romper a barreira do tempo e encontrá-lo, antes da chegada dos assassinos que se atreveram a selar com a morte o destino do legendário mestre.

e A Chave Mestra

Ele olhou para a porta da velha cabana, pensando que não se diria que ali viveria alguém tão poderoso. Na verdade, sequer se poderia dizer que ali habitava um ser humano, tal o estado de degradação do lugar e a dificuldade de se obter o que quer que fosse, morando em um local tão ermo, quase inalcançável, não fossem os recursos mágicos de que ele dispunha — mas dos quais dispunham também aqueles que o perseguiam.

Bateu à porta com respeito e aguardou, sabendo que era esperado. A porta se abriu, e um homem com muitos séculos no rosto sorriu ao estender a mão para o Portador.

— *"Você tem o livro, eu tenho conhecimentos a transmitir"* — disse o velho, retirando O Livro das mãos do Portador e fechando a porta atrás de si. Ele sabia que sua missão agora se restringia a aguardar ali, do lado de fora, respeitando o fato de que os segredos eram somente para O Livro, e não para ele.

Horas se passaram, foi-se o dia inteiro. A noite chegou e se foi com a aurora anunciando um novo dia, quando o Portador percebeu que a quietude voltara ao interior da cabana. O ritual estava terminado.

A porta se abriu e da cabana ressurgiu o velho mago, com ar fatigado pelo esforço contínuo, anunciando a ele:

— Está feito. E o conhecimento de quase um milênio agora repousa e se esconde nas páginas do grande Livro.

O Portador agradeceu com um meneio de cabeça, retomando o livro das mãos do ancião e voltando a ocultá-lo no bornal de couro que o mantinha longe dos olhares cobiçosos.

Sem dizer nada mais, o velho, lentamente, foi fechando a porta. Foi aí que o Portador — impactado pelo encontro com a figura histórica — teve o impulso de fazer o alerta sobre o perigo iminente e contar sobre a chegada daqueles que vinham, à traição, pôr fim à vida do mago.

Ele sorriu, sem demonstrar qualquer sinal de medo, mágoa ou tristeza, e disse apenas:

— *"Que se cumpra o que já foi escrito."* Reescrever seria um erro... e um perigo. O meu destino já está traçado, nem mesmo a mais poderosa das magias tem o direito de alterar o curso dessa história. E a minha deve se findar aqui. Vá em paz, jovem guardião; o conhecimento está preservado. E isso é o que realmente importa — concluiu e fechou por completo a porta atrás de si, deixando do lado de fora o Portador com os seus pensamentos.

Não se passou nem um minuto mais para que ele ouvisse passos se aproximando rapidamente. Eram os assassinos, a Irmandade Negra que o perseguia e chegara ali, como previsto. O Portador, instintivamente, levou a mão para dentro da capa, tocando o cabo da varinha; sabendo que, com a vantagem da surpresa, teria chances de liquidar os homens — que agora se aproximavam mais ruidosamente — e salvar o velho que, resignado, aguardava na cabana.

Apertou com força a varinha, sentindo o poder fluir através dela. Ela estava pronta, e ele também. Hesitou por um segundo mais e então tomou a decisão: suas ordens eram de não interferir e assim devia ser.

Antes que os homens pudessem vê-lo, deixou a cena pelo caminho das sombras, retornando à caverna estreita que guardava o portal do tempo que o levaria de volta ao seu presente. Sua missão estava cumprida.

Naquela noite, os homens que subiram na montanha deram fim à existência do último *Merlin* da Bretanha.

Marvin piscou as pálpebras repetidamente e sentiu-se *de volta* à Sala das Passagens.

— Entendeu agora o peso da responsabilidade e a importância do que estamos pedindo a você, Marvin?

Marvin assentiu de pronto, ainda sentindo-se impactado pelo retorno ao passado que Gentil proporcionara.

— Homens e mulheres deram a vida para proteger os segredos guardados neste livro, Marvin. E você mesmo pode testemunhar que eles farão de tudo para ter este Livro nas mãos — finalizou Gentil. — Agora, pegue O Livro e coloque-o sobre a mesa.

Marvin obedeceu.

e A Chave Mestra

— A Chave Mestra, coloque-a dentro d'O Livro. Simplesmente abra em qualquer página, feche e aguarde por um instante.

Marvin fez como instruído, mas não percebeu nada diferente acontecer. O Livro permanecia fechado e inerte sobre a mesa.

— Muito bem, já é o suficiente. Reabra O Livro na página em que você colocou a chave... e veremos o que acontece.

Marvin obedeceu e, para sua surpresa, havia algo mais junto com a chave.

— Senhor Gentil, tem alguma coisa aqui, sim!

— Muito bem, parece que ao *revelar um segredo* ao Livro, ele lhe *revelou outro*. Vá em frente, Marvin, vejamos do que se trata.

Era uma espécie de livreto que, de tão fino, parecia ter somente uma página, com os símbolos rudimentares dos quatro elementais — entre arabescos — desenhados na capa. Porém, ao abri-lo, uma nova página surgiu, com novos desenhos e indicações de localização.

Marvin virou a página única, mas outra nova surgiu a seguir. E depois outra e mais outra, sempre aparecendo como uma página única naquele livreto de folhas invisíveis — que pareciam se multiplicar infinitamente. Um verdadeiro guia de portais escondidos, revelando, a cada nova folha materializada, um novo portal com suas características e localização.

— Aí está, Marvin, o Mapa dos Portais. Com ele você saberá as passagens que deverá tomar para prosseguir sua viagem mais rápido. Assim como para auxiliá-lo a desviar de perigos que possam cruzar sua nova jornada. E, infelizmente, eu lhe asseguro... eles estarão esperando por você.

Marvin engoliu em seco ao ouvir a palavra *perigo*, mas ainda assim assentiu com um sorriso. Muito embora não soubesse como e se poderia cumpri-la, aquela fora uma missão confiada pelo avô; uma missão da sua família, que ele tentaria desempenhar da melhor maneira que conseguisse.

— O Livro de Todos os Bruxos é por demais valioso, e sei que está nas mãos certas — disse Gentil, fraquejando por um instante e demonstrando o peso do esforço que fazia para estar ali.

— O senhor está bem? — perguntou Marvin, preocupado.

— Sim, mas não posso me demorar muito mais. Do que eu precisava entregar a você, quase tudo já está em suas mãos. E creio que, muito em breve, você poderá ter a necessidade de acessar uma das passagens.

— Mas como vou saber qual usar? — questionou, apreensivo.

— Você saberá... afinal, você é um dos nossos — respondeu sem esconder o orgulho e apreço que tinha pelo menino. — Entendemos perfeitamente que terá de enfrentar perigos grandes demais para alguém com tão pouca idade. Mas entenda que não tivemos escolha... precisava ser você.

— E o que eu devo fazer agora? — perguntou ainda, sentindo a iminência de ser deixado por Gentil.

— Você sempre terá alguém para guiá-lo. Mas, a partir de hoje, esse alguém não pode mais ser eu. Não agora, não... neste tempo. Porém, não se preocupe, pois escolhemos para você o melhor dos tutores, que lhe instruirá no passo seguinte — disse Gentil, sentindo-se a cada instante um pouco mais fraco.

Antes que perdesse a chance, Marvin resolveu, mais uma vez, fazer a pergunta que o consumia desde o dia que fora encontrado por dona Dulce.

— Senhor Gentil, você não pode me dizer quem eu sou... e quem é a família à qual pertenço e que preciso reencontrar?

O velho sorriu, sabendo que devia ao menos mais essa explicação a alguém para quem pedira tanto.

— Veja essa casa. Ela pertenceu... e ainda pertence a uma família ligada ao elemental *terra*.

— A Mansão Giardinni? — complementou Marvin, utilizando o nome pelo qual Mister Marvel chamara o casarão.

— Giardinni. Sim, eles adotaram esse nome após os... *acontecimentos* que havia mencionado. E, desde então, têm permanecido ocultos. Agora, observe — disse Gentil.

E passando o globo de cristal da bengala sobre um papel, fez surgir escrito o nome:

GIARDINNI

— Significa *jardins*, como os que existem nesta propriedade. Agora, se tirarmos algumas letras...

Gentil passou mais uma vez o globo sobre a escrita, fazendo desaparecer algumas letras e ali surgir o verdadeiro nome que estava oculto.

e A Chave Mestra

GiaRdINNi

— GRINN! — Marvin leu em voz alta.

— Sim. Você, Marvin Sem-Sobrenome — repetiu a expressão usada por Marvin a bordo do Mistral, deixando-o mais uma vez intrigado sobre como poderia saber sobre aquilo —, é um Grinn.

— Marvin... Grinn, esse é o meu nome. Mas por que meu sobrenome teve que ser *escondido*?

— Porque sua família, há muito tempo, teve que passar a viver escondida. Existe uma questão antiga a ser resolvida, uma briga que já dura quase um século, entre famílias. Assim, os Grinn preferiram se retirar, para preservar algo... mais importante, entende?

— Bem, ainda não sei se compreendo tudo, mas ao menos agora sei um pouco mais sobre quem eu sou.

Gentil viu o olhar de duas cores do menino se iluminar, recebendo um pouco das respostas sobre os mistérios que rondavam sua vida, depois de tanto tempo de espera. Ele agora sabia que tinha uma família que lhe dera um nome e sobrenome, e que pertencia a algum lugar... àquele lugar.

— Então, Marvin Grinn, agora você entende por que tinha que ser você? E então refaço minha pergunta: aceita ser o Portador d'O Livro e guardião dos segredos dessa Sala, até que o sucessor por direito esteja pronto?

— Sim, Senhor Gentil, eu aceito!

— Você é um bom menino, Marvin, bom e corajoso. Seu avô está muito orgulhoso de você.

— O senhor disse que meu avô... *está*?

Gentil viu que havia falado demais e procurou se corrigir.

— Eu quis dizer *estaria*. E certamente, onde ele estiver agora, deve estar olhando por você e se orgulhando desse neto. Agora, ajude-me a me levantar, preciso ir.

Marvin ofereceu seu ombro para o velho apoiar-se e ficar em pé.

— Para onde o senhor vai agora? Quem sabe posso lhe acompanhar; ao menos até que se sinta melhor.

— Fique tranquilo, tudo que preciso é... passar por uma porta, e então ficarei bem.

129

Marvin acompanhou Gentil, enquanto ele retornava ao ponto de sua entrada na Sala das Passagens, e só então notou que havia uma escadaria rumo a um patamar abaixo. E, de fato, lá estava a tal porta.

— O segredo desses degraus também chegará a você — Gentil adiantou-se em dizer. — Mas, por ora, serve apenas a meus propósitos. Assim, peço que não passe daqui — disse, descendo passos abaixo, até estar em frente à porta.

Enquanto descia, pareceu a Marvin que seus cabelos ficavam um pouco menos grisalhos e seu andar menos arqueado. Marvin pensou que devia ser a penumbra que traía seus olhos, mas, misteriosamente, a cada degrau descido, Gentil parecia... *remoçar*.

Gentil venceu o último degrau e parou diante da porta. Fechou os olhos, deu batidas compassadas e esperou por alguns instantes, até ouvir um clique do outro lado.

— Muito bem, estão me esperando. — E, de onde estava, disse para Marvin ouvir: — Agora, peço que se afaste um pouco mais, pois ainda não está preparado para os segredos que existem por detrás desta porta. Mas asseguro que ficarei bem... e você também. Apenas confie e acredite!

— Eu... acredito — disse Marvin, mesmo sem ter certeza do que aconteceria.

— Fique tranquilo, seu novo guia não tardará a chegar.

E vendo a porta se abrir, obedientemente, Marvin afastou-se, evitando olhar para o que quer que estivesse do outro lado. Porém, antes de se afastar totalmente, lembrou-se de que ainda faltara uma última pergunta a responder.

— Senhor Gentil, espere! Você esqueceu de me contar qual era o segundo objeto mágico, aquele que o Portador utilizava para se proteger!

— Esse, muito em breve, você mesmo irá descobrir! Até logo, Marvin Grinn. Cuide bem d'O Livro, cumpra a missão que lhe foi dada e terá sua recompensa — concluiu Gentil, em tom de promessa, desaparecendo pela porta logo a seguir.

e A Chave Mestra

Marvin voltou até o centro da sala para reencontrar Bóris bem sentado sobre a poltrona que o amigo dos sonhos ocupara, e viu que Gentil havia deixado para trás a preciosa bengala.

— Gato, o Senhor Gentil esqueceu a bengala aqui! — disse, pensando que, se fosse rápido o bastante, talvez pudesse ainda chamar o amigo que acabara de partir.

Porém, ao segurar a longa bengala de cabo lustroso, encimada pelo globo de cristal, ele a viu, instantaneamente, converter-se em um reles pedaço de madeira.

— Mas o que é isto?! — exclamou Marvin, deixando cair no chão o objeto transformado. — Bóris, você viu o que aconteceu aqui?!

A resposta de Bóris foi um miado longo, que Marvin entendeu como censura.

— Mas, gato, eu não fiz nada! — defendeu-se, alarmado. — Eu apenas queria devolver a bengala do Senhor Gentil; não queria estragar nada e...

Marvin silenciou de repente, pois, em meio à surpresa da transformação repentina da bengala em graveto — e ao temor de que fosse ele o responsável por levar o belo objeto mágico àquela trágica condição —, uma nova presença se fez sentir na Sala das Passagens. Algo que quase não emitia sons, a não ser um leve farfalhar do tecido roçando a madeira, mas que Marvin sabia que estava ao seu redor. Algo que estava rondando, cada vez mais próximo... e vinha das *sombras*.

8.

O MESTRE DAS SOMBRAS

Marvin não conseguia ver exatamente quem — ou o quê — estava com ele na sala, mas conseguia percebê-lo, como em pequenas ondas que tremulavam no ar; como se as sombras ao seu redor fossem água tranquilas, escondendo um predador submerso que provocava ondulações em sua passagem.

— Senhor Gentil? É o senhor quem está aí? Olhe, eu sem querer acabei fazendo alguma coisa na sua bengala, será que o senhor consegue consertá-la? — Marvin perguntou, já um tanto aflito.

Nada, nenhuma resposta. E mais uma vez as sombras se mexeram no lado oposto à primeira movimentação, fazendo Marvin voltar-se para o outro canto da sala.

— Não é o Senhor Gentil, é? Então quem está aí? — Mas permaneceu sem resposta.

Quem quer que fosse que estivesse ali mudava de posição tão rapidamente que Marvin começava a achar que pudesse ser mais de um. Então —

após mais alguns segundos daquela angustiante movimentação –, finalmente as sombras falaram com ele.

— Ouça bem, garoto, pois vou falar apenas uma vez — disse a voz grave, saída de um dos extremos da sala.

— Quem... quem está aí? — Marvin questionou para a sala vazia.

— Eu fui instruído a treiná-lo — respondeu a voz, desta vez vindo do extremo oposto de onde falara.

— Mas quem... ou melhor, *onde* está você? — Marvin tentava descobrir de onde vinha a voz, sem conseguir distinguir. Persistia uma sensação como se as sombras deslizassem ao seu redor. Como um caçador cercando a presa — enquanto sumia e ressurgia das profundezas escuras — na iminência do ataque final. E a voz falou mais uma vez.

— Eu não vou explicar duas vezes as regras para aceitá-lo como aprendiz — prosseguiu a voz, trocando de posição antes mesmo de terminar uma frase, fazendo Marvin virar-se abruptamente, tentando acompanhá-la. — Você será preparado, recebendo o conhecimento necessário a tornar-se versado na antiga arte dos duelos de magia.

— Duelos... como assim *duelos*? — perguntou Marvin.

— Mas irei adverti-lo — continuou a voz, ignorando a pergunta e agora parecendo vir do andar superior da sala —, para ser aceito, primordialmente, você deverá aprender a obedecer à *Regra de Ouro do Aprendiz* — e fez uma nova pausa, deixando Marvin na expectativa sobre do que trataria a tal regra. Até, impaciente, romper o silêncio para perguntar:

— E que regra é essa, eu posso...

— A regra é — interrompeu a voz, abruptamente: — *"Obedecer a TUDO, sem NADA questionar"*.

— Certo, mas a *tudo* quer dizer que...

— Aceita a *Regra de Ouro*? — perguntou a voz, agora retornando à parte de baixo do salão. Questionava Marvin como se cumprisse um tipo de rito.

— Eu só queria saber se...

— Aceita?! — tornou a voz a perguntar, impaciente, mudando mais uma vez sua posição na sala, deixando Marvin aturdido... e pressionado. — Advirto que não perguntarei novamente!

— Então, eu... bem, eu aceito! — respondeu Marvin, não vendo outra alternativa e confiando que aquela voz seria daquele enviado por Gentil.

— Pois muito bem, a escolha foi sua! — disse a voz, finalmente emergindo das sombras e surpreendendo Marvin por estar bem à sua frente, sem ele sequer ter notado sua aproximação.

O que Marvin agora via era a figura de um homem de pouca estatura, que, ao se aproximar, abaixou o capuz que lhe encobria o rosto, permitindo que Marvin lhe identificasse os traços. A pele acobreada; olhos negros, tal qual seus cabelos — presos em um longo rabo de cavalo, que lhe descia pelas costas; de semblante endurecido como se ali nunca tivesse tido um sorriso; e envolto em manto tão escuro quanto as sombras onde se ocultava até instantes atrás.

— Meu nome é *Salomon*. Para você, Mestre Salomon. E você deve me acompanhar agora! — ordenou, fazendo com que Marvin, instintivamente, perguntasse:

— Acompanhá-lo, mas para onde?

E o questionamento foi o suficiente para fazer o homem desaparecer novamente, mergulhando nas sombras, deixando a sala silenciosa e vazia.

— Salomon... Mestre Salomon? Aonde você se meteu? Volte, por favor!

Marvin chamou e insistiu, até perceber as sombras novamente se mexendo ao seu redor, enquanto a voz de ferro repetiu a instrução inicial:

— *"Obedecer a TUDO, sem NADA questionar!"* — enfatizou. — Qual parte da Regra de Ouro não entendeu, aprendiz?

— Bem, eu... — Marvin quis ensaiar uma argumentação, mas, antes que pudesse dizer algo mais que fizesse o homem desaparecer outra vez, decidiu simplesmente concordar. — Está certo, vou acompanhá-lo...

— Sem questionar! — salientou Salomon, surpreendendo Marvin ao reaparecer das sombras, ao seu lado. — Então vamos, já é tempo de começar a aprender a usar o que recebeu.

E embora quisesse muito perguntar para onde iriam, teve receio de o homem sumir novamente e apenas o acompanhou em silêncio.

— Para iniciar sua instrução, você precisará ter seu próprio *instrumento* para praticar.

— Eu posso perguntar que *instrumento* é esse, Mestre Salomon? — perguntou, tentando parecer o mais respeitoso possível com o homem que lhe dava ordens.

— Uma varinha, o que mais poderia ser? Como acha que vai aprender a se defender se for desafiado em duelo de magia, garoto? Mas, afinal, que tipo de aprendiz é você, que é trazido até mim sem saber ao menos sobre o que deverá aprender?

— Bem, sou do tipo que estava sem memória e que, apenas alguns instantes atrás, aprendeu o próprio nome completo. Me chamo Marvin Gri...

— Eu sei o seu nome, garoto — Salomon interrompeu. — E não pense que vai ter regalia por causa de um sobrenome... especial — comentou, acrescentando: — Um *adormecido*. Mandaram para mim um adormecido! Diga-me ao menos que você despertou há bastante tempo e boa parte de sua memória passada já foi resgatada.

— Não... Mestre Salomon — respondeu Marvin. — E receio que, de minha *memória passada*, além de meu nome, presumo que tenha aproximadamente treze anos.

— A *idade da iniciação* — grunhiu Salomon, para então falar mais alto, como se estivesse se dirigindo a alguém que não estava ali. — Um *recém-despertado*, é isso? Esperam que eu treine um recém-despertado para ser... um Portador?!

Mas ninguém respondeu.

— Está bem! Afinal, que escolha eu tenho — reclamou o homem saído das sombras, inconformado. — Bem, garoto, agora que você sabe o que é o *instrumento* e já entendeu o que temos que fazer, mostre a sua varinha para poder avaliar o que temos em mãos, para começar. Você tem uma com você, não é? — perguntou com impaciência.

Marvin pensou que estava prestes a presenciar uma nova amostra do destempero do instrutor, pois não tinha com ele varinha nenhuma. Mas, antes de dar a negativa, lembrou-se do graveto, aquele que, instantes atrás, fora a reluzente bengala do Senhor Gentil. Por ora teria que servir. Decidiu mostrar o que tinha em mãos, tentando ganhar tempo com o instrutor.

— Bem... isso serve? — perguntou, mostrando o graveto.

Salomon olhou para o pedaço de madeira, franzindo a testa, antes de desfazer do *instrumento* que Marvin apresentara.

— Mas é isso que você chama de uma *varinha de duelo*? O que pensa que pode fazer com esse cotoco, garoto? Passe-o para cá; vou dar a ele o fim que merece.

Mas ao tomar o graveto das mãos de Marvin, eis que Salomon sentiu a vibração e viu, ainda que por alguns segundos, o pedaço de madeira sofrer uma transformação em suas mãos, convertendo-se, instantaneamente, de peça disforme a um corpo trabalhado e lustroso, repleto de entalhes com sigilos mágicos; uma autêntica varinha de combate. E, definitivamente, não uma varinha qualquer.

Surpreendido pela transformação, Salomon devolveu a varinha para as mãos de Marvin e a viu, imediatamente, converter-se no estado bruto de antes.

— Mestre Salomon, eu...

Salomon não deixou Marvin falar.

— Você também viu o que eu vi, não foi?

— Bem, eu acho que sim.

— Essa varinha... esse... — Salomon tentava escolher melhor as palavras para definir o que Marvin tinha nas mãos — foi o velho quem deu isso a você?

— Na verdade, ele esqueceu aqui. Claro, estava um pouco... diferente; era a bengala que ele usava. Mas quando peguei para tentar devolver, ela virou isso aqui. Acho que eu meio que estraguei ela... mas sem querer, é claro — antecipou sua justificativa pelo estado atual da bengala.

Salomon não estava preocupado com as desculpas de Marvin. Apenas queria entender melhor o que era, realmente, o pedaço de madeira que tocara e, por breves instantes, convertera-se em suas mãos. Desconfiava do que poderia ser e tinha certeza de que não era algo comum. Sabia que precisaria de uma ajuda, em especial, para entender melhor o que tinha acabado de ver.

A ajuda de alguém para quem não desejava pedir, pois precisaria remexer um passado que mantivera afastado e que não queria trazer de volta. Mas sabia também que não tinha escolha, pois tinha o dever de preparar o menino e, para isso, precisava ter absoluta certeza do que tinha em suas mãos e ensiná-lo a como lidar com aquilo. Além disso, se tivesse certo, era algo que também estivera escondido por muito tempo e possuía poder incalculável.

e A Chave Mestra

Assim, conformado, convocou o novo aprendiz.

— Precisamos ir, garoto!

— Mas... para onde? — Marvin não conseguiu evitar perguntar, e Salomon olhou com censura. Mas respondeu:

— Vamos encontrar... um conhecido. Alguém que vai poder me explicar melhor o que é esse negócio que você carrega aí — disse Salomon. — Pegue seu... graveto, garoto. Se eu estiver certo, arrumamos uma boa varinha para você.

9.

RUA TORTA, CASA ESTREITA

— Bem, garoto, sendo o Portador, você deve ter em seu poder a Chave Mestra e o Mapa das Passagens.

Marvin olhou para a chave em suas mãos, mas sem ter certeza do que deveria fazer. Salomon desapareceu nas sombras da sala, para reaparecer em frente à porta que tinha os símbolos da terra.

— Essa é nossa porta de entrada — disse para Marvin, que, ainda receoso, hesitava em acompanhar o homem estranho.

— Algum problema, garoto? Não temos o dia todo — disse, demonstrando sua evidente falta de paciência. — Fique tranquilo; sei o que estamos fazendo. Afinal, você não é o primeiro Portador que eu acompanho — disse, incentivando que Marvin saísse da inércia em que se encontrava. — Mas eu apenas posso indicar os caminhos e segui-lo, pois só você tem o poder de abrir os portais e nos conduzir. Está entendido?!

— Hã... sim, senhor — disse Marvin, parecendo acordar do transe provocado pelo acúmulo de novidades.

— Então vamos, garoto, use logo sua Chave!

Marvin finalmente obedeceu, encaixando a Chave Mestra na fechadura da porta. Girou uma vez e uma segunda, mas a porta permanecia fechada.

— Então, garoto, não vai concluir e abrir para passarmos? — perguntou Salomon.

— Mas ela permanece fechada e...

— Você é mesmo o novo Portador, garoto? — interrompeu Salomon, impaciente.

— Eu... acho que sim.

— E não sabe sequer usar a Chave?

— É que eu...

— Ah! Apenas gire mais uma vez, senhor Portador — disse como quem ensinava o óbvio.

Marvin obedeceu, e, ao terceiro giro, ouviu-se um clique, e a porta se abriu.

Assim, Mestre, aprendiz e gato passaram pelo portal, e agora se encontravam em um imenso e escuro espaço etéreo, parecendo não ter começo nem fim. O único ponto de referência eram as centenas — talvez milhares ou ainda mais — de portas que pareciam pairar suavemente pelo vazio. Eram incontáveis, em diversos e diferentes modelos, tamanhos, estilos e cores; parecendo pertencer a épocas distintas, ocupando todos os níveis daquele espaço; desde o mais longe ao mais perto; do mais baixo ao mais alto, suspensas no ar sobre as cabeças do trio e os olhos incrédulos de Marvin.

— A *Antessala das portas Flutuantes* — disse Salomon —, daqui partimos para qualquer lugar no mundo, garoto, desde que você tenha... o mapa — alertou. — Agora precisamos que você abra o mapa, garoto, e deixe que ele traga a porta certa até nós. Você tem o Mapa das Passagens com você, não tem?

Marvin assentiu, abrindo o pequeno livreto que retirara de dentro d'O Livro, vendo algumas das portas se iluminarem, imediatamente, destacando-se das demais. Girou e viu surgir na nova página a gravura de um dos portais. Passou a mão sobre ela e percebeu que uma das portas que pairava ao longe intensificou seu brilho, ao passo que todas as demais pareceram praticamente se apagar.

— Muito bem, Portador... — disse Salomon com certo sarcasmo. — Parece que você aprende rápido; é assim mesmo que funciona.

— Essa é a porta que devemos usar?

— Não, para a nossa passagem, peça para o mapa mostrar o portal para... a Rua Torta — corrigiu Salomon.

— *Rua Torta*? — Marvin repetiu em voz alta.

E viu o Mapa das Passagens fazer surgir e desaparecer centenas de páginas, enquanto portas ao redor se iluminavam e se apagavam, à medida que a sequência de páginas girava freneticamente. Até finalmente o mapa materializar a página que fez uma porta distante iluminar-se e manter-se acesa.

— Ah, lá está, garoto — disse Salomon, apontando o ponto luminoso distante —, o portal para a Rua Torta.

— E como iremos chegar até lá? — perguntou Marvin, vendo a porta suspensa a grande altura.

— Não é assim que funciona, garoto; não é você que vai até a porta, é a porta que vem até você. Apenas mantenha seu dedo sobre a gravura no mapa... — ensinou Salomon.

Marvin obedeceu e, no instante seguinte, viu uma sequência de portas começarem a surgir e desaparecer à sua frente. Até, finalmente, restar apenas uma porta — muito antiga, com arabescos entalhados e pintura descascada —, iluminada por uma aura de luz tênue ao redor.

— Use sua chave novamente, Portador — disse Salomon, indicando a porta.

Marvin obedeceu, agora mais seguro de como deveria fazer, colocando a chave no trinco e girando três vezes, para então abrir o novo portal.

Marvin olhava entre espantado e admirado para o que acontecia. A porta mágica se abrira, e agora ele tinha a exata dimensão do poder das passagens; atrás de si, o vazio etéreo de portas suspensas e, à sua frente, a inacreditável imagem de uma ruela estreita.

— Vamos, Portador... primeiro você — disse Salomon, incentivando Marvin a usar a passagem.

Ele deu um passo à frente e voltou a pisar no solo firme da ruela silenciosa. Voltou-se e viu Salomon e Bóris passando também pela porta aberta pela magia da chave. Notando que, deste lado, a porta incrustada na parede recoberta por heras era idêntica à porta que viera até ele.

— E então, não faltou fazer nada? — Salomon chamou sua atenção, enquanto se mantinha ao lado da passagem aberta.

Marvin não sabia o que responder.

— Não vai fechar a passagem, Portador?

— Eu, hã... claro! — Marvin respondeu prontamente, apressando-se para fechar a porta que ficara aberta para a passagem dos companheiros naquela viagem.

E assim que fechou o portal, viu as heras ao redor recaírem sobre a porta antiga, tornando a ocultá-la dos olhares curiosos, enquanto o olhar severo de Salomon o avaliava.

— Olhe, garoto, você precisa entender desde o início como isso funciona — disse o Mestre, com gravidade. — Ainda que apenas você possa abrir o portal, uma vez aberto, qualquer um poderá passar por ele. E, como foi o caso agora, alguém poderia ter acesso à sala dos portais, colocando em risco as passagens. Ficou claro?

— Sim... sim, senhor.

— Mestre, garoto, até que eu termine com você, é como deve me chamar. Compreendeu?

— Sim, senhor... Mestre — respondeu, meio atrapalhado.

— Ah, pelo visto, você vai me dar trabalho...

Marvin sorriu, porque, apesar do temperamento carrancudo, estava começando a gostar do seu guia naquela jornada.

A porta por onde chegaram ficava em um beco cuja saída os conduziu a uma bifurcação entre duas novas ruelas estreitas — uma a subir, outra a descer —, tendo no encontro entre os caminhos um casarão de dois pisos que ostentava uma placa com letras em arabescos, que Marvin leu em voz alta:

— *O... Relicário*?

— Não pergunte — antecipou-se Salomon.

— Mas eu não ia...

— Apenas... não pergunte — repetiu o Mestre. Mas não pôde evitar que Marvin lesse a plaqueta seguinte, fixada mais abaixo.

— *Compra e venda de relíquias autênticas*... Hã, Mestre, e o que seriam essas... *relíquias autênticas*?

E apesar de desagradado, Salomon entendeu que era melhor responder, levando-se em conta o local onde estavam... e o que vieram fazer ali.

— Relíquias, supostamente, deveriam se referir a objetos mágicos genuínos, criados por Mestres artesãos do passado... originários de um tempo esquecido por essas pessoas — explicou Salomon, em tom condescendente. — Chamamos lugares como este onde estamos de *Refúgios*, garoto; onde adormecidos recém-despertados e seus padrinhos vivem enquanto esperam o momento de retomar a restituição plena da sua memória.

Salomon conduzia Marvin em direção à chamada Rua do Alto, deixando de lado uma viela sombria, cujo acesso era uma escadaria obscura à descendente, chamada Rua do Baixo.

Marvin espichou o olhar para a ruela e viu dois sujeitos, que, ao perceberem que eram notados, recuaram para se esconder entre as sombras a fim de ocultar o que ofereciam a um terceiro — um tipo alto e magro, totalmente calvo, vestindo um terno surrado, curto demais para seu tamanho e que deixava um tanto de suas canelas à mostra —, cujos olhos saltados viraram-se para tentar descobrir o que interrompera sua negociação.

— Aquele é o lugar aonde você jamais deve ir, garoto — alertou Salomon, que também flagrara o interesse de Marvin na passagem.

— E por que não... Mestre? — perguntou Marvin, instintivamente, esquecendo por completo a promessa de não questionar a nada. Salomon suspirou, mas ainda assim respondeu.

— Porque não existe nada lá para um garoto como você... e nem para ninguém que valha alguma coisa. Naquela viela funciona o Mercado Negro, onde se negociam varinhas proibidas a peso de dinheiro... e de sangue — disse Salomon, fazendo Marvin entender o recado. — E, agora, feche a matraca até chegarmos ao nosso destino. Já não é longe, você verá.

E o trio foi deixando para trás o Relicário e a rua obscura, fazendo Marvin voltar sua atenção para o caminho de cima, notando que — ainda que não tivesse a imponência do casarão e parecesse mais uma feira de objetos estranhos — havia adiante um vasto comércio de Relíquias.

Eram chifres de animais retorcidos; potes de vidro de diversos tamanhos e formas, contendo todo o tipo de insetos peçonhentos; potes contendo répteis escamosos e anfíbios gosmentos, embebidos em líquidos ora verde, ora amarelados; além de um sem-número de plantas, ervas, galhos e gravetos, pendurados nas entradas dos casebres, de lado a lado da rua que subia, transformados em bancas para ofertar, os artigos, cujas capacidades prodigiosas — ou duvidosas — eram exaltadas por homens e mulheres que se digladiavam para atrair o interesse dos passantes.

— Essas coisas são... verdadeiras?

— A maioria não passa de porcarias sem valor. Mas servem para que eles se mantenham ocupados, achando que estão lidando com artigos mágicos verdadeiros, como no passado.

E enquanto prestava atenção no que tinha à frente, Marvin não percebeu que o careca com quem cruzara o olhar se mantivera atento a ele e, em especial, ao embrulho fino e comprido — cuja ponta se deixava revelar —, mal escondido na bolsa que carregava. O homem era um conhecido farejador de relíquias do Relicário e sentiu o doce cheiro da oportunidade exalando do trio que seguia rua acima. Por isso, decidiu ir atrás e ver se seu faro não o enganara.

Marvin observava a rua de casarios antigos — como se o lugar todo tivesse parado no tempo —, seguindo Salomon, que o conduzia resoluto a algum lugar desconhecido, mas que parecia ser um destino certo para seu guia, quando um homem surgiu de dentro de uma viela escondida entre as casas, abordando Mestre e aprendiz.

Era um velho, vestindo um manto que mais parecia um trapo, de rosto enrugado e com um olhar de maluco — ao menos no olho que lhe restava, pois o outro permanecia com a pálpebra fechada. Isso fazia do sujeito um tipo ainda mais esquisito.

— Aqui... aqui comigo, jovens visitantes. Vejo que são recém-chegados à nossa comunidade. Mas lhes asseguro que chegaram ao lugar certo. Sim, e no momento mais oportuno, ah, sim, sim! Agora, vejam... vejam aqui — sussurrou, demonstrando que tiraria algo oculto do manto em frangalhos.

Salomon reagiu, refreando o sujeito antes que pegasse o que quer que tivesse guardado.

— Calma... calma, meu poderoso senhor. Não pretendo lhe fazer mal algum... Ao contrário, sou um comerciante honesto e tenho para o senhor e seu filho algo precioso que acaba de chegar... direto do Mercado Negro... — confidenciou em um sussurro espremido. — Veja, veja aqui, meu senhor... — E, mais cautelosamente, afastou o manto, demostrando para Salomon, que permaneceu em posição de guarda, o fato de que pretendia tirar algo dali. — Aqui, bem aqui, meu senhor... observe a autêntica Relíquia que tenho. Um genuíno objeto de poder proibido... uma autêntica varinha mágica de duelos — concluiu.

E, dando um passo atrás, tentando ao máximo permanecer oculto na entrada da viela, segurou, pousado na palma das duas mãos, o pedaço de madeira esculpido, muito velho e esfolado.

Salomon, com cuidado, aproximou uma das mãos espalmada sobre a suposta varinha, buscando sentir a vibração do objeto. Mas nada. Então percebeu o remendo que tentou reunir as duas metades partidas da varinha e decretou:

— Lamento, mas, se essa foi um dia uma varinha autêntica, o poder se foi.

— Não, senhor, não é possível... essa é uma varinha autêntica, asseguro-lhe — retrucou o velho. — Veja aqui, o selo de garantia do Relicário, paguei por ela tudo o que tinha. Veja, veja aqui, eu imploro. Sinto o poder no senhor, teste-a novamente... ou tome-a por um instante e vislumbre os prodígios que poderá fazer com ela!

— Lamento... — ratificou Salomon, já dando as costas ao sujeito, quando percebeu uma nova presença. — Vamos, garoto, pegue o gato! — ordenou Salomon.

E, sem qualquer novo aviso, puxou Marvin, que agora segurava Bóris no colo, fazendo com que todos mergulhassem em seu manto de sombras.

Marvin desejava questionar o motivo de terem sido puxados para o espaço sombrio, mas foi advertido a calar-se. Oculto pelo manto de sombras de Salomon, que tornava sua presença invisível aos demais, viu a chegada de quatro jovens — dois rapazes e duas moças —, usando túnicas longas, com cores diferentes umas das outras, mas todas igualmente adornadas por um broche dourado que lhes servia de presilha e de insígnia, representativas da Casa Elemental da qual faziam parte.

Algo os atraíra àquele lugar, e agora uma das moças interrogava o velho caolho, que ainda tentava manter a varinha quebrada em seu poder, ao passo que um dos rapazes deixava clara sua intenção de confiscar o objeto.

A atenção dos jovens, primeiramente, parecia que se manteria concentrada apenas no velho, que ainda resistia em entregar a varinha quebrada; até que um deles — o jovem negro que trajava o manto verde-escuro — pareceu perceber que havia outra presença, além do caolho, achegando-se para perto das sombras em que Marvin e Salomon se escondiam.

Embora o poder de Salomon sobre as sombras impedisse que o jovem negro os visse, ainda assim ele parecia pressentir que havia algo oculto ali, olhando diretamente para Marvin, que sentiu como se estivesse sendo vasculhado por dentro; uma sensação nada agradável.

— O que foi, *Caleb?* — foi a pergunta do outro jovem, este usando um manto escarlate.

— Estranho, posso jurar que tem mais alguém aqui... ou até mais de um.

O jovem se aproximou também e, não vendo nada além de um canto escuro vazio, respondeu ao de manto verde:

— Agora tem medo de espectros, irmão?

— *Irmão...* — repetiu o jovem negro para si mesmo. — Na verdade é isso que sinto... como se estivesse na presença de um irmão.

— Vamos, temos alguém bem real ali para interrogar e precisamos do seu dom agora.

— Está bem, Leonar, estou indo — respondeu, chamando pelo nome o jovem ruivo de manto escarlate.

Mas, antes que Caleb se afastasse, Marvin pôde olhar mais atentamente para a insígnia no manto do jovem e perceber o sinal que se destacava no brasão dourado: o símbolo ancestral da terra.

Aproveitando-se da distração dos jovens, ocupados com o velho da varinha remendada, Salomon deslizou suavemente pelo corredor de sombras, levando Marvin e Bóris consigo, até escaparem para fora da viela escura, de volta à luz da rua e fora do manto de escuridão.

— Nossa, então é assim que você faz? — disse Marvin, referindo-se à habilidade do Mestre em ocultar-se dentro das sombras. — Um dia precisa me ensinar a fazer isso!

— Vá sonhando, garoto — respondeu azedo. — Agora vamos, perdemos tempo demais aqui. Ah, e nunca... nunca mais olhe diretamente para um deles, ouviu bem? Eles podem pressentir você — alertou sobre o encontro com o jovem Caleb.

— Parecia mesmo que ele estava me olhando... por dentro.

— Sim, é o que eles fazem; e é como eles sabem. Entram diretamente na sua cabeça.

— Quem são eles?

— Eles são vigilantes, garoto. E estão aqui caçando vendedores de varinhas proibidas, como aquele pobre coitado lá pensa que é, e recém-despertados que também podem estar carregando uma dessas varinhas... que nem você. Agora, em frente e sem mais perguntas!

Marvin assentiu e seguiu Salomon, tendo Bóris ao lado. Enquanto isso, logo atrás, mais alguém acompanhava de perto o desenrolar de seus passos desde a sua chegada. Era o careca que os seguira e presenciara a chegada dos Vigilantes e a saída sorrateira do trio. Por tudo o que viu, estava cada vez mais convicto de que ali estava uma bela oportunidade.

— Hum, carregam um objeto suspeito; não querem ser vistos pelos Vigilantes... isso está cada vez mais interessante. — E apertou o passo para não perder os dois de vista.

— Chegamos — anunciou Salomon.

— Chegamos... aonde? — perguntou Marvin.

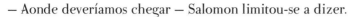

— Aonde deveríamos chegar — Salomon limitou-se a dizer.

Marvin tinha agora à sua frente a casa mais estreita que jamais vira em sua vida, enquanto para Salomon aquela era uma vista conhecida, trazendo-lhe lembranças de um passado esquecido que retornavam agora que estava ali.

E aquele tempo em que se detiveram pelo lado de fora da casa estreita foi o suficiente para o careca alcançá-los, abordando Salomon com sua voz pastosa, de fala forçosamente cortês.

— Como vão, meus caros, acaso não conheço os amigos de algum lugar? — perguntou, intencionando uma intimidade que não tinha.

Marvin achou que a voz do homem tinha um leve chiado sibilante, como se uma cobra serpenteasse ao redor, pronta para dar o bote. E quando encarou o rosto enrugado e ossudo do careca, ficou nítida a atenção que seu olhar dedicava ao embrulho que trazia em sua bolsa e que ocultava o graveto que já fora a bengala de Gentil.

— Não, você não nos conhece — respondeu Salomon incisivo e se colocando entre Marvin e o careca.

— Engraçado... pois podia jurar que já o tinha visto... — disse, mirando o rosto de Salomon — Onde teria sido mesmo... acaso o senhor não frequentava o...

— Não frequento! — foi a resposta seca de Salomon.

E o olhar de fúria prestes a ser liberada fez com que o careca prosseguisse com o que quer que fosse dizer, uma vez que estava acostumado a tratar com quem não desejava ser abordado, apenas desviando, estrategicamente, seu olhar para Marvin mais uma vez.

— Bem, bem... mas e o meu jovem amiguinho aqui? Realmente seu rosto não me é tão familiar, mas estes olhos...

— Esquisitos, eu sei... — disse Marvin, com ingenuidade.

— Esquisitos? Não... pensava em adjetivá-los de outra forma...

Salomon interrompeu, com olhar de censura para Marvin, por estar dando conversa ao sujeito.

— Olhe aqui, você não nos conhece, e desejamos ser deixados em paz. Volte para o Relicário e...

— Oh! — interrompeu o homem. — Então, meu caro senhor, conhece bem nosso prestigioso estabelecimento!

Salomon havia traído a si mesmo pela raiva.

— Não, mas sei o que você faz lá. É um caçador de Relíquias, eu sei, e não temos nada de seu interesse.

— Ah, meu bom amigo, quanto a isso, deixe, primeiramente, que me apresente... me chamo *Yago*; e depois, permita que nós mesmos possamos avaliar o que trazem aí consigo, para que possa dar a essa pequena peça o seu devido valor. Saiba que sempre pagamos um preço justo por mercadorias... legítimas. Infelizmente, tão raras nos dias de hoje... — disse em tom de lamentação.

— Preço justo? Mercadorias legítimas? O que vendem não passa de pura falsificação para enganar essa gente.

O homem tomou ares de ofensa.

— Meu caro senhor, perdoe-me, mas isso, jamais! Cada item que entregamos leva o devido certificado de autenticidade!

— Autenticidade... diga isso ao pobre homem para quem venderam uma varinha remendada, já sem poder nenhum, e que agora está tendo que responder aos Vigilantes sobre sua *mercadoria legítima* — disse Salomon, lembrando-se do episódio com o velho caolho, minutos antes. — Mas, de qualquer modo, não temos nada para você, assim, deixe-nos em paz!

Mas, ao invés de ir-se, Yago seguiu analisando o que tinha à sua frente. Primeiramente Salomon, com seu olhar desafiador e promessa de violência na certa. Em seguida, o menino com seu olhar de duas cores, um gato preto ao redor e o embrulho fino e comprido que carregava e tentava esconder cada vez que seu olhar recaía sobre ele. E, finalmente, a casa defronte onde pararam. Aquela casa que, em particular, queria dizer muita coisa.

— Então temos aqui um homem e um menino, quem sabe, Mestre e aprendiz, levando consigo um embrulho de... — mediu o pacote com os olhos — trinta e poucos centímetros. Algo que possa ter, digamos... — hesitou por um segundo, desafiando o olhar de Salomon — o tamanho de um... antebraço; "*do cotovelo ao dedo médio*".

Salomon rosnou diante da sugestão que se escondia atrás daquela conversa. E Yago prosseguiu.

— Parados em frente a esta casa, em particular. Uma feliz coincidência, talvez? Não creio. Assim, diga-me se poderia eu, apenas por um instante,

e A Chave Mestra

examinar mais de perto o seu embrulho? — disse Yago, já estendendo os dedos finos em direção à varinha, mas sendo detido antes de conseguir tocar o objeto.

E o que Yago viu de perto e sentiu foi o aperto dos dedos de aço de Salomon em sua garganta, brilhando com aura escura enquanto esmagavam a traqueia do impertinente farejador. E mesmo que o careca fosse aproximadamente três palmos mais alto que o Mestre das Sombras, isso não impediu que fosse erguido até seus pés quase não tocarem mais o chão.

— Escute bem, sua ratazana de feira, estamos aqui para visitar um velho amigo, e é só! Você não me conhece, você não nos conhece, e lhe asseguro que não desejará conhecer nada de mim, além da minha mão que já está em seu pescoço. Asseguro-lhe que não trazemos nada que possa ser de seu interesse, mas, se quiser examinar nossas sacolas, eu terei prazer em eu mesmo mostrar para você, enfiando sua cabeça ossuda lá dentro, bem no fundo — disse, apertando ainda mais a garganta de Yago, que agora se engasgava, e completando, com sarcasmo: — Mas só se você me pedir por favor.

Então, finalmente soltou o homem, que caiu de joelhos, tossindo, tentando trazer de volta o ar que lhe faltara nos pulmões.

— N-não! — Yago se engasgou e respirou fundo antes de responder, agora com a voz grasnante graças ao aperto que ainda sentia na garganta, marcada pelos dedos de Salomon. — Não há... mesmo... nenhuma necessidade... senhor.

Salomon avançou um passo adiante para junto dele.

— Mas agora sou eu que insisto! — disse, aproximando novamente as mãos em direção ao pescoço de Yago, que se atirou para trás, tentando manter distância de Salomon.

— Realmente... realmente, creio que fui... inoportuno. E acabei criando... um atraso imperdoável... ao senhor e ao seu filho... — deu, entre tossidas e resfôlegos, as desculpas fingidas.

— Bom — limitou-se a dizer Salomon, enquanto aguardava o afastamento de Yago, que levantava com dificuldade.

— Bem... creio que já me vou, então. Vejo que certamente não poderei persuadi-los... a uma visita à nossa casa comercial... desta vez. Mas quem sabe... em uma próxima oportunidade e...

— Vá! — ordenou Salomon, enxotando o homem.

149

Yago sabia o que era limite. E, assim, andou passos cambaleantes para trás, ainda sem tirar o olho do embrulho que Marvin agora, deliberadamente, escondia atrás das costas, e partiu de volta ao Relicário. Mas não sem antes fazer uma promessa silenciosa para si mesmo.

— Vou sim, meu senhor, claro que vou. Mas agora, mais do que nunca, sei o que essa bolsa pode conter. E que poderá render uma gorda comissão, quando virar um item de nossa loja — disse para si mesmo. — Afinal o Relicário não pode perder mercadoria tão rara e valiosa, caso aquele embrulho confirme ser o que penso. E a julgar pela casa em que devem entrar... ah, existem, de fato, muitas possibilidades! — concluiu, esfregando as palmas das mãos e antevendo sua recompensa.

Porém, o desconforto que ainda sentia no próprio pescoço, resultado do aperto poderoso da mão de Salomon, fez com que apressasse o passo para longe do homem ameaçador, para retornar ao Mercado Negro, onde planejaria sua revanche.

Depois de conferir que Yago havia de fato desaparecido — cambaleando pela rua sinuosa até sumir de vista —, as atenções de Salomon e Marvin voltaram-se apenas para a casa estreita.

Salomon apontou para a figura da mão de bronze segurando um cinzel, presa na porta de entrada.

— Isso indica que esta casa pertence a um *artesão*.

— E o que viemos fazer aqui? — Marvin hesitou. — Hã, se é que posso perguntar...

— Como disse ao lacaio do Relicário, estamos vindo visitar um velho amigo, que pode ajudar com sua... com o que você carrega nesse embrulho. Agora venha, não devemos nos demorar aqui fora.

Salomon entrou na casa sem bater ou pedir licença. Marvin e Bóris seguiram logo atrás, passando pela porta que praticamente delimitava toda a largura da casa, a qual, desse modo, parecia nada mais do que um longo corredor.

e A Chave Mestra

Se por fora a casa causava curiosidade pela estreiteza, por dentro era ainda mais peculiar. Ao adentrar, Marvin deparou-se com uma imensa e inusitada coleção de objetos, todos dedicados a um único tema: o unicórnio.

Havia itens que começavam por quadros a óleo, aquarelas, ilustrações e iluminuras — disputando o espaço das paredes com as rachaduras e a tinta descascada —; bonecos, desde quase em tamanho natural a miniaturas; tapeçarias; livros empoeirados; mapas com anotações; estatuetas e tudo mais que fosse dedicado ao lendário animal, desde os tempos medievais, retratado como símbolo de força e pureza. Além daquela que parecia ser a peça especial do excêntrico acervo: um pequeno chifre, retorcido da base à ponta, protegido por uma redoma de vidro — aparentemente, a única coisa que parecia ser limpa em toda a casa — e exposto de maneira destacada, como se um dia tivesse pertencido a um espécime vivo do animal mitológico.

— Isso é mesmo de verdade? — Marvin arriscou a pergunta, apontando para o pequeno chifre.

— Nem pergunte... — Salomon limitou-se a dizer e seguiu em frente, desviando dos objetos largados por todos os cantos.

No corredor extenso, cruzaram com um cachorro que dormia preguiçosamente, acomodado sobre o solitário sofá carcomido pelo tempo. O animal não pareceu se importar com a passagem dos intrusos, nem mesmo do gato preto, que invadia seu território.

Cruzaram pela frente da escadaria — tão estreita quanto a casa — que conduzia ao andar superior, até encontrarem a porta entreaberta que marcava o final do longo corredor.

— Ô de casa! — anunciou Salomon, tentando chamar a atenção do vulto que se podia ver lá dentro, na pequena saleta mal-iluminada.

Mas quem quer que fosse, não pareceu dar grande importância para o chamado e seguiu debruçado sobre uma bancada onde trabalhava.

— Olá, será que podemos entrar? — insistiu Salomon.

— Ah, você já entrou mesmo! — foi a resposta mal-humorada na voz arranhada de um homem já idoso, sem se importar em se virar e ver quem estava ali, complementando, no mesmo tom rabugento: — Mas adianto que minha resposta continua sendo a mesma: NÃO! Assim, pode voltar pelo mesmo caminho por onde entrou, e rápido! Pois, do contrário, alerto, mora comigo um cão extremamente perigoso, que, confesso, tenho muita dificuldade em controlar!

E Marvin viu o Mestre das Sombras dar um raro sorriso — mirando o *perigoso* animal que ressonava agora com as quatro patas viradas para cima — e prosseguir em direção ao velho, ainda debruçado sobre a bancada, de costas para Salomon, que se aproximava.

— Ademais — continuou arengando o palavrório de ameaças —, diga para seu patrão que nunca, nem por todo o ouro do mundo, eu trabalharia para um falsário e chantagista como ele!

Salomon abriu ainda mais o sorriso e entrou no cômodo, tendo Marvin logo atrás. O menino pôde ver que era um cômodo repleto de ferramentas e talhos de madeira, espalhados em cada canto.

— Mas e se o pagamento fosse um legítimo... Chifre de Unicórnio? — propôs Salomon ao homem que agora levantava e remexia em caixas em um canto da oficina.

— Hã? — hesitou por um instante, parecendo surpreso. Mas retrucou com desdém. — Ah, não me venha com essas porcarias do Mercado Negro — respondeu o velho, sem se virar para ver de quem vinha a oferta. — Sei perfeitamente que o único chifre que vocês podem me oferecer será tirado de algum pobre cabrito ou da cabra da sua...

— Atenção... cuidado com a língua, velho rabugento! — Salomon o interrompeu antes que o velho completasse o xingamento. — Isso é jeito de receber um antigo amigo?

— Amigo, amigo... vou lhe mostrar o que eu faço com amigos do seu tipo!

E virou-se com um enorme varão de madeira nas mãos, pronto para acertar o visitante inoportuno, quando se deparou com Salomon.

— Afilhadinho? É mesmo você?

— *Afilhadinho*... — repetiu Marvin, ao ouvir a maneira inusitada com que o outro se referia ao sisudo Mestre das Sombras.

— Hã... sim, sou eu, *Herman* — respondeu, olhando de lado para Marvin, como se tivesse sido apanhado pela indiscrição do velho. E, em seguida, com um gesto de cabeça, alertou sobre a presença dos acompanhantes.

— Ah, deixe de bobagens, afilhadinho; venha dar cá um abraço no seu velho padrinho!

E Salomon, ainda que um tanto sem jeito, deixou-se abraçar pelo homem que largara a vara de lado para envolvê-lo nos braços, com o carinho de quem reencontra um filho.

— Ah, realmente, faz muito tempo... — disse, olhando para o rosto acobreado de Salomon, acrescentando à recepção calorosa um bem dado cascudo, aplicado na cabeça do Mestre das Sombras como se ele fosse um menino apanhado em traquinagem.

— E como é que você fica tanto tempo sem vir me visitar? — cobrou em tom de censura. — Deixando seu padrinho aqui, à mercê desses abutres do Relicário. Sempre me pressionando, querendo que trabalhe para eles, para fazer de minha arte artigos que eles possam vender como autênticos no Mercado Negro! — protestou.

Salomon coçou a cabeça na posição onde levara o cascudo, respondendo ao velho.

— Mas parece que você ainda sabe se cuidar, não é mesmo? Protegido pelo cão de guarda que você tem *muita dificuldade em controlar* — disse, olhando o velho cão que ainda dormia, como se nada pudesse lhe perturbar o sono.

— Esse pulguento? Mas um dia me livro dele! Só come, dorme e infesta a casa com pulgas.

E, diante da ameaça do velho artesão, o cachorro finalmente pareceu dar sinal de vida. Abriu um olho, virou-se, observou todos por um instante e voltou a dormir.

— Viram só?! Ah, mas deixemos esse inútil para lá. Conte-me, afilhadinho, o que o traz aqui depois de tanto tempo. Acaso esse menino é seu...

— É meu protegido — antecipou Salomon, evitando a pergunta indiscreta que viria, mas confidenciando, em um sussurro, algo mais significativo sobre o menino: — Ele é... um Grinn.

Ao ouvir a menção do nome de família tão relevante, o velho puxou os óculos para a ponta do nariz, como que inspecionando o rosto de Marvin.

— Um Grinn, você diz? Quer me fazer crer que traz um Grinn aqui à minha casa? Desculpe, afilhadinho, mas isso não me parece possível. Dizem que eles foram todos mor...

E Salomon, mais que depressa, novamente precisou interromper o artesão.

Marvin Grinn

— Herman, o garoto está ouvindo; e ele não sabe muita coisa sobre si mesmo nem sobre o passado da família, entende? É um... recém-despertado.

O velho, novamente, voltou sua atenção para Marvin, agora mirando profundamente no olhar de duas cores de Marvin.

— Você tem certeza de que não é um farsante? — perguntou, sem se preocupar em ofender Marvin.

— Absoluta... — disse Salomon, com convicção, e acrescentando a seguir: — Foi o próprio velho quem o encaminhou para mim. E, além do mais, o menino tem algo que pode ser uma prova. Mostre a ele o que trouxemos, garoto — disse, incentivando Marvin a pegar o embrulho guardado na bolsa e mostrar ao artesão.

Marvin desenrolou o embrulho, revelando o graveto.

— Mas o que é isso, afilhadinho? O que isso prova? — perguntou, ainda sem tocar no graveto.

— Mas você está mesmo há tempo demais longe de suas ferramentas... vamos lá, velho, toque o graveto para ver o que acontece.

Herman levou a mão para pegar o pedaço de madeira. Mesmo antes de tocá-lo, viu se repetir parte do que acontecera com Salomon, com o graveto tomando diferentes formas — de varinha a cajado, manifestando conjuntamente os Quatro Elementais, enquanto mudava de forma, e, assim, espantado, Herman imediatamente afastou a mão.

— Mas o quê... o que é isso?! — exasperou-se.

— Isso foi o que o velho deixou para o garoto — contou Salomon.

— Isso... isso não é normal. Uma varinha não manifesta tantas formas nem tem aptidão para tantos...

— Elementos... — assentiu Salomon com um leve e sugestivo sorriso, ao passo que Herman franzia as sobrancelhas, relutando em aceitar o que vira.

— Isso não é possível. É verdade que, quando era apenas um aprendiz de artesão, ouvi de meu Mestre de Ofício a história sobre uma varinha desse... tipo. E eu julgava que tudo não passasse apenas de uma lenda, mesmo. Ora, *"uma varinha que não pode ser trabalhada ou moldada"*; uma varinha que *"evolui, sozinha, junto com seu Mestre"*... — Herman recordava as palavras que ouvira, tentando decidir sobre o que vira acontecer.

e A Chave Mestra

— E agora você está aqui com esse garoto... um Grinn. E ele tem nas mãos algo que... — Herman olhava para Marvin, que passara o graveto semiembrulhado para as mãos de Salomon e agora se encarregava de tentar manter Bóris longe do velho cão que acordara e, ainda que tardiamente, tentava restituir a soberania do território invadido pelo gato.

Herman voltou-se para Salomon.

— Afilhadinho, se minha suspeita estiver certa, você sabe o que foi dado a esse menino?

Salomon assentiu.

— E depois de todo esse tempo, por que trouxe ele aqui... com isso? — apontou para o graveto.

— Porque preciso ter certeza do que é — respondeu. — Quando estendi minha mão sobre ela, desconfiei do que poderia ser. Mas não tenho tanto talento para isso. E o pouco que aprendi foi nesta sala, com você...

— Ora, se você quisesse realmente, poderia ter sido melhor do que eu, se não tivesse... — Herman deteve-se antes que pudesse trazer de volta assuntos que eram delicados para ambos.

— Mas, enfim, por acaso você confiaria no conhecimento de um velho como eu? — perguntou Herman, dando as costas para Salomon. — Fui impedido de continuar exercendo meu ofício há demasiados anos, você bem lembra. E hoje... minhas mãos doem... e meus olhos já não são tão confiáveis e...

— Você é o melhor — interrompeu Salomon. — E é o único a quem confiaria essa tarefa — acrescentou.

O artesão virou-se para Salomon, primeiramente com um olhar de gratidão — pelo reconhecimento por uma vida inteira dedicada à restrita arte de converter madeira em poder mágico —, mas logo recuperou a costumeira expressão ranzinza e falou como quem aceita realizar um favor desagradável.

— Bem, se é assim, farei o que me pede. Deixe aí esse... esse graveto comigo, e verei se é mesmo algo legítimo ou apenas uma falsificação sem valor, como as que circulam pelo Mercado Negro.

— Que assim seja — Salomon concordou. — Mas, antes que inicie seu trabalho, ainda tem algo mais que preciso lhe contar; algo muito importante.

155

— Mais?! E o que mais poderia ter de tão importante a me revelar, depois disso? — desafiou, apontando o graveto que agora repousava sobre a bancada.

Salomon fez um meneio de cabeça na direção de Marvin.

— O menino, ele também leva... O Livro.

— Livro, que livro, afilhadinho? E de que me importa um livro que esse menino tenha?

— Eu não disse um livro, eu disse... *O* Livro.

— *O* Livro? — repetiu o artesão, com um instintivo balançar de cabeça em sinal de negativa. — Você não pode estar se referindo a *O* Livro.

— Sim, *O* Livro — contrapôs Salomon, com um movimento positivo de cabeça.

— O... *O* Livro?!

E, tomado pela surpresa da nova revelação, o artesão desabou sobre uma velha poltrona, levantando uma nuvem de poeira que tomou conta de toda a oficina.

Herman tinha uma expressão que ia da excitação e euforia à incredulidade, enquanto balbuciava frases desconexas.

— O afilhadinho reaparece... depois de tantos... tantos anos. E traz um menino... esse garotinho aí... e ele... ele é um Grinn. Um Grinn, de fato, pois ele traz... ele tem... e está bem aqui ao meu lado — apontava para o graveto sobre a bancada —, uma Relíquia única... que foi um dia retirada do próprio corpo de uma Mãe da Floresta. Uma árvore viva... com mais de mil anos. E que foi a origem a uma... uma floresta inteira! Ou seja, algo quase impossível de se encontrar. Impossível... impossível! — repetia.

— E que esse... esse... — disse, apontando para Marvin — esse pirralho aí — disse, fazendo Marvin franzir o nariz pela forma pouco respeitosa com que se referia a ele —, ele tem... — hesitou, olhando para Salomon, que acenava afirmativamente com a cabeça — ele tem... — hesitou, mais uma vez, como se evitasse o que iria dizer, olhando para Salomon, que o incentivava

e A Chave Mestra

a concluir. — Não, ele não tem! Não pode ter. Não pode ser! Não O Livro! — exclamou.

Herman levantou-se da poltrona, andando pela sala e tropeçando em tudo que tinha pela frente, olhando de lado para o graveto de madeira sobre a bancada, até partir em direção a Marvin, que, assustado com aquele homem descontrolado apontando em sua direção, instintivamente deu um passo para trás, colando suas costas na parede da sala, sem muita alternativa de fuga.

E com o nariz quase encostando no nariz de Marvin, o artesão disse:

— Você, menino... que se diz um Grinn... quer que eu acredite que você pertence à família desaparecida. E que tem ali a varinha das lendas. E, como se não bastasse, que ainda por cima carrega O Livro, é isso? — Herman confrontava Marvin como se esperasse dele uma resposta... ou uma confissão.

Marvin olhava para o Salomon — que agora, nitidamente, segurava o riso diante da expressão de apavoramento do menino —, enquanto o artesão prosseguia com o interrogatório.

— Então, menino, você quer mesmo que eu acredite que você carrega O Livro de Todos os Bruxos? Pois, então, se é assim, mostre-me que tem O Livro! — exigiu.

Marvin não sabia o que responder e nem o que fazer, afinal, a guarda d'O Livro era um segredo que se comprometera a manter. E diante da inércia do menino, o artesão se manifestou.

— Não vai mostrar, não vai falar... afinal, como esperam que eu acredite nessa história absurda, de que um garotinho desmemoriado conseguiu reunir tantos objetos de lendas juntos?! — desafiou o artesão. — Vamos, menino, mostre-me algo que possa provar o que afirma, impedindo-me de colocá-lo para fora daqui!

— Eu... posso? — Marvin pediu ajuda a Salomon sobre como deveria proceder, enquanto o olhar do artesão recaía de um para o outro, aguardando o desfecho daquele impasse. — E então, pode ou não pode? — questionou impaciente, enquanto Salomon assentiu com um meneio positivo de cabeça. — Bem, parece que posso, sim... — respondeu Marvin. — Ele está bem... aqui.

— Aqui? Aqui... aqui... aqui onde, menino? — perguntou ríspido.

157

— Aqui, bem... aqui — respondeu Marvin, tocando a bolsa a tiracolo, para, em seguida, tirar do esconderijo o livro de capa enrugada, que apresentou a Herman. O artesão, desta vez, não apenas desabou novamente sobre a velha poltrona, como também desmaiou.

— Olhe, ele está acordando. Vamos, pegue ali um pouco de água — ordenou Salomon para Marvin, indicando a jarra no canto da peça.

Com a visão turva, Herman abriu os olhos e viu o rosto familiar de Salomon — também chamado de Mestre das Sombras, mas que para ele era apenas...

— Afilhadinho? O que você faz aqui? — perguntou como se fosse a primeira vez que o via, para em seguida aplicar um novo cascudo na cabeça daquele que o amparava, repetindo todo o ritual que cumprira quando de sua chegada. — E por que ficou tanto tempo sem vir visitar seu velho padrinho?! — repetiu o protesto.

— Ah, vamos lá, Herman, erga-se logo! Não temos tempo para tanto senta e levanta nem para começar tudo de novo — resmungou Salomon, enquanto ajudava o artesão a se levantar.

Marvin trouxe a água e entregou para Salomon dar ao padrinho.

— Ele está melhor? — perguntou Marvin preocupado.

Ao ver o menino à sua frente, Herman voltou seus olhos para a bancada — onde ainda estava o embrulho com o graveto de madeira — para a seguir ver o livro de capa enrugada, seguro nas mãos de Marvin.

— Você... a varinha... O Livro... Mas então... então era real?! — exclamou, em meio a uma pergunta.

— Sim, Herman, mas agora recomponha-se! — ordenou Salomon, já impaciente com toda aquela perda de tempo, acomodando o velho artesão na poltrona empoeirada.

— Afilhadinho, você sabe o que isso significa? Que de fato aquilo... — apontou para o graveto — pode ser mesmo o que eu penso! — disse entusiasmado. — E, ainda que não seja, deve existir magia ali, uma magia poderosa que eu posso trazer à vida, dando forma a uma varinha para o seu menino...

e A Chave Mestra

— Mas suas mãos não doíam... e seus olhos não estavam *muito cansados* e *pouco confiáveis*? — ironizou Salomon, repetindo a ladainha dita pelo velho artesão minutos antes. Então, concluiu, olhando para Marvin, o qual ainda tentava entender aquela situação: — Sabe, garoto, creio mesmo que poderíamos procurar outra pessoa e deixar de importunar meu amigo Herman aqui. Quem sabe posso convencer o velho Gregório Wanderbilt a também examinar a sua...

— Como ousa citar o nome daquele amador na minha presença? — esbravejou Herman, interrompendo Salomon e ficando em pé de um só pulo. — O que aquele velho senil tentaria fazer jamais poderia superar ou sequer se igualar a uma varinha com a assinatura de uma autêntica *Herman*. Você me decepciona... e me insulta, afilhadinho!

E agora falando em tom de ameaça, dirigiu um olhar enfurecido a Salomon, que não conseguia mais conter o riso.

— Olha que ainda posso lhe dar umas boas palmadas, como no tempo que, de sombras, você só conhecia aquelas embaixo da cama, onde se escondia para escapar das minhas chineladas.

E Marvin, que até então não entendera quase nada, resolveu entrar no assunto e perguntar o que tinham mesmo ido fazer naquela casa estranha, com aquele velho maluco que chamava o seu sinistro Mestre de *afilhadinho* e ficava falando sobre ele como se ele não estivesse ali.

— Hã, Mestre... e senhor Herman... poderiam me explicar, afinal, o que é que o senhor vai ou não fazer? — perguntou Marvin, esperando uma resposta da dupla e encerrando aquela *discussão de família.*

O velho artesão sorriu para o afilhado.

— Um autêntico Grinn, não é mesmo? Pois então, rapazinho, vou lhe contar algumas coisas. Saiba que eu sempre fui um artesão e exerci minha arte por décadas, até as coisas ficarem, digamos... restritas.

— Proibidas! — corrigiu Salomon, sem meias palavras.

— Que seja... — resmungou Herman e prosseguiu. — Então, antes de as coisas ficarem... — fez uma pausa, olhando Salomon, que mais parecia um fiscal da sua história — *proibidas*, eu exercia um ofício antigo, muito, muito antigo. Um ofício que não pode apenas ser ensinado, pois também é necessário que o artesão possua em si um talento muito especial...

159

— O *toque* — disse Salomon.

— Muito bem, afilhadinho, o toque. Aquilo que possibilita a nós, artesãos, antever o que aquele pequeno pedaço de madeira tem o *destino de se tornar*. Seja uma autêntica varinha, capaz de liberar o poder mágico que existe em cada dotado; seja apenas um pedaço de madeira comum e sem valor, uma peça decorativa — disse Herman, com desdém. — Um ofício que leva tempo e dedicação para ser aprimorado, com anos de estudo e prática, até que você possa se formar como um verdadeiro artesão da antiga arte: o Mestre Artífice de Varinhas — disse com pompa, como se esperasse algum tipo de comoção por parte de Marvin.

No entanto, o menino apenas se manteve impassível, sem demonstrar grande empolgação pela revelação do artesão, que franziu a testa em desapontamento.

— Herman, lembre-se de que ele é um recém-despertado... é tudo novo para ele.

— Ah, claro, um despertado! Isso explica também o fato de nunca ter ouvido falar de mim! Bem, se é assim, está perdoado — disse, ainda que Marvin não se sentisse culpado de nada. — E, sendo assim, irei instruí-lo. Sou um artesão remanescente da afamada Escola de Artes e Ofícios de Magia; um local célebre, criado para instruir jovens rapazes e moças nos mais variados tipos de ocupações ligadas à magia. De lá, saíram professores, herbologistas, alquimistas e, é claro, artesãos na confecção de varinhas mágicas! — contou orgulhoso.

— Varinhas mágicas, como aquelas de mágicos?

— Não! — reprovou o velho com indignação. — Varinhas mágicas para praticantes de MAGIA! E, no meu caso, especialmente para duelos de magia... e posso afirmar que sempre fui o melhor nelas. Varinhas... como esta!

E sacou de dentro do casaco um pequeno pedaço de madeira torneado, com não mais do que vinte e poucos centímetros, com o qual, em movimentos compassados, fez levitar o velho cachorro que desistira de Bóris e voltara a dormir.

— Herman, como você tem isso? — interpelou Salomon surpreso, ao ver a varinha que Herman manuseava, divertindo-se ao fazer o cachorro flutuar, suavemente, de volta ao velho sofá onde dormia.

e A Chave Mestra

— Ora, eu sou um artesão de varinhas, não sou?

— Mas eles quebraram a sua...

— Sim... — interrompeu Herman. — Eles quebraram minha Licorne — disse com tristeza. A seguir, acrescentou em tom ardiloso: — Mas se esqueceram de recolher um dos pedaços... e, assim, eu a refiz por completo! Bem, quase por completo.

— Mas isso é impossível; uma vez quebrada...

— *"Uma vez quebrada, a varinha deixa a essência escapar e perde o poder"*. Eu sei, eu sei... esquece que fui eu quem ensinou isso a você, afilhadinho. Mas impossível é uma palavra desconhecida para Herman! Talvez para Wanderbilt, mas não para mim, não, senhor! — gabou-se. — E quando recolhi a parte que restou, o pedaço maior, ele permanecia com a essência do poder ainda pulsante na varinha. Assim, quando me deixaram só, com a dor de ver meu bem mais precioso partido, jogado fora para fenecer e apodrecer... — disse em tom dramático — eu a recolhi com cuidado e sabia bem o que deveria ser feito a seguir, caso quisesse preservá-la.

— Mas como ela voltou a funcionar? — perguntou Salomon intrigado com o feito do padrinho.

— Bem, ela não é mais a mesma, você sabe; embora não tenha permanecido comigo no ofício, preferindo se juntar àqueles... — Herman ia falar alguma coisa sobre o passado de Salomon, mas foi interrompido.

— Não é hora para relembrarmos as minhas escolhas, Herman. Além do mais, agora isso é passado, e nunca me tornei um Mestre, igual a você.

— Bem, que seja, mas você ainda se lembra das regras e das medidas, não se lembra, meu antigo aprendiz? *"Do cotovelo à ponta do dedo médio, na medida do antebraço do feiticeiro, mago ou bruxo que a portar: essa é a medida perfeita de uma varinha mágica"* — recitou, e Salomon assentiu, como se se recordasse.

— E então, com muita paciência e discrição, por semanas trabalhei em segredo, cuidando daquele pedaço maior. Primeiramente curei o *ferimento* causado pela fratura no corpo da varinha, depois esperei com paciência até que ela se recuperasse. E então trabalhei muito delicadamente... — Herman revivia os fatos enquanto narrava — para reconstituir seus entalhes e trazer de volta minha velha Licorne.

161

— E aí está ela de volta — congratulou Salomon, vendo de perto a prova da história que ouvira.

— Não, não de todo. Infelizmente, reproduzir minha Licorne e a trazer de volta exatamente como era não seria mais possível. Porém, salvar um pouco da varinha que fora, isso eu estava convicto de que conseguiria — revelou. — E cá está o resultado — disse, fazendo um movimento com a varinha, que deixou um suave brilho incandescente no ar. — Ainda que não seja mais a poderosa varinha longa de combate que um dia foi, serve perfeitamente para fazer uma levitação aqui, curar um pequeno ferimento ali e ser útil de alguma forma. Penso que para uma batalha, bem, aí creio que não. Acho que os tempos de combatente da luminosa Licorne ficaram para a história e apenas lá permanecerão — disse com resignação —, pois muito do poder se perdeu quando ela foi partida, e a ponta, onde se concentrava a maior parte do poder de disparo, foi levada por eles, os Vigilantes. Assim, essa é toda a história; refiz minha velha Licorne, e aqui está ela, renascida como esta pequena companheira. Porém, quem sabe, em uma real necessidade, ainda guarde força para um último disparo que salve minha vida — acrescentou. — Quem sabe este pequeno unicórnio aqui... não guarde ainda um belo coice para ser dado no traseiro de quem ousar enfrentá-la, hein, menino Grinn? — disse, sorrindo para Marvin, que ouvira a história atentamente.

— Ou, quem sabe, para lhe proteger dos Relicários? — perguntou Salomon, rompendo seu silêncio.

— O quê? — indignou-se o artesão diante da sugestão do afilhado. — Aqueles bastardos são apenas ratos que ficam rondando minha porta, com seus focinhos pestilentos, em busca de farejar algum negócio. Eles querem que eu volte a fabricar varinhas autênticas, para venderem por uma fortuna no Mercado Negro de Relíquias. Mas não são de nada e não me causam qualquer medo — concluiu, em tom de bravata. — Agora vamos ao que interessa — voltou-se para Marvin. — Sendo genuinamente um Grinn, primeiramente, devo dizer que me sinto honrado por compartilhar comigo esse segredo — disse com orgulho —, mas devo acrescentar que não deve sair mostrando isso por aí. Afinal, se é mesmo O Livro de Todos os Bruxos o que carrega (no que acredito, uma vez que o velho do casarão confiou em Salomon para treiná-lo), você tem algo que todos tentarão arrancar de

e A Chave Mestra

você a todo custo, e, certamente, precisará de algo poderoso para protegê-lo. Sendo assim, o afilhadinho o trouxe ao lugar certo.

Marvin e Salomon se entreolharam, sorrindo satisfeitos, enquanto Herman se aproximou do balcão onde a varinha aguardava.

— Filho, pretendo produzir para você a melhor varinha de duelos que eu já fiz em toda a minha vida. E olhe que tenho uma história longa, com muitas varinhas famosas assinadas por mim. Sabe, fui eu que fiz a fabulosa Risco de Luz, que venceu *Lord Nefárius* em um duelo na Revolução. E também tem a minha assinatura a não menos afamada Pétala Negra, que entalhei por encomenda do General Cordélio Von...

— Herman! — Salomon interrompeu o padrinho, temendo que o artesão iniciaria ali uma longa e infrutífera rememoração de seu extenso currículo de varinhas.

— Ah, sempre interrompendo minhas histórias na melhor parte — Herman protestou, mas Marvin pareceu curioso.

— Senhor Herman, por que esses nomes diferentes?

— O General Cordélio, você quer dizer?

— Não, os outros: Risco de Luz, Pétala Negra...

— Ora, mas então não sabe que, após a varinha estar pronta e entregue, e seu legítimo possuidor colocá-la à prova em um duelo, ele poderá dar a ela um nome à sua escolha? E, desse dia em diante, ela passará a responder somente àquele senhor e a ninguém mais! — Herman enfatizou. — A não ser, é claro, em casos especiais, quando deseje entregar sua varinha a um sucessor — e, olhando para Salomon, completou —, como a um filho. Nesse caso, a varinha seria entregue de bom grado, pela livre escolha do seu antigo senhor, dada ao seu novo possuidor. Este, novamente, provando seu valor, poderia ter a obediência e a fidelidade da varinha — explicou o artesão. — E lhe asseguro que minhas varinhas sempre serviram bem aos seus senhores por muitos, incontáveis anos... até que eu fosse proibido de continuar a fazê-las.

— Sim, mas isso não o impediu de arriscar ser pego pelos Vigilantes ao fazer essa varinha que guarda aí escondida, não é, Herman? — retrucou Salomon.

— Mas, nesse caso, como poderia? Como seria capaz de deixar morrer minha Licorne, ali, naquela praça de execuções? Isso, nunca!

Marvin Grinn

Marvin olhava para o velho, que alisava o casaco, debaixo do qual guardara a pequena varinha.

— Mas deixemos as histórias antigas de lado e tratemos do futuro. Vamos examinar melhor o que nos trouxe o menino Grinn.

Herman foi até a bancada onde estava o graveto e aproximou mais uma vez a mão para sentir a vibração fora do comum.

— Ainda não acredito que possa ser ela — disse, agora parecendo esperançoso e empolgado.

— Ela, mas o que seria ela? A quem o senhor se refere? — perguntou Marvin.

— Não quero dar falsas esperanças, menino Grinn, mas logo mais vou descobrir. Salomon, vocês devem me deixar agora. Preciso ficar a sós para poder trabalhar e descobrir se nossas suspeitas estão corretas.

— Muito bem, venha comigo, garoto. E traga junto esse gato. Vamos dar uma volta pelo mercado e deixar Herman trabalhar.

E após a partida de Salomon, Marvin e Bóris, Herman tomou o cuidado de fechar as janelas e cortinas da casa, para só então subir ao aposento superior e revelar um cômodo que a magia fazia permanecer oculto: o seu antigo ateliê de varinhas, que acessou usando a renascida varinha Licorne, enquanto recitava o encantamento que fazia ressurgir a porta escondida na parede.

Após abrir a porta com calma, Herman saboreou seu retorno, um passo de cada vez, parando por um instante antes de chegar à velha bancada. Ele sorriu, olhando ao redor da peça, muito diferente de todo o resto da casa estreita, pois era ampla, limpa e repleta de recordações, troféus e condecorações. Lembranças de um passado glorioso do artesão e de seu protegido, um menino moreno que muito cedo se destacara como um prodígio no manuseio de varinhas, conhecido como... Salomon.

Herman pegou o antigo estojo de couro que guardava embaixo da bancada de artesão e, antes de abri-lo, passou a mão sobre o couro envelhecido, abrindo um sorriso, como quem reencontra um velho amigo. Desafivelou a cinta que prendia o estojo e abriu em sua frente o conjunto de ferramentas de trabalho que, mesmo guardadas ali por tanto tempo, ainda conservavam o brilho especial reservado àquelas que haviam forjado tantos instrumentos mágicos.

— Olá, velhas companheiras — Herman saudou suas ferramentas, sorrindo. — Estou de volta — disse com a voz embargada. — Ainda que só por hoje, mas estou de volta para vocês. Vamos trabalhar? — perguntou e viu o brilho da magia contornando os instrumentos.

Trouxe para perto de si o graveto ainda embrulhado no tecido. Apenas quando estava na bancada o abriu, revelando o pedaço de madeira que em suas mãos poderia se transformar em um instrumento mágico poderoso. Estremeceu por um instante, pensando que, mesmo em sua larga experiência como artesão, aquele poderia ser o seu maior desafio, sopesando se estaria à altura da tarefa. Porém, procurou afastar os próprios temores, falando para si mesmo:

— Vamos lá, homem, você é Herman, o maior artesão de varinhas que o Novo Continente já conheceu! E *nenhuma varinha se compara a uma autêntica Herman*, não é verdade?! — disse, recitando a frase que repetia ao definir seu próprio trabalho.

Certamente, haveria de fazer bem-feito. Ou, mais do que isso, naquele dia Herman tentaria fazer sua obra-prima.

Enquanto Herman se preparava para iniciar seu trabalho, no lado de fora, Yago — o homem careca que abordara Salomon e Marvin em sua chegada — voltara para observar o movimento da casa. Estivera ali tempo suficiente para testemunhar o velho artesão fechando cada abertura da casa, enquanto olhava para os lados, parecendo querer certificar-se de que ninguém estivesse vigiando.

"Então o velho Herman não deseja ser visto. Afinal, quem fecha as janelas em pleno dia, por certo está escondendo alguma coisa!", pensou.

E, assim, decidiu que já vira o bastante e que já era a hora de falar com seu empregador.

10.

O ATAQUE DOS RELICÁRIOS

Dentro de sua oficina secreta, Herman observava o graveto de madeira bruta, algo que havia feito inúmeras vezes antes; incontáveis vezes, se poderia dizer, medindo-se pela quantidade de varinhas que já havia produzido. Mas ainda assim o artesão tinha viva em sua memória a lembrança de cada uma delas — feitas para não ter duas iguais —, embora ainda não soubesse que aquela estava para se tornar a inesquecível entre todas.

E agora, frente a frente com a matéria-prima de seu ofício, Herman recitava para si mesmo os passos a seguir, recordando o passado que fora obrigado a deixar para trás.

— *"Madeira viva, retirada do cerne da planta. Extraída com a licença da árvore e com a permissão da floresta. Estancando a seiva derramada, com gotas do próprio sangue, deixando cair sobre o ferimento da planta. Assim é selado o pacto com a natureza. O elo que unirá aquele que doa com aquele que recebe. Sangue e seiva!"* — concluiu em meio a um suspiro e prosseguiu. — *"Após, embrulhado em tecido de linho, o galho retirado vira matéria-prima. Madeira de árvore da Castanheira, da Oliveira, do Salso, do Freixo, do Ébano..."* — Herman recitava mais um trecho de olhos fechados. — *"Mas da madeira que seja, sempre de madeira viva. Sempre preservando a árvore que lhe deu a vida. E até que homem ou varinha deixem de existir. Assim é o trato, assim deve ser feito."* Muito bem, e agora somos só eu e você.

E Herman então realizou o ritual possível apenas para um autêntico artesão de varinhas, estendendo sobre o graveto a palma estendida, antes de tocá-lo, tentando vislumbrar qual varinha poderia se originar dali. O que ele viu o tirou do transe no instante seguinte àquele em que fechara os olhos, pois era mesmo a imagem da varinha das lendas, com os quatro elementos gravitando ao seu redor. Não apenas isso, viu também a mesma varinha convertida na lustrosa bengala que Gentil carregava, e viu um poderoso cajado empunhado por um ancião sem rosto.

Surpreendido pela revelação que se confirmara, Herman abriu os olhos para ver que o graveto começara a emitir uma luminosidade pulsante em seu entorno.

— Mas, então, é mesmo você... — disse para o pedaço de madeira.

Com isso, ele aproximou a mão, cuidadoso, cada vez mais perto de tocá-lo, enquanto o graveto incandescia, até finalmente ter a peça de madeira nas mãos, vendo a transformação acontecer.

Ela se transformou naquele que Salomon vira por um segundo e agora podia admirar por completo. O que Herman tinha em suas mãos não era mais o graveto nodoso e disforme que Marvin trouxera, e sim uma varinha ricamente esculpida, com o cabo seccionado em quatro partes, dessa forma representando não apenas uma, mas as quatro forças elementais da natureza, demonstrando, assim, sua verdadeira essência e o poder daquela varinha especial.

— Aqui está você... — disse, observando com cuidado cada detalhe. E o velho artesão, quase que inconscientemente, recitou: — *As raízes da terra; o sopro dos ventos; a vastidão dos mares; o poder do fogo.* Você, de fato, existe... — disse à varinha. — Obrigado por me permitir conhecê-la — concluiu, reverente.

Assim, depositou a varinha de volta sobre o pano de linho, que, imediatamente, tornou a se converter no graveto que chegara ali.

— É por isso que ninguém nunca achou você, não é mesmo? Fique tranquila, pois seu segredo estará seguro comigo — disse de maneira cúmplice, enquanto embrulhava de volta a varinha no linho.

Então voltou a guardar suas ferramentas de artesão com carinho.

— Desculpem, velhas companheiras, mas não será hoje que voltaremos a trabalhar. Quem sabe outro dia; quem sabe...

E escondeu de volta o estojo de couro sob a bancada.

Herman ainda estava em seu ateliê secreto quando ouviu o barulho da porta sendo forçada, vindo da parte de baixo da casa estreita, seguido do latido do velho cão em desafio e de um baque surdo, que foi sucedido por um ganido de lamento.

Mais do que depressa, Herman escondeu o pedaço de madeira trazido por Marvin entre outros gravetos comuns e saiu do ateliê, selando a porta, que voltou a permanecer oculta, fundindo-se à parede.

Foi então se esgueirando em direção aos ruídos que seguiam vindo de baixo e que agora eram de objetos sendo vasculhados e arremessados, sem que quem quer que estivesse fazendo aquilo parecesse demonstrar qualquer preocupação em ser discreto.

Desceu as escadas com cuidado para ele próprio não fazer barulho e, de onde estava, pôde ver os homens que reviravam com violência sua oficina. Viu também o velho cachorro deitado, ganindo baixinho, abatido pelo poderoso chute desferido contra ele. Herman cerrou os punhos e buscou o cabo da varinha que já fora sua Licorne.

— Desgraçados... — falou primeiro entre dentes, para depois gritar em desafio: — Desgraçados! — repetiu. — Saiam da minha casa, imediatamente!

E enquanto descia as escadas em direção aos invasores, viu sair, do fundo da sua oficina, a figura de um homem alto e corpulento. Ele precisou curvar a cabeça para sair de dentro da pequena peça e, mesmo antes de ele falar, Herman sabia quem estava ali. *Arno Stromboli*, aquele que todos chamavam de *O Relicário*.

— Então tenho a *honra*... — disse o velho artesão sem esconder a ironia — de receber em minha casa o próprio senhor Relicário.

— A *honra* é mesmo toda sua, velho — respondeu o homenzarrão com escárnio. — Vamos lá, diga onde está? Tempo é dinheiro, velho. Entregue-me logo e vamos acabar com isso.

— Não sei do que você está falando... — disse o artesão.

— Ah, não sabe? A varinha, velhote. A varinha que você acabou de fazer! Vamos, entregue-me de uma vez e quem sabe ainda possa recompensá-lo.

— Você não tem nada com que possa me pagar.

— E sua vida, não seria uma boa recompensa? Afinal, embora velho, você ainda tem uma vida a preservar.

Herman engoliu em seco, sabia que o Relicário era mesmo capaz disso, mas tentou manter-se firme diante da ameaça.

— Não tenho medo de você. Saia daqui e leve esses trastes de volta para a Rua do Baixo, onde você os achou.

— Não tem medo de mim... — disse o Relicário. — Ah, mas vai ter.

E fez sua imensa sombra crescer sobre o velho artesão.

Salomon retornou à casa e estranhou o silêncio. Seu instinto havia ensinado que cada ambiente produz seus sons característicos, e aprender a observá-los — e saber quando as coisas estão barulhentas demais ou quietas demais — dá uma vantagem para pressentir problemas.

Em especial naquela casa onde vivera por longos anos e crescera, aprendendo a escutar cada barulho do velho padrinho — remexendo em ferramentas, falquejando a madeira ou dando acabamento às suas obras —, os sons eram familiares demais, característicos demais, gritantes demais para que ele achasse que tudo estava bem. Avançou com cautela, deixando Marvin e Bóris para trás.

— Fiquem aqui e aguardem meu chamado. Mas fique atento e, se perceber qualquer movimento ou aproximação perto de você, grite.

Marvin assentiu, e Salomon prosseguiu com cuidado. Estava escuro, mas ele era um Mestre das Sombras, e a escuridão era seu lar. Assim, entrou na casa

Marvin Grinn

como um fantasma, sem ser visto por homem ou espírito, mergulhando pelos corredores de sombras para ver o que lhe aguardava ali.

Já nos primeiros passos, percebeu que algo se passara ali. Pois, mesmo na bagunça desarranjada da casa de Herman, sabia que havia uma certa harmonia em meio ao caos, e o que estava ali não era nada do que havia antes. Um amontoado de peças jogadas, atiradas por todos os cantos da casa, e isso reconstruía, na cabeça de Salomon, o quadro do que acontecera ali. A busca por um objeto que não fora encontrado, que desencadeou a violência contra os objetos da casa que o escondera.

Deslizou adiante e esbarrou em alguma coisa felpuda; quente... viva. Tocou para certificar-se do que já sabia e reconheceu o velho cachorro de Herman estirado, provavelmente ferido, mas ainda respirando.

— Calma, velho amigo, vamos cuidar de você.

O cachorro ganiu com um fiapo de força como resposta.

Salomon deixou o cachorro e seguiu pelo corredor estreito da casa, temendo pelo que encontraria a seguir, querendo atirar-se na busca daquele que mais importava em sua vida. Mas aprendera com o treinamento que o coração só o atrapalharia agora, e, assim, seguiu frio e metódico, auscultando cada sombra, cada vulto inerte, até chegar ao corpo.

Estava vivo, mas o corpo deitado sobre os escombros de objetos era grande demais para ser o do padrinho. Salomon deixou para trás o homenzarrão deitado, temendo que o próximo corpo encontrado fosse o do padrinho... sem vida.

Um passo à frente e Salomon sentia sob os pés os cacos e restos do que um dia foram as _relíquias_ do padrinho. Apenas bugigangas e velharias e, em meio a elas, a redoma de vidro quebrada; aquela que continha o item mais valioso da excêntrica e amada coleção: o chifre de um unicórnio legítimo, verdadeira obsessão do homem, que venerava o ser mitológico e alimentava a esperança de um dia encontrar-se frente a frente com um de verdade.

Mas, apesar de a redoma estar quebrada, o chifre não se partira. Fora pisoteado, certamente, ante os protestos do velho, quem sabe até suplicando para que poupassem ao menos o objeto mais querido daquela coleção sem valor, não fosse por serem as preciosidades de um velho artesão.

Mais um passo e mais uma lembrança registrada na memória sobre alguém que fora para Salomon bem mais que um padrinho. Alguém que acolhera o menino assustado, feito órfão por uma guerra que ele não compreendia. Havia sido recebido por alguém que o acalentara, alimentara, vestira, dera-lhe um teto e proteção. Mais do que isso, dera-lhe amor e afeto genuíno, algo que apenas um pai oferece a um filho. E o menino Salomon pudera provar dessa afeição.

Os segundos agora pareciam durar horas, e Salomon experimentava a angústia que somente um filho poderia sentir ao buscar o destino reservado a um pai. Sim, porque, embora nunca o velho houvesse cobrado esse título — que a ele por certo pertencia —, fora o pai restituído a ele, e agora lhe parecia claro como nunca que essa seria a única forma de se referir ao homem que buscava. Assim, o Mestre das Sombras, tão frio e controlado, não resistindo mais à tensão, provou que também era humano.

— Pai! — chamou com aflição. — Pai — repetiu o chamado. — Você está aí? Vamos, responda, sou eu, Salomon!

— A-afilhadinho... — foi o sussurro de resposta. — É... você? — A voz que mal saía provinha fraca do aposento do fundo.

— Pai! — gritou Salomon, correndo descuidadamente até o final do corredor, deixando de lado a disciplina em troca do alívio de encontrar Herman... com vida.

— Pai, o que houve? — perguntou, levantando o rosto do velho artesão e percebendo as feridas na face do padrinho.

— Você... você me chamou... de pai? — o artesão perguntou com voz rala, em meio a resfôlegos.

— Claro, seu velho caduco; e o que mais você sempre foi para mim?

— Que bom... meu filho; fico feliz... que possa ter sido assim. Você sempre... sempre foi especial. E nunca foi apenas uma... missão, sempre foi o meu... orgulho.

Missão, pensou Salomon por um segundo, pois quase nem recordava mais os motivos que o fizeram chegar ali, vivendo junto com o velho.

— Mas o que aconteceu aqui? Quem fez isso com você? — perguntou, para ele próprio responder a seguir: — Foi o Relicário, não foi? Estiveram aqui a mando dele.

Herman tossiu novamente.

Marvin Grinn

— Água... — pediu.

— Garoto! Entre agora, rápido!

E Marvin, que aguardava pelo Mestre do lado de fora, apressou-se em entrar na casa assim que ouviu o chamado. Mesmo com a luminosidade precária que entrava pelas janelas com as cortinas agora arriadas, podia-se ver a cena da batalha. Entrou contornando ou tropeçando na mobília quebrada, chamando por Salomon.

— Olá, onde você está, Mestre? Não estou o enxergando.

E acabou por tropeçar no corpo do homem estirado no chão.

— Mestre Salomon, tem alguém aqui! — alertou.

— Não se preocupe, não é ninguém que mereça sua atenção. Deixe esse traste aí e venha até o fundo da casa, na oficina. E cuide para não pisar em nada que vá machucar você — alertou.

O menino conseguiu chegar ileso à oficina e se deparou com o artesão caído, amparado pelo afilhado.

— Rápido, pegue água! — ordenou.

Enquanto Marvin foi em busca de água, o velho prosseguiu:

— Você... você sempre me orgulhou, não sabe? Mais do que... cumprir meu dever, sempre tive... amor por você.

— Eu sei... pai — disse Salomon, sem esconder mais o afeto pelo artesão caído.

— *Pai*... houve um tempo em que você... não queria me chamar assim. Achava que... trairia seu pai de verdade.

— Você também é meu pai de verdade — corrigiu Salomon.

— Sim... obrigado, filho... sempre me senti... assim. O-obrigado.

— Herman, você consegue contar o que houve aqui?

Marvin retornou com a água. Herman tomou um gole, tossiu, mas então conseguiu prosseguir.

— S-sim — disse pausadamente. — Foi o... Relicário.

— Ele mandou atacar você?

— Ele esteve aqui... pessoalmente.

— Mas para sujar as próprias mãos, vindo até aqui pessoalmente, é porque ele pensa que aqui teria alguma coisa de grande valor. Ele sabe da varinha e...

e A Chave Mestra

— Não da varinha que Marvin carrega... ninguém poderia saber... — disse o artesão, encontrando o olhar de duas cores voltado para ele. — Mas ele... ele desconfia de que estou trabalhando de novo. Eu... eu não disse nada a ele; preferiria morrer a entregar... a Legendária para ele — disse, chamando a varinha pelo nome. — E como... não encontrou o que queria... deixou um dos seus... brutamontes para terminar o serviço comigo.

— Mas e como você enfrentou aquele homem? Porque ele está estirado, bem na sua sala.

— Ora, afilhadinho... Esse... esse velho artesão aqui ainda tem seus truques guardados... na manga.

— Na manga ou no casaco — sugeriu Salomon, lembrando-se da varinha reconstituída.

E em meio à tosse e aos resfôlegos, sem confirmar ou responder, Herman se permitiu rir do que fizera.

— A partir de... agora, você e esse menino precisam redobrar os cuidados. Ele vai voltar... por vocês.

— Certo, mas agora é você quem precisa de cuidados, para depois me contar como conseguiu dar cabo sozinho do gigante desacordado na sua sala.

II.

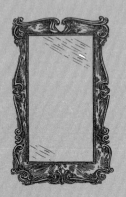

O TÚNEL DE ESPELHOS

Auxiliado por Salomon, Herman preferiu se refugiar em sua sala secreta. O afilhado relembrou seu passado quando o artesão usou a varinha para fazer ressurgir a porta e adentrar o ateliê escondido, o mesmo onde passaram tantas horas entre tarefas e ensinamentos.

Salomon tratou parcialmente dos ferimentos de Herman e, sentindo que o artesão estava em melhores condições, tentou reunir o que sabiam sobre o interesse do ataque.

— O que acha que eles buscavam aqui, Herman?

— Eles acham que voltei a trabalhar em meu antigo ofício, mas asseguro que desconhecem a dimensão do que o seu menino leva. Contudo, mesmo sem ter noção do que pode ser isso — apontou para o embrulho, que saíra do esconderijo para retornar às mãos de Salomon —, sabem que existe algo de valor aí. O Relicário é obcecado por varinhas mágicas, e ele sabe

e A Chave Mestra

o quanto uma autêntica pode valer no Mercado Negro — falou com conhecimento de causa.

— Afinal, desde que foram confiscadas e que nós, *artesãos*, fomos proibidos de fabricá-las, varinhas mágicas, em especial as de duelos, tornaram-se raridades, e as poucas que ainda circulam por aí podem fazer a fortuna de quem tiver uma nas mãos — concluiu Herman, ainda convalescendo pelo ataque.

Enquanto conversavam no andar de cima, Marvin permanecera na parte de baixo da casa, observando o velho cachorro que começara a se recuperar dos ferimentos que sofrera durante a invasão e voltara a implicar com Bóris.

— O que eu acho é que, para um instrumento proibido, existem varinhas demais circulando por aí — comentou Salomon, que prosseguiu sua conversa com Herman. — Não demorará muito para ouvirmos notícias de duelos recomeçando.

E o artesão respondeu sem sombra de dúvida.

— Eles já recomeçaram, filho.

— E os Vigilantes? Não estão aí para intervirem? Antes de chegarmos aqui, topamos com um grupo deles; vigiam a região.

— Dizem que os Vigilantes estão com a *visão* enfraquecida. Não conseguem mais antever os acontecimentos como antes para poder evitá-los; e dizem que só são atraídos quando uma carga de magia muito poderosa os chama. Se estão aqui, pode ter certeza de que foi pelo que estão carregando. Embora eles não possam ter certeza.

— E qual o motivo desse enfraquecimento? — questionou Salomon.

— A fonte da visão. Falam pelo Mercado Negro que o responsável pela guarda Vigilante e por dar a eles a visão está fraco... ou que perdeu o dom de Oráculo que tinha. É ele quem comanda os Observadores Oníricos.

— E quem são esses?

— Você nunca ouviu falar deles, afilhadinho? Deve ter ficado muito tempo do Outro Lado... — disse, em tom de reprimenda, por algo ligado ao passado de Salomon. — Eles são aqueles que entram nos sonhos dos *adormecidos* e ficam ali, escondidos em um canto das nossas mentes, vigiando, nos testando, esperando para nos pegar em um descuido quando estamos dormindo... e sonhando. Pois, nos sonhos, somos livres e delatamos desde nossas maiores aspirações até nossas piores intenções. E assim eles nos provam para ver se estamos prontos para voltar ou se devemos ainda permanecer na prisão do nosso próprio corpo. Despertos, mas ainda assim longe de ser quem somos.

Salomon não pôde deixar de notar a expressão *nós* utilizada pelo velho.

— Mas você não é um adormecido, velho; ao menos, não mais.

— Sim, mas como um dos poucos artesãos de varinha que restam, sou constantemente vigiado. E, por vezes, quando sonho com meu passado, no qual posso voltar a praticar meu antigo ofício, livre dessa pena que não termina, acabo acordando assustado e sei que um deles esteve lá comigo, me vigiando. E, mesmo em meu sonho, vejo-me obrigado a parar com o que estou fazendo e largar minhas ferramentas, para não correr o risco de voltar à condição de um adormecido sem memória.

Salomon olhava para o velho artesão, compreendendo o que sentia.

— Quase cem anos se passaram, Salomon, desde a data daquele *duelo que nunca terminou*. Você conhece a história; ao final do Torneio, dois entraram no círculo de fogo para travar o duelo mortal e apenas um saiu... como seria de se esperar. Porém, o corpo do outro duelista nunca foi encontrado. Um Grinn desapareceu naquela noite, noventa e nove anos atrás. E agora, às vésperas de completar os cem anos do ocorrido que nos arrastou para essa interminável *guerra civil*, provocada pelas desavenças e pela sede de poder dos Flamel, você entra aqui com um Grinn, um autêntico Grinn, que traz consigo O Livro de Todos os Bruxos... e a Legendária.

— Você pode testar a varinha, Herman?

— Sim... e você estava certo, ela é autêntica e muito mais do que isso. Quem está escondida aí, na forma desse pedaço de madeira não trabalhado, é a varinha das lendas, sobre a qual todos os Mestres artesãos de varinha ouvem contar, quando ainda são aprendizes... *"Uma varinha que não pode ser moldada e que evolui junto com seu Mestre."*

— Mas o que essa varinha tem a ver com o duelo que não terminou? — Salomon tentava relacionar os fatos.

— Tudo — respondeu Herman, prontamente. — Segundo dizem, ela é a varinha que o duelista Grinn usou no último duelo contra Flamel, quase cem anos atrás, na Vila Áurea. E que desapareceu junto com ele, fazendo com que os duelos entre as Quatro Famílias começassem... e que tudo mais, que você bem sabe, acontecesse.

— O que essa varinha tem de tão especial?

— Não existe outra como ela, afilhadinho. Cada varinha responde ao poder elemental do dotado, você deve lembrar. Assim, um dotado do elemental água, por exemplo, terá em sua varinha o instrumento para fazer apenas esse elemento agir à sua vontade, exercendo poder sobre tudo o que estiver relacionado a ele. E assim também é com o fogo, o ar e a terra. Agora, imagine se houvesse uma varinha capaz de controlar todos esses elementos... juntos. Uma varinha que desse a quem a carregasse o poder sobre os Quatro Elementais da natureza.

— Uma varinha... dos Quatro Elementos... — disse Salomon. — Mas uma varinha como essa não poderia perder nunca — completou.

— Não, ao menos não... nas mãos de alguém capaz de dominá-la — argumentou. — Lembre-se, poucas são as varinhas que podem ser passadas de um para outro. Isso porque a varinha deve ter sido feita na medida certa para quem vai usá-la. *"Na medida exata..."*

— *"...do cotovelo ao dedo médio"* — Salomon complementou. — Sim, você me repetiu isso milhares de vezes.

— E que bom que você estava ouvindo, afilhadinho, assim saberá reconhecer qual varinha obedecerá bem a seu Mestre possuidor e qual não conseguirá disparar mais que... luzinhas brilhantes — disse com algum sarcasmo.

— Porém, existem varinhas de um grupo especial, chamadas Varinhas Ancestrais, pois existem há incontáveis séculos e são uma herança passada entre os herdeiros das famílias elementais originais. Em especial, aquelas que permaneceram puras, mantendo o poder do elemento de origem ainda mais forte. Essas varinhas aceitam se adaptar a um novo Mestre, desde que seja entregue de forma *"consentida, do antecessor ao sucessor"*. Este, após a receber, deverá provar o seu mérito, para só então ser o novo senhor daquela varinha.

— E você conhece alguma dessas varinhas?

— Ah, por certo que sei ao menos sobre uma delas, a Volkana, a senhora do fogo. E adivinhe a qual família ela pertence?

— Flamel? — arriscou Salomon.

— Flamel... — assentiu Herman. — Volkana, a varinha que nunca havia perdido um duelo antes, mas que foi a derrotada naquele fatídico torneio no Círculo dos Duelos, realizado na Vila Áurea há quase cem anos.

— Derrotada? Mas os Flamel foram os vencedores do torneio; essa é a história.

— Sim, eles se declararam mesmo vencedores do duelo do Círculo da Morte, afilhadinho... mas esse foi um duelo que só aconteceu após encerrado o duelo final do Torneio do Elementais. E isso porque o jovem Flamel perdeu a disputa final para o jovem duelista Grinn.

— Não entendo, como podem os Grinn terem ganhado o torneio se os Flamel ganharam o Duelo da Morte?

— Porque o Duelo da Morte sequer era para ter ocorrido. O Torneio dos Elementais era para ter sido apenas recreativo, reunindo jovens duelistas; duelos de aprendizes, apenas no primeiro círculo; uma tradição antiga entre as famílias elementais, para ver qual elemento seria declarado o superior entre os demais. Mas, após dias de torneio, a Casa Grinn, representando o elemental terra, e a Casa Flamel, tendo fogo como elemento, chegaram à disputa final. Isso logo após o duelista Grinn ter surpreendentemente vencido o duelo anterior, em um último movimento de contra-ataque, e ter tido sua varinha atingida severamente pelo adversário. Assim o duelo final seria Grinn *versus* Flamel.

— E então?

— Bem, o que conta a história é que Flamel portava a Volkana, já na época afamada por ser invencível em duelos. E todos imaginavam que Grinn desistiria de disputar o duelo final, em virtude da varinha avariada. Porém, ele apresentou-se ao Círculo dos Duelos... só que portando uma nova varinha; uma varinha até então... desconhecida. Aí eles se enfrentaram, e Flamel e Volkana foram derrotados.

— Mas, pelo que conta, a história não terminou aí... — argumentou Salomon.

— Quiséramos todos nós, teria poupado muita dor para todos... — lamentou Herman. — Dizem que, quando os Grinn ainda comemoravam, Flamel, que fora desarmado, retomou a Volkana na mão e avançou pelos elos do círculo, chegando até... o terceiro.

— O Círculo dos Duelos Mortais.

— E que Flamel imediatamente transformou em um círculo de fogo, desafiando o jovem Grinn para duelar com ele... até a morte.

— Mas, se o torneio havia sido encerrado, por que permitiram que a disputa acontecesse?

— O jovem Flamel, impetuoso, arrogante e com o orgulho ferido, confiante que estivera pela varinha que portava, acusou a Casa Grinn, como um todo, de entregar uma varinha ilegal para seu oponente.

— *Ilegal?* Como ilegal?

— Ele alegou que Grinn não poderia usar uma varinha que não fosse pertencente à família e que, além do mais, a varinha exercera um poder proibido.

— Proibido?

— Ele afirmava que a varinha havia *controlado* seus disparos de fogo, seu elemento de origem, acusando Grinn de ter trapaceado. Disse que ele havia rechaçado suas investidas, não apenas usando o poder sobre seu elemental de origem, a terra, mas tendo neutralizado seu poder com uma varinha capaz de comandar mais de um elemento.

— *Mais de um elemento...* — repetiu Salomon, começando a compreender a ligação de tudo aquilo.

— Mais de um elemento... — reforçou Herman. — E então o duelo se deu, com apenas os duelistas e seus padrinhos permanecendo no círculo formado na base do grande paredão de pedra. Todos os demais, familiares e plateia, foram obrigados a deixar o local, e ninguém mais testemunhou o duelo — relatou Herman. — Passaram-se minutos, e o povo de Vila Áurea, à distância, escutava os sons e os clarões da disputa. Até que finalmente se deu um último disparo e tudo se silenciou. E, finalmente, Flamel retornou de lá sozinho.

— E os outros? E os padrinhos?

— O padrinho de Flamel foi encontrado sem vida, enquanto Grinn e seu padrinho desapareceram para sempre. Assim como todos os da família Grinn também desapareceram a seguir. Eles simplesmente foram embora da Vila Áurea e nunca mais se teve notícia de nenhum deles nem de seus descendentes. Nem no Novo e nem no Velho Continente.

Salomon refletia em voz alta, absorvendo a história.

— Você não acha no mínimo muito intrigante que agora, às vésperas de completar cem anos do duelo que marcou tudo o que aconteceu depois, como o sumiço da família Grinn e a ascensão dos Flamel, tentando se sobrepor às demais famílias elementais, justo agora reapareça um Grinn, levando uma varinha que pode ser a varinha perdida e sendo o Portador d'O Livro de Todos os Bruxos? A varinha eu até consigo estabelecer a conexão, mas o que O Livro tem a ver com isso?

— É porque dizem que os Grinn eram os guardiões d'O Livro, entende, afilhadinho? E aí está você com um menino Grinn, adormecido, sem memória, carregando todos esses segredos juntos. Já pensou que tudo isso que aconteceu pode ser por causa dele?! — disse o velho, apontando para o menino, que nesse exato momento passou pela porta aberta.

— Olá, hã... desculpe se interrompi a conversa, mas é que tem gente rondando aí fora.

E mal o menino terminou de falar, os latidos do cachorro, agora recuperado, emitiram o alerta da presença em torno da casa.

— Rápido, Herman, será que você pode ser transportado? Não vou deixar você aqui, novamente à mercê dessa gente.

— Não se preocupe, filho, não é a mim que eles querem. Eles já sabem que não conseguirão de mim o que vieram buscar — ponderou o artesão. — Eles estavam aguardando a sua movimentação, para pegar vocês e a varinha.

— Você, menino Grinn, venha cá — Herman chamou Marvin para perto dele. — Tome, aqui está sua varinha.

E Marvin recebeu de volta o embrulho de tecido nas mãos. Mas, quando abriu, ficou desapontado ao ver que era exatamente o mesmo pedaço de madeira nodoso e disforme, igual a quando havia deixado nas mãos do artesão para ser transformado.

— O senhor não teve... tempo de trabalhar nela?

— Ah, sim, tive o tempo necessário.

— Mas ela permanece igual?

— Sim, porque o único que poderá mudar sua forma é VOCÊ! — afirmou o artesão. — Como o afilhadinho suspeitava... — disse, olhando orgulhoso para Salomon. — Essa não é uma varinha como as outras, que eu poderia moldar com meus instrumentos. Na verdade, essa varinha já

e A Chave Mestra

nasceu pronta e só mudará sua forma, só evoluirá, à medida que *"você evoluir também"*. Ampliando seus conhecimentos, passando por suas provações e fazendo essa varinha ter sua própria história com você.

— E como eu farei isso?

— Bem, ela precisará ser testada, ser colocada à prova, menino Grinn.

— Em... duelos? — interviu Salomon.

— Sim. Ao menos *"um em cada elemento"* — sentenciou o artesão.

— Muito bem, então que assim seja — declarou Salomon. — Mas agora precisamos sair daqui. Eu consigo sair sem ser notado, mas você e o menino, não sei se conseguiria ocultar todos nós juntos.

— Calma, garoto, o que tem aqui é muito precioso para ser arriscado, e esse velho artesão ainda tem mais um ou dois truques guardados. Vamos, ajude que eu me levante, existe uma saída que eles não conhecem, tenho certeza! — afirmou, fazendo força para se levantar.

Salomon ajudou o padrinho a se levantar, apoiando-o sobre seus ombros. Desceram as escadas em direção ao andar de baixo, rumo à oficina de trabalho de Herman. Marvin observava pela fresta da janela enquanto o cachorro, agitado, latia um aviso da presença dos homens, que espreitavam ao redor da casa.

— Eles não vão entrar ainda. Note, parece que estão mais preocupados em saber se mais alguém pode chegar. Não devem ter visto o seu retorno e ainda aguardam que vocês cheguem pelo lado de fora — observou o artesão.

— E o grandalhão deitado no chão da sua sala? — perguntou Salomon, preocupado com a presença do homem, que poderia acordar a qualquer momento.

— Não se preocupe; saberei lidar com ele, quando for a hora. E, a essa altura, vocês já estarão longe — tranquilizou o artesão.

— E o que você pretende fazer para que possamos sair sem ser vistos? — questionou Salomon.

— Venha, filho, por aqui — disse Herman, levando Salomon, Marvin e Bóris até a oficina.

Então, indicando um canto da peça, Herman pediu a Salomon que arredasse uma velha cômoda que impedia o acesso a um objeto alto, coberto por um lençol imundo e que Herman apontou como solução.

— Ali, a saída para fora, em segurança.

— Mas o que é isso, Herman?

— Bem, tire o pano e veja você mesmo! Não tenha medo, garoto... — provocou.

— Medo? E quem aqui está com medo? — resmungou o *poderoso* Mestre das Sombras, enquanto era observado pelo velho padrinho, como se ainda fosse o menino que criara como um filho.

— Então vamos lá, afilhadinho, pois hoje o senhor vai desaparecer daqui, e não será escondido nas suas sombras. Fará isso usando um pouco da minha... *antiquada* magia.

E, quando Salomon puxou o lençol — fazendo a poeira acumulada pelo tempo se espalhar pelo cômodo —, revelou a rota de fuga que Herman escondia: um *espelho*.

— Este, meninos, é o Túnel de Espelhos!

O espelho antigo tinha as bordas manchadas pela ação do tempo e estava apoiado sobre uma base de madeira toda trabalhada, com pés em forma de patas de leão, tendo nas laterais engrenagens que faziam o espelho girar por inteiro. Salomon se virou para o artesão, que permanecia com expressão de triunfo no rosto, olhando o que apresentava. Marvin deixou o pó baixar e se aproximou um pouco, observou o grande espelho e notou que não parecia ser mais do que a peça de vidro que refletia sua imagem.

— Herman, mas onde está a sua *saída*? Por acaso tem uma porta aí atrás dessa coisa empoeirada? Vamos, garoto, me ajude a arredar logo esse trambolho, então — disse, desdenhando do grande espelho de Herman.

— Afaste-se, garoto, deixe meu espelho aí mesmo onde está e preste atenção! — interveio Herman. — Eu disse que esta... — e apontou novamente para o espelho — esta aqui é a sua saída!

— E como é que vamos sair daqui usando um espelho, Herman?

— Ah, depois que virou o grande Mestre das Sombras, acha que só você ainda sabe usar a magia, né... afilhadinho. Espere um instante... — ordenou Herman. — Espere e verá a sua saída!

Ao dizer isso, girou o espelho, empurrando o topo para baixo, fazendo-o rodar sobre o próprio eixo e revelar o outro lado. E ali, ao invés do próprio reflexo, o que Salomon e Marvin viram foi apenas um vácuo escuro no interior da moldura. Como uma espécie de corredor, uma... passagem.

Mas antes que Salomon e Marvin pudessem observar melhor, o artesão girou mais uma vez o espelho sobre seu eixo, e o reflexo voltou. Então Herman girou novamente o espelho, porém, desta vez, o fez no sentido contrário à primeira vez, de baixo para cima, e uma passagem tornou a se abrir; e essa não era igual à primeira.

Era como um corredor claro e infinito, como uma daquelas casas de espelhos, reproduzindo os reflexos da dupla, que olhava admirada, enquanto o velho artesão anunciava em tom solene:

— Viram? Eis aí o Túnel de Espelhos.

— Mas isso é... — Salomon foi interrompido pelo velho artesão antes de concluir.

— Magia, afilhadinho, magia antiga... e das melhores! — disse com orgulho. — E, para vocês: a porta de saída.

— Muito bem então, *bruxo* Herman. Então você quer que entremos aí e...

— Não! — respondeu o velho artesão. — Aí, não, pois poderão se perder de uma maneira que mesmo eu, que conheço bem este labirinto, teria dificuldade em resgatá-los.

— Mas você disse...

— Eu disse que aqui está sua porta de saída, mas não exatamente... esta!

Herman tornou a girar o espelho no sentido inverso, até o reflexo reaparecer, e a seguir girou novamente. Aí o corredor escuro reapareceu.

— Esta é a sua saída. Eu mesmo a usei algumas vezes e afirmo que a passagem é perfeitamente segura. Mas atenção: após entrarem, sigam sempre em frente; não deem atenção aos espelhos das paredes do túnel e só parem quando encontrarem uma moldura igual a esta — instruiu. — Além disso, ao saírem do túnel, façam o giro do espelho do outro lado, para selar a passagem. Compreenderam? Não há o que temer...

— Temer... humpf! — Salomon fez uma interjeição rabugenta pela insistência das insinuações do padrinho.

Mas então Salomon fez um aceno positivo com a cabeça e deu sinal para que partissem. Marvin pegou Bóris no colo e, não sem receio, entrou pela fenda no espelho, esperando alguma sensação estranha por estar mergulhando naquele reflexo escuro.

No entanto, o que sentiu foi apenas o seu pé encontrando a segurança do outro lado da passagem. E quando já estava todo do lado de dentro do espelho, Marvin avistou o corredor, como Herman dissera.

Salomon se preparou para seguir o menino, mas, antes que pudesse entrar, sentiu Herman segurando o seu braço, detendo o afilhado por mais um instante.

— Tome, filho, leve-a com você — disse, entregando para Salomon a sua pequena varinha transformada.

— Não, Herman, não posso levá-la, é a sua varinha. Além do mais, nunca poderia usá-la, a sua Licorne não me obedeceria e...

— Não, filho, ela não é mais a velha Licorne. Ela foi de fato destruída, tempos atrás, quando foi partida pelos Vigilantes. O que estou entregando agora a você é uma nova varinha, renascida para servir a um novo senhor — ponderou Herman. E recitou: — *"Esta varinha, entrego a você de bom grado, como mais preciosa herança de nossa família, para que lhe conserve, dando bom uso e destino. E com a convicção de que, se provar ser mesmo digno, ela lhe reconhecerá como legítimo senhor, até que chegue o dia de sua sucessão."* Licorne era uma varinha ancestral. E agora é sua.

— Herman, mesmo que pudesse aceitar, você sabe que agora eu apenas protejo e ensino, e não posso mais portar varinhas — disse, falando sobre as condições que lhe causavam impedimento.

— Então ao menos respeite o desejo desse velho e a leve com você — suplicou, colocando a varinha entre as mãos de Salomon. — Eu sei que ela saberá respeitar a escolha que fiz e servirá a você, porque é meu escolhido... como meu filho. Acredite, Salomon, é assim que sempre me senti em relação a você — disse, olhando com ternura para o afilhado.

— Mas você poderá precisar dela... pai, e...

— E eu sei como me cuidar... sem ela. Afinal, os capangas do Relicário não são páreo para este velho *bruxo*, como você mesmo me chamou — disse, sorrindo. — Já você, enfrentará perigos maiores, meu filho. Esse menino é a chave da restauração do equilíbrio, Salomon. E quem sabe esteja nele a solução para acabar com essa rixa entre as famílias ancestrais, que já dura tempo

e A Chave Mestra

demais e que foi responsável por tanta desgraça e tristeza — relembrou o artesão. — Proteja-o, Salomon, com todas as suas forças e sua valentia — pediu Herman. — A varinha que ele carrega é um instrumento de poder lendário, e, quando estiver na sua plenitude, o menino também estará! E aí ele terá que cumprir o destino de sua família e talvez tenha que acertar contas que ficaram pendentes no passado.

Salomon ouviu tudo em silêncio, enquanto Herman concluiu.

— Agradeço por você ter confiado em mim e ter vindo até aqui. Ter a oportunidade de vê-la de perto, de conhecê-la e tê-la em minhas mãos foi o melhor presente que um velho artesão poderia receber. Especialmente, vindo de um... filho — disse, finalmente, mal contendo a emoção.

— Pai... — Salomon repetiu, colocando um sorriso no rosto do velho artesão. — Sobre ela... — mostrou a varinha que mantinha agora em suas mãos.

— Já disse que é para...

— Eu aceito, velho resmungão — Salomon interrompeu. — E vou dar a ela um novo nome, assim que colocá-la à prova, se ela me aceitar. Será chamada então de... Chifre de Unicórnio — revelou Salomon, lembrando a peça de maior estima da coleção de Herman, vandalizada pela invasão dos Relicários.

O rosto do velho artesão se iluminou, compreendendo a homenagem.

— Ela vai aceitá-lo, sim, meu filho.

— É, quem sabe... — disse Salomon sorrindo malicioso para a varinha. — Como você disse antes, veremos se não tem um último *coice*, guardado aí dentro. Quem sabe um último disparo, em um duelo derradeiro...

— E é por isso mesmo — interrompeu o velho — que insisto que a leve com você. Guarde esse último *disparo*... — e a voz do velho endureceu e se transformou num pedido — para o Relicário, pois ele irá procurá-lo. E, se isso acontecer, esta pequena não o decepcionará, eu prometo!

Sem ter mais como contra-argumentar com o padrinho e vendo que Marvin já o esperava impaciente, Salomon consentiu o pedido do velho com um aceno de cabeça.

— Que assim seja!

E Herman despediu-se da varinha, agora chamando-a pelo novo nome.

— Vá, minha pequena Chifre de Unicórnio; teu espírito pertenceu a outra grande varinha, a minha poderosa Licorne, que brilhou em incontáveis batalhas, esteve em inúmeros duelos e serviu ao meu lado na Grande Guerra. Estás agora com teu novo senhor; serve-o com obediência e honra sua linhagem de poder.

E, recitando, concluiu a passagem da varinha Ancestral.

— *"Varinha, eis aqui teu Mestre. Mestre, usa-a sempre para o bem."*

Sem ter mais o que dizer, Salomon seguiu pela passagem, desaparecendo no túnel escuro. Ao mesmo tempo, do outro lado, Herman girava o espelho, selando a porta de saída.

Passaram-se apenas alguns instantes desde que Marvin e Salomon haviam deixado a casa pelo túnel do espelho, quando irrompeu pela porta o homenzarrão que havia sido derrubado pela magia de Herman, na noite anterior.

O homem era imenso, com aparência de estúpido e um semblante furioso. Sua cabeça latejava, mas o que mais lhe doía era pensar que havia sido derrubado por um velhote.

— Onde eles estão? — vociferou o homem, ainda com a mão na cabeça dolorida.

— Eles, eles quem? — perguntou Herman, fingindo inocência.

— Eles, o baixinho de rabo de cavalo e o guri! Eu ouvi que tinha alguém aqui, falando com você, agora mesmo. Só podem ter sido eles! — protestou contra a tentativa de Herman em esconder a dupla.

E já ia levantando a pesada mão para esbofetear o velho, quando Herman surpreendeu o grandalhão.

— Não! Por favor, não, senhor! Não quero mais apanhar. Tenha piedade deste pobre velho. Eu confesso! Eu conto tudo! — disse o velho, encolhendo-se e escondendo o rosto do corpulento agressor.

Este estava tão autoconfiante de sua força e superioridade física sobre o velho que quase esqueceu que tinha sido derrubado por aquele mesmo homem, na noite anterior. Pensou que, certamente, teria sido traído pela escuridão da casa ou talvez pudesse ter sido outra pessoa quem o atingira, e não aquele velhote que agora se entregava apavorado, diante do grande Lothar, o lutador.

— Muito bem, então, mostre-me onde eles estão! — ordenou.

Lothar se sentia o senhor desse ringue outra vez e tinha seu adversário onde queria, encurralado em um canto e pronto para ir a nocaute. De fato, estava tão autoconfiante que não percebeu a teatralidade exagerada nos gestos do velho artesão nem a falsidade na voz, fingindo exagerada submissão. E nem poderia, afinal, seu cérebro já diminuto — que contrastava com musculatura imensa — e que já apanhara tanto na vida não perceberia mais do que Lothar estava disposto a ver.

E Herman então mostrou o espelho.

— Eles... eles foram por aqui, poderoso senhor — mostrou balbuciante.

O homenzarrão olhou para o velho, depois virou-se para o espelho e viu apenas a si mesmo. E voltando-se novamente para o artesão, ameaçou:

— Está pensando que sou idiota, velhote? Lothar vai ensinar a você! — disse, mais uma vez levantando a mão pesada de lutador para deixá-la cair sobre o artesão.

— Não, meu senhor, eu imploro, jamais me atreveria a enganá-lo — respondeu o velho, com forçada submissão. — Deixe que revele ao senhor o caminho pelo qual escaparam.

E Herman, como fizera anteriormente, movimentou o espelho sobre seu eixo — de baixo para cima, fazendo abrir a passagem. Porém, não foi o túnel escuro que ele abriu.

— Este é o Túnel de Espelhos, é uma passagem mágica e foi o que os tirou para fora daqui. Mas lhe asseguro que não devem ir longe, como o senhor, astuto que é, pode constatar — disse com ironia, enaltecendo a inteligência do homem que o ameaçava.

Lothar olhou novamente para o espelho — agora tendo a visão multifacetada de reflexos — e, por trabalhar para quem trabalhava, sabia que aquela casa esquisita devia estar mesmo cheia de feitiçaria. O que, aliás — embora não confessasse, para manter o emprego —, era das poucas coisas que causava temor na mente diminuta do lutador.

MARVIN GRINN

— Escute bem, seu bruxo velho, se você estiver tentando me enganar... — falou cheio de desconfiança pela rápida aceitação do velho em entregar a dupla de fugitivos. — Aposto que se tocar neste... neste negócio, minha mão vai derreter ou coisa assim. Mas pode ter certeza de que ainda esgano você com a outra que sobrar — ameaçou.

— Não, senhor, nunca! Veja...

E Herman colocou, ele próprio, um pé para dentro do espelho e depois passou seu corpo inteiro para o lado de dentro, mostrando ao homem que ali havia um espaço. Caminhou um pouco para dentro, com cuidado para não se afastar muito da entrada, pois sabia do risco de se perder lá dentro. De onde estava podia ver Lothar, que olhava admirado pelo lado de fora. Achando que já fizera o bastante para provar a segurança da passagem ao lutador, retornou.

— Viu, senhor, eu disse que era seguro — disse, sabendo que havia desempenhado um bom papel.

— Bem, parece que não mentiu, velho... — assentiu Lothar. — Mas agora me responda, por que trai tão facilmente seus amigos, hã?

— Amigos? — perguntou o velho com fingido desdém. — Você refere-se àquele pirralho que vi pela primeira vez na vida quando chegou aqui, trazido por aquele ingrato de quem fui obrigado a cuidar e que nem sequer me agradeceu por anos de dedicação? Me obrigaram a fazer uma peça valiosíssima para eles e fugiram sem sequer me pagar. — E ainda acrescentou em tom de confidência, falando baixo: — Além do mais, me roubaram! Me obrigaram a entregar as economias de anos, uma verdadeira fortuna que mantinha escondida, para quando minhas mãos não me deixassem mais trabalhar. E não estivesse eu tão velho... e fraco... cof! cof! — tossiu, completando o teatro —, tentaria eu mesmo ir atrás dos dois para cobrar o que me devem e recuperar meu dinheiro — disse, sabendo que falava diretamente com a cobiça do homenzarrão. E concluiu: — Senhor, se achá-los, retome as preciosidades que me foram furtadas. Saberei ser generoso e recompensá-lo bem, com uma parte do que me for restituído.

Lothar coçou a barba rala do queixo, franziu um pouco a testa como se estivesse praticando a dolorosa arte do pensar e então falou:

e *A Chave Mestra*

— Está bem, velho, farei o que me pede. Irei atrás dos patifes. Levo a varinha para meu senhor Relicário e recupero suas economias, em troca da recompensa. Mostre-me o caminho — respondeu, convencido que fora pela farsa do artesão e pensando consigo mesmo: "Pois sim que vou devolver algo em troca de recompensa. Ficarei eu com tudo que tirar daqueles. E pelo tal artigo de interesse do Senhor Relicário, receberei uma recompensa a mais".

Nocaute! O velho Herman havia vencido o antigo lutador, que estava prestes a beijar a lona e mal sabia disso. Fora atingido em cheio pela própria ganância.

Lothar, ainda com receio, preparou-se para ingressar na passagem. Primeiro colocando a mão à frente, para ver que ela passava normalmente sem nada acontecer. Assim, a seguir, passou, vagarosamente, uma perna e depois a outra, até que se viu inteiro dentro do espaço espelhado que parecia reproduzir seu reflexo infinitamente. Olhou para trás e viu o velho, que agora sorria. E sorria de forma diferente; irônico, malicioso, sem demonstrar mais nenhum temor por Lothar.

— E agora, velho, para que lado eles foram? — perguntou.

— Agora? Bem... agora desejo boa sorte ao poderoso senhor para encontrar a saída — e, dizendo isso, com um rápido movimento, girou novamente o espelho, fechando a passagem de volta para Lothar, que ficou atônito ao se ver enclausurado no Túnel de Espelhos.

— Velho maldito! — praguejou Lothar, compreendendo a trapaça de que havia sido vítima.

Tentou dar passos à frente, tateando uma passagem, mas bastaram alguns passos para dar de frente com seu reflexo, brecando sua progressão. Assim, buscou seguir para o lado, à procura de uma nova saída daquele lugar. Chegou a conseguir andar um pouco mais até chocar-se violentamente contra seu próprio reflexo, outra vez. E mais um trecho terminava ali.

Para onde quer que olhasse, Lothar só via a si mesmo de forma infinita, fazendo com que começasse a cair em desalento. Apesar disso, ele era um grande lutador e não iria se entregar tão cedo. Assim, aprumou-se e tateou o espelho para descobrir uma passagem. O caminho adiante parecia estar livre, e Lothar pôde recomeçar uma trilha. Mesmo assim, após uma série de nove ou dez passos, um novo choque.

189

Estes foram se sucedendo, sempre da mesma forma, até a loucura começar a se apossar do grande Lothar, que tentou, em vão, começar a quebrar espelhos para achar a saída. Nunca a encontrou.

Enquanto isso, do lado de fora, em sua oficina, o velho artesão novamente cobria o espelho e empurrava o móvel de volta para a frente do objeto mágico. Pensando no afilhado e no menino, fez um pedido silencioso pela segurança de sua jornada... e pelo cumprimento de sua própria vingança.

Ao lado de Salomon, andando rapidamente pelo túnel, Marvin via uma imensa quantidade de espelhos de diversos tamanhos; desde pequenos, do tamanho de porta-retratos — que serviriam como observatório do que se passava no outro lado — até espelhos maiores que portas — que deviam também ser utilizados como passagens, iguais ao que Marvin e Salomon usaram para sair da Casa Estreita. E cada qual com seu diferente estilo e moldura, dispostos lado a lado, como se estivessem pendurados em uma grande parede de breu. Mesmo de relance, Marvin podia ver os cômodos por trás dos espelhos, na capacidade mágica que permitia a quem estivesse dentro do túnel escuro observar o que ocorria do lado de lá.

Mas o destino da dupla, que seguia sem parar pelo longo corredor de espelhos, era localizar aquele que tivesse a mesma moldura e formato que aquele pelo qual haviam entrado ali, para dali aportarem em seu novo destino, qualquer que ele fosse. E já chegavam ao que parecia ser o fim do túnel escuro quando — como prometido por Herman — deram de frente com a moldura gêmea.

Salomon tomara a dianteira, e Marvin percebeu a surpresa em seu rosto, ao se deparar com o que via no lado de lá do espelho. Ele pareceu hesitar por um instante, mas então adentrou a passagem. Marvin, tomando novamente Bóris no colo, seguiu o Mestre para deixar o túnel para trás.

Assim que saiu do espelho, Marvin viu que estavam em um imenso salão. Salomon afastou Marvin e girou o espelho, como o velho padrinho fizera antes, fechando a passagem para o túnel e agora vendo apenas o reflexo dos rostos molhados de suor da dupla.

— Está feito... — disse Salomon.

Marvin buscou a bolsa de viagem, procurando verificar a carga que carregava. Encontrando ali o volume d'O Livro e o embrulho com o graveto, certificou-se de que ambos ainda estavam com ele. Agora tinha a consciência de que, além do precioso Livro dos Bruxos, estava levando também aquela que poderia ser a legendária e perdida Varinha dos Elementos.

Pensou em quanta coisa havia acontecido com ele em tão pouco tempo, depois dos três anos que havia vivido ao lado de Dulce, apenas vendo os dias passarem sem que nada de novo acontecesse.

Olhou para Salomon, que permanecia ainda parado em frente ao espelho, mirando o próprio reflexo e falando em voz alta:

— Você é mesmo um velho cheio de truques, pai. Este espelho aqui, o tempo todo perto de mim, e eu nunca percebi. Você esteve sempre por perto, não é mesmo? Me observando, escondido dentro do outro lado desse espelho, em silêncio.

— Onde estamos, Mestre Salomon?

O Mestre das Sombras esboçou ainda um último sorriso, para depois retomar o ar sisudo de antes.

— Estamos em casa, garoto. Aqui é onde você vai treinar, comer, dormir e, se for preciso, sangrar esses dedos até aprender a usar essa... isso que você tem aí, para transformá-la em uma varinha de verdade.

Salomon sabia que havia muito a ser feito e pouco tempo para tentar realizar. O menino precisaria iniciar imediatamente seu treinamento para aprender a lidar com aquele instrumento e, quem sabe, transformá-lo em uma das varinhas mais poderosas que um feiticeiro já teve nas mãos.

— Vamos, garoto, não há tempo a perder. Temos que começar seu treinamento.

O menino de olhar de duas cores, finalmente, passava para a condição de aprendiz. E Salomon, o Mestre das Sombras, seria seu primeiro tutor no mundo mágico que se revelava para ele.

VILA ÁUREA

— A PASSAGEM SECRETA —
SÉCULO XIX — MINUTOS DEPOIS DO
FIM DO DUELO NO CÍRCULO DE FOGO

Enquanto carregava o menino ferido, o padrinho tentava avaliar a consequência do que fizera. Estava infringindo uma das regras mais importantes da sua posição e sabia que isso não passaria despercebido por seus superiores ou por seus irmãos "protetores do segredo". Mas que escolha tivera? Afinal, poderia mesmo deixar o afilhado ser morto, de forma covarde, à traição?

— Hum... — era o murmúrio do afilhado, semi-inconsciente.

— Calma, agora falta pouco — disse sem saber de fato o quanto faltava.

Havia usado as outras passagens dezenas de vezes, no ofício de fazer com que O Livro cumprisse seu percurso, colhendo segredos e preservando vivos todos os maiores mistérios da magia, desconhecidos pelo mundo. Mas utilizar aquela passagem, "aquela que só deveria ser empregada em último caso e apenas para cumprir os propósitos de preservação do Livro, e nunca em proveito próprio" — relembrava o texto do juramento —, era algo totalmente novo para ele. Contudo, estar naquele corredor escuro que parecia não ter fim — fosse pela sua real extensão, fosse pela ansiedade de sair logo daquele breu infinito — era algo angustiante que apenas contribuía para aumentar os monstros que o velho *e A Chave Mestra* ⚷

"*Concierge*" *agora carregava com ele... e que provavelmente seriam sua companhia pelo resto da vida, durasse ela o tempo que lhe restasse.*

A partir daquele dia, ele sabia bem, teria de viver escondido, como alguém que quebrou uma das regras fundamentais do Portador, ao usar uma das passagens restritas, não para preservar O Livro de seus perseguidores, e sim por propósitos particulares. E ainda que esse propósito fosse salvar a vida de um inocente, isso era algo que não seria perdoado.

PARTE 2

12.

DIAS DE TREINAMENTO

Marvin dormiu um sono sem sonhos e acordou — ainda se sentindo cansado — com as batidas na porta e a entrada abrupta do Mestre das Sombras, que, sem sequer dar um bom-dia, disse:

— Você tem três minutos para estar no Círculo comigo. Vamos! — e saiu tão abruptamente quanto entrou.

Marvin correu para colocar sua roupa e molhar o rosto. Para o café da manhã, nada do bolo quente ou do café cheiroso da madrinha Dulce, apenas um pouco do pão que sobrara da noite anterior, enfiado na boca às pressas, pois Salomon já gritava para ele do centro do Círculo de treinamento.

— Ande, seus três minutos se passaram. E se não chegar em cinco segundos, terá punição! — berrou de lá.

"Punição? Mas, afinal, o que era aquilo? Ninguém falou em punição. E puni-lo por quê? Por se atrasar segundos, depois de se vestir no tempo recorde de sua vida e sair cambaleando com um pedaço de pão na boca?

Marvin Grinn

Ah, mas se fosse assim iria reclamar com o Senhor Gentil", pensou. Mas reclamar como? Tentando sonhar com ele e dizendo: "Olhe, Senhor Gentil, eu sei que prometi cuidar do seu livro em branco e ser um mágico, mago, feiticeiro... ou sei lá o quê; mas ninguém me disse que iria ficar sendo punido por um doido de capa preta!".

Marvin sorriu sem graça da própria ironia e, ainda em meio às suas divagações, chegou ao Círculo onde Salomon o esperava.

— Pronto, estou aqui! — disse para o Mestre, que o aguardava com cara de poucos amigos.

— Atrasado! — respondeu Salomon.

— Hã, desculpe, eu...

— Atrasos não serão mais tolerados.

— Eu, hã... está certo — Marvin resolveu, simplesmente, concordar, sem tentar argumentar mais.

Próximo ao grande círculo, Salomon notou que os olhos de Marvin estavam irrequietos, inspecionando o lugar aonde chegaram na noite anterior. E viu que seu olhar agora se fixara na única porta existente por ali, em um patamar mais alto, no grande salão, acessada por um pequeno lance de escadas.

— Lá você não deve entrar! São meus aposentos privados; você ficará sempre ali — apontou para a pequena cama no canto do grande salão, onde Marvin passara a noite. — E você ficará ali também — repetiu o alerta, dirigindo-se agora a Bóris. — Permitirei que você fique com seu... *bichinho* em minha sala de treinamento. Mas, se eu o pegar dentro do meu quarto, mesmo que esse gato tenha sete vidas, vou tirar todas. E o mesmo vale para você, garoto... Lembrando que você tem apenas uma vida. O que, aliás, seria muito mais rápido para resolver o meu problema.

Bóris pareceu dar pouca importância às ameaças de Salomon, indo em frente com sua exploração felina do lugar. E, assim, finalizados os avisos e as ameaças, Marvin voltou-se para o grande círculo, que ocupava boa parte do centro do grande salão. Verificou que era composto por três círculos concêntricos — como anéis que iam diminuindo —, além de quatro outros círculos menores, que cortavam a linha do anel mais externo, dispostos equidistantemente um do outro, cada um deles tendo em si gravado um dos símbolos rudimentares dos Quatro Elementais.

e *A Chave Mestra*

Salomon percebeu que Marvin se ocupava de entender o grande círculo, em especial os anéis dos combatentes.

— Ali, o fogo; lá, a água; adiante, o ar. E finalmente...

— A terra — interrompeu Marvin, reconhecendo a figura do triângulo invertido com corte no centro.

— Muito bem, vejo que já identificou a sua... posição inicial. Este — apontou para o grande círculo, andando ao redor — é o Círculo dos Duelos, criado para as contendas entre os poderes elementais; onde os duelistas de cada elemento disputam... — corrigiu-se — disputavam, para determinar qual o elemento superior — contou. — O primeiro círculo — apontou para o anel mais externo — é o Círculo do Aprendiz, utilizado para duelos de treinamento e disputas... recreativas.

Salomon deu passos adiante e ingressou no segundo anel.

— Este é o Círculo dos Torneios, dos duelos de competição... ou duelos pela honra, mas que sempre finalizarão com um desarme do outro oponente.

E Salomon finalmente adentrou o terceiro círculo.

— E aqui, garoto, você não deve entrar nem de brincadeira, pois, se você pisar aqui dentro, mesmo que sem querer, estará lançando um desafio ao seu adversário. Caso ele aceite, então não terá volta nem clemência, pois esse é o Círculo da Morte, onde apenas duelos mortais são travados. *"Dois entram, apenas um sai"* — recitou, por fim.

Marvin assentiu, percebendo a gravidade na voz do Mestre.

— E aqui, neste local, se disputavam duelos? — perguntou, querendo saber mais sobre onde estava.

— Não — respondeu Salomon —, aqui é e sempre foi apenas um local de treinamento, onde eram preparados aqueles que tentavam evitar que os duelos ocorressem; ainda que, para isso, tivessem que duelar também. Ainda que fosse preciso que... — hesitou por um instante, antes de concluir — vidas fossem arriscadas e sangue mágico tivesse que ser derramado.

— *Sangue derramado?* Mas não seria o meu sangue que poderia ser derramado, não é? — Marvin de repente se deu conta do que poderia estar em jogo ali.

— Olhe, garoto, isso dependerá de você e do quanto se empenhar. Eu assumi o compromisso de ensiná-lo; e você, o compromisso de aprender. Quanto mais rápido for, um pouco menos de risco você corre. Mas não se

MARVIN GRINN

esqueça de que aqueles que estão procurando o que você guarda aí podem, sim, o esfolar vivo — disse Salomon, sem a menor pretensão de amenizar nada, para o jovem aprendiz, que arregalava os olhos. — Assim, se você não quer ver o seu sangue mágico derramado, é melhor começar a levar isso muito a sério e prestar atenção em tudo o que vou lhe mostrar, estamos entendidos? — disse, olhando de forma séria e direta para Marvin. — Mas, por ora, o único com quem você não tem que se preocupar quanto a derramar o seu sangue sou eu, porque, no mais, terá muita gente tentando. Agora, vamos iniciar seu treinamento. Sente-se aí e preste atenção — ordenou, indicando uma pequena mesa conjugada com um banco, que lhe servira de mesa de estudos.

Marvin acomodou-se no banco duro de madeira, enquanto Salomon seguiu instruindo.

— Abra a tampa da mesa, nela você encontrará material para anotações e um livro com as posições básicas que deverá aprender: defesa e contra-ataque.

Marvin obedeceu e retirou do compartimento o antigo livro de instruções, um caderno de páginas amareladas e um lápis roído na ponta. Antes de baixar novamente a tampa, observou que havia nomes gravados na madeira, pela parte de baixo; quem sabe de aprendizes que antes ocuparam aquela mesma mesa e que ali também deixaram registrados recados nada elogiosos aos seus Mestres instrutores.

Talvez alguns deles dirigidos ao próprio Salomon, que desaparecera por um instante — mergulhando nas sombras do salão de treinamento — para ressurgir adiante, próximo à porta de seu *quarto secreto*, onde adentrou e sumiu.

Marvin se distraiu por não mais que alguns segundos, lendo os nomes dos aprendizes do passado, quando foi surpreendido pela volta do Mestre. Este ressurgiu ao seu lado, trazendo na mão uma pequena varinha em formato triangular.

— Abaixe essa tampa, aprendiz, agora já tem tudo o que precisa nas mãos. Tome, você usará uma destas. É uma varinha de treinamento e serve para aprendizes inexperientes como você não se esfolarem enquanto aprendem a usar uma como... estas aqui! — Salomon mergulhou nas sombras para reaparecer ao lado de uma bancada, da qual retirou um pano que a cobria

e A Chave Mestra

por completo. E, sobre ela, revelou varinhas de diferentes tamanhos, além de um bastão maior, em formato de cajado.

— Estas não são de brinquedo como a que acabei de lhe dar — desdenhou da varinha de aprendiz. — Observe aqui na bancada de armas, garoto; primeiramente, temos a varinha curta, a varinha clássica que qualquer feiticeiro tem para seu uso e sua defesa. Medindo de trinta a quarenta centímetros aproximadamente, pode ser utilizada tanto em duelos de competição quanto em duelos... para valer. É uma dessas que poderá salvar sua pele — disse, com gravidade. — E uma varinha deste tipo pode ser manuseada por qualquer um que, depois que sair das fraldas, demonstre ter o dom. Ou, ao menos, podia... antes das proibições.

Já esse outro tipo, medindo pelo menos sessenta centímetros, quase o dobro maior que as duas primeiras que lhe mostrei, é a varinha longa, a varinha de combate. Varinhas como estas eram usadas, essencialmente, em grandes conflitos; em... nossas guerras. São instrumentos capazes de disparar feitiços a uma grande distância e até mesmo em mãos capazes de atingir mais de um adversário ao mesmo tempo. Mas não se iluda, garoto: para usar uma dessas, é necessário mais que um braço firme; precisará de conhecimento e muito tempo de prática.

— E aquele bastão ali — Marvin apontava para o cajado —, o grandão?

— Ah, este? Este... grandão é um cajado de Mago-Mor. Gostaria de manejar um desses, aprendiz?

Marvin nem sequer teve tempo de tentar responder, e Salomon mergulhou nas sombras para reaparecer às suas costas, rosnando em seu ouvido.

— Aconselho você a desejar uma morte menos dolorosa, garoto.

E sumiu para reaparecer ao lado da bancada de armas, mais uma vez.

— Mesmo para um dotado experiente no uso de varinhas curtas e longas, colocar as mãos em um destes poderia representar seu último ato em vida. Um cajado como este só pode ser manuseado por bruxos com centenas de anos que sejam profundos conhecedores de mistérios sobre os quais você nem sequer ouviu falar. Eles, sim, têm poder suficiente para controlá-lo — alertou. — E alguém que não fosse completamente capaz, ainda que não fosse morto pelo poder do cajado, poderia causar um

MARVIN GRINN

grande estrago em quem estivesse por perto, pois controlá-lo é algo para muito, muito poucos... aprendiz.

Então ele desapareceu completamente nas sombras, ressurgindo instantes depois, tendo em mãos a varinha que pegara da mesa de Marvin sem que ele sequer notasse.

— Então voltemos ao seu brinquedo aqui...

— Mas... como? — Marvin pensou em protestar, mas Salomon não deu atenção e prosseguiu com a instrução.

— Ela permitirá que, durante o treinamento, na sua mão, você efetue disparos leves, quase como luzinhas inofensivas. Elas demonstrarão a evolução do seu conhecimento e mostrarão que você conseguiu compreender os movimentos capazes de liberar o poder que você traz aí dentro... se é que traz algum. Agora, coloque isso, garoto — disse, jogando um tipo de viseira telada, como uma máscara de esgrima. — Servirá para não ferir o rosto, em caso de acidente — explicou.

— Mas por que eu preciso usar isso, se é para me defender apenas de luzinhas inofensivas? — perguntou Marvin, que permanecia com a máscara nas mãos, sem cumprir com o que Salomon ordenara. Isso irritou o instrutor, que, de repente, efetuou um disparo que acertou a viseira de metal, projetando-a para longe.

— Eiii! — protestou Marvin, assustado. — Por que você fez isso?

— Para você aprender a fazer o que eu mandar, garoto... *"sem questionar"*!

— Mas isso não pareceu nada inofensivo. Você disse que...

— Eu disse que, *"nas suas mãos"*, seriam disparos inofensivos; não na minha. E, sim, isso pode mesmo feri-lo e até matá-lo! Agora, bote sua viseira e vamos começar a praticar. *"...sem nunca questionar"*! — repetiu a regra de ouro do aprendiz, com impaciência.

Nesse ponto, Marvin colocou rapidamente a viseira, decidindo não testar mais o humor do instrutor.

13.

O ASSISTENTE FANTASMA

Marvin seguiu os primeiros dias de treinamento executando apenas exaustivas rotinas de exercícios monótonos, repetindo e repetindo movimentos, sob o olhar severo de Salomon.

— Novamente. Novamente. Novamente! — era apenas o que Marvin ouvia do Mestre das Sombras.

Por vezes, tinha a impressão de que ele nem estava mais ali, à sua volta, mas quando pensava em atrever-se a relaxar um pouco, escutava a voz saindo das sombras da sala de treinamento.

— Novamente! — repetia Salomon.

Assim Marvin foi aprendendo as noções básicas de defesa e contra-ataque destinadas à necessidade de combate com cada elemento mágico com que pudesse se defrontar. Salomon passava e repassava as posições, demonstrando ao aprendiz como se comportariam seus adversários e como tentariam derrotá-lo... ou feri-lo.

— A água — Salomon posicionou-se sobre a marca que correspondia ao elemental no círculo. — O controle sobre o próprio elemento e as sensações inspiradas nele poderão ser a razão de seu triunfo sobre o adversário... ou o motivo de sua derrota — ensinava, demonstrando o movimento. — Observe esta posição, em particular; chama-se *O Sopro de Netuno*.

E, assumindo a posição básica da estocada, Salomon invocou o elemental mágico e desferiu um poderoso jorro de água que atingiu Marvin, lançando-o para trás.

Pego de surpresa, molhado e irritado, Marvin queria protestar contra mais uma agressão sofrida. Porém, ao levantar-se, encontrou o olhar de reprovação de Salomon, para adverti-lo.

— A defesa, garoto, você sequer esboçou o movimento de defesa que lhe ensinei antes.

— Mas eu nem sabia que você iria me atacar de verdade! — defendeu-se Marvin, ainda indignado.

Salomon franziu ainda mais a testa e se aproximou do aprendiz.

— Seus inimigos também não avisarão, garoto!

E, virando-se, ordenou:

— Novamente, em posição. Você precisa praticar, e muito!

Assim seguiram-se os dias, com novos movimentos a aprender, tanto correspondendo à sua posição no círculo, a terra, quanto na de seus possíveis adversários.

— *O sufocamento*, a privação do ar; tirando do oponente a capacidade de respirar, pelo tempo suficiente para provocar um desmaio e finalizar o duelo — Salomon tentava ensinar o maior repertório possível de movimentos. — *Escudo de fogo* — anunciou de repente, enquanto girava a varinha em movimentos circulares à sua frente, criando uma parede de chamas. — Essa, garoto, é a defesa preferida dos nativos desse elemental.

E a cada técnica explicada, Salomon procurava demonstrar, produzindo os fenômenos que descrevia, enquanto Marvin procurava manter-se atento e tentava convencer a si mesmo de que conseguiria reproduzir, ao menos em parte, o tanto que era demonstrado a ele. Mas, na maior parte do tempo, ainda achava impossível; especialmente se tivesse que utilizar o *graveto* que carregava para criar bolas de fogo, vento mágico, disparos de água ou o que quer que fosse.

Até que, certo dia, semanas após o início das instruções, Salomon o recepcionou postado no segundo anel do Círculo dos Duelos.

e *A Chave Mestra*

— Então, aprendiz, está pronto para avançarmos em seu treinamento? — disse, surpreendendo Marvin, que mal acordara.

— Avançarmos? O que você pretende dizer?

— Posição de combate, aprendiz. Já está mais do que na hora de deixarmos as aulinhas de lado e passarmos à parte prática de verdade.

— E eu devo... atacar você?

— Não, não a mim... ao menos se pretender terminar seus dias aqui comigo ainda inteiro. Refiro-me ao seu colega de classe — apontou para o outro extremo da sala de treinamento, onde não se via mais que um canto escuro, além do círculo. — A partir de hoje, você irá duelar com ele!

— *Ele*, ele quem? — perguntou Marvin, mirando o vazio. — Mas ali não tem ning...

Antes que terminasse a frase, um vulto translúcido cinza-azulado se formou, vindo em sua direção. Uma imagem fantasmagórica, que se materializara e avançava, cada vez mais próxima, fazendo Marvin dar um salto para trás, tentando manter distância da aparição.

— Mas você é um... um...

— Um... *fantasma*? Um *espírito*? Uma *alma penada*? Uma *assombração*? Já me chamaram por muitos nomes, senhor, mas, particularmente, prefiro o termo *espectro*. Acho mais elegante e condizente com minha posição de nobre... e senhor deste lugar — respondeu o espírito, com voz gutural.

— E eu prefiro chamá-lo de *assistente* — interrompeu Salomon, sem paciência para a conversa do fantasma.

O espectro pigarreou, sem dar muita importância para a interrupção de Salomon, dizendo:

— Permita que eu mesmo me apresente; sou *Rudynick Van Hoogstraten*, Barão Van Hoogstraten, como meu título de nobreza exige e como todos comumente me chamam.

— Chamavam, não é? Porque seu título ficou para o barão seguinte, e agora você é apenas Rudy, o assistente.

O fantasma pigarreou, ofendido.

— Mestre Grinn, presumo eu, não permita que as grosserias deste homem rudimentar interfiram nas nossas relações — disse com linguajar pernóstico, tratando com desdém as ofensas de Salomon.

205

O Mestre respondeu com um grunhido, farto dos já conhecidos devaneios do Barão Fantasma, que, sem se importar, seguiu tagarelando.

— Sabe, Mestre Grinn, creio que devemos ser contraparentes em terceiro grau, levando-se em conta a descendência de meu tio-tataravô, que foi casado, se não me trai a memória, com sua antepassada, Grinolda Grinn, e juntos tiveram... UAU!!! — foi a interjeição de protesto do fantasma, transpassado por um facho incandescente, disparado por Salomon. — Você... me acertou em cheio. E poderia ter me ferido gravemente ou até... me matado! — revoltou-se o Barão.

— Você já está morto, bem morto — respondeu Salomon. — E é incapaz de sentir dor de qualquer natureza... Barão.

— Bem, tecnicamente falando... é verdade. Mas, mesmo assim, não foi nada elegante de sua parte; afinal, as regras do duelo de cavalheiros exigem que...

— Ah, cale-se, Rudy! O menino precisa praticar, e não temos tempo para suas histórias.

— *Não temos tempo para suas histórias...* — retrucou o fantasma, que seguiu resmungando enquanto se dirigia à posição de combate, no outro extremo do Círculo dos Duelos.

— Muito bem... estou pronto — falou de má vontade. — Devo ao menos demonstrar dor ou quem sabe me jogar ao chão para dar mais veracidade ao ataque?

— Rudy... — Salomon chamou a atenção do barão assistente.

— Sim?

— Cale essa boca! — disse Salomon, tentando pôr um limite na impertinência do barão.

O fantasma virou o rosto, contrariado, procurando deixar clara sua indignação pela falta de prestígio com que Salomon o tratava.

— Muito bem, agora vamos praticar. Marvin, ataque! — ordenou Salomon.

— Mas eu... posso mesmo?

— Sim! — interrompeu o espectro. — Pode atirar em mim sem dó nem piedade e exterminar o que resta de minha existência neste mundo — dramatizou. — Vamos, Mestre Grinn, acabe com o resto deste pobre Barão.

Marvin hesitou por um instante, como se ainda necessitasse da aprovação de Salomon, que fuzilava o sorridente Barão Fantasma, sarcástico pela ingenuidade do jovem aprendiz.

e A Chave Mestra

— Rudy, mais uma palavra e eu mesmo vou matar você... de novo! Vamos, garoto, ataque esse saco de ossos velho; garanto a você que ele não vai sentir absolutamente nada.

Assim Marvin obedeceu. O que conseguiu foi produzir um disparo fraco e disperso que quase nem chegou a atingir a aura do Barão Fantasma, não fosse por algumas faíscas douradas que iluminaram a forma cinzenta do espectro.

— Ah... isso fez... cócegas — comentou o Barão. — Hum, estou vendo que alguém terá que praticar bastante. Ou, quem sabe, ter que buscar um Mestre de Armas mais eficiente para ensinar...

Salomon dirigiu um olhar cáustico ao fantasma, e Rudy apenas empinou ainda mais o nariz, sem sair da posição.

— Escute, Marvin, o segredo para um bom disparo não é apenas o conhecimento, a técnica ou até mesmo o dom; a confiança é a chave de tudo! E não importa o quanto você pratique ou o quanto saiba perfeitamente cada posição ou movimento; se você não acreditar na magia, ela simplesmente não acontecerá — explicou Salomon. — Qualquer varinha, por mais poderosa que seja, só responderá ao seu comando se sentir que você acredita no que está querendo executar. Lembre-se, sem o seu coração e a sua vontade, a varinha será apenas como um pedaço de madeira comum na mão de um leigo. Ela nunca o obedecerá se você mesmo não acreditar — disse para a Marvin, que ouviu tudo de cabeça baixa.

— Rudy! — Salomon dirigia agora sua atenção ao assistente.

— Senhor? — respondeu o Barão, com fingida subserviência.

— Está dispensado! — disse Salomon, provocando um suspiro de alívio no Barão por poder livrar-se da desonrosa tarefa. — Por ora! — acrescentou a seguir, recolocando a expressão de desânimo no rosto translúcido do fantasma.

— *Por ora..., por ora...* — resmungou o Barão. — Acha ele, por acaso, que sou um reles serviçal a quem chama ou dispensa no momento que lhe convém?

E ainda rezingando suas queixas, flutuou até desaparecer no mesmo canto escuro da sala por onde havia chegado.

— Quanto a você, aprendiz, volte a praticar. Precisamos evoluir, e logo!

Marvin fez a mesma expressão de desânimo do Barão fantasma, e ele próprio recitou sua ladainha.

Marvin Grinn

— Praticar, praticar, não faço outra coisa senão...

— Praticar, em silêncio! — decretou Salomon, desaparecendo a seguir entre as sombras para deixar Marvin sozinho com seu desalento.

14.

O LIVRO NEGRO

Mais uns dias se passaram, e Salomon — além das costumeiras e exaustivas lições práticas com varinha —, apresentava para Marvin um mundo que ele jamais poderia imaginar que existia, onde autênticos feiticeiros se enfrentavam em duelos de vida e de morte, tomando as varinhas e amuletos mágicos dos derrotados como despojos ao vencedor.

— Isso aconteceu há muito tempo... — contou Salomon, enquanto abria um dos seus livros de instrução, cujo título era *Duelos de magia nos Continentes — As guerras dentro das guerras*. Salomon folheava as páginas com cuidado, enquanto falava ao aprendiz: — Sabe, garoto, em quase todas as guerras pelas quais a humanidade passou, os dotados também tomaram parte, atuando de forma... especial, tanto de um lado quanto de outro, não permitindo que nossos dons mágicos servissem para dar um poder que causasse desequilíbrio.

— *Especial?*

— Usando os conhecimentos mágicos, suas varinhas de combate, sua capacidade de cura. Porém, quando necessário, combatendo, essencialmente entre si, para não dar vantagem especial a qualquer lado leigo. E nossa participação, em muitos dos casos, foi decisiva para definirem o conflito.

Marvin ouviu atento ao relato que Salomon leu a seguir.

— A primeira grande guerra — era o título do capítulo. — Travada entre 1914 e 1918, teve início na Europa, quando tropas leigas entraram em combate pela disputa de territórios. No decorrer de todo o conflito, combatentes dotados foram convocados para travarem uma guerra particular, estabelecendo um equilíbrio entre forças.

O grande conflito teve final em 1918, após a batalha ocorrida em local remoto — próximo à região de Somme, na França (Velho Continente) —, vencida pelo Batalhão Especial de Dotados do afamado general britânico bruxo, Erasmus Drake, comandante das Forças Aliadas do Velho Continente.

Marvin ouvia atentamente e pensava que, embora nunca tivesse ponderado sobre o assunto, não imaginava que pudesse haver qualquer interferência mágica naqueles acontecimentos.

Salomon entregou o livro ao aluno, permitindo que ele observasse a gravura que acompanhava o tópico que lera. Era a foto de um homem de longos e fartos bigodes, trajando um manto com insígnias militares desconhecidas, tendo logo atrás um grupo de homens e mulheres, armados com suas varinhas longas.

— General Drake e sua tropa especial de dotados, que obtiveram a rendição dos insurgentes, após impor derrota em duelo ao Grão-mestre Zoritz, Primeiro em Comando da Guarda Djin, na Europa Oriental — Marvin leu na legenda. — Mestre Salomon, o que é um *Djin*? — disse, surpreendendo Salomon.

Ao ouvir o nome — mais do que familiar para ele —, Salomon imediatamente correu os olhos pela legenda e fechou abruptamente o livro, retirando-o das mãos do aprendiz.

— *Djin* é um assunto sobre o qual não falaremos agora; temos coisas mais importantes a cuidar. Seu controle sobre a varinha até melhorou, mas ainda está longe do aceitável. Assim, antes de se preocupar com qualquer Djin, empenhe-se em aprimorar sua guarda. Agora, você já sabe o que precisa fazer.

— Sim, praticar, praticar, praticar... em silêncio — respondeu Marvin, ao menos desta vez obedecendo à regra de ouro de nunca questionar.

No passar dos dias, com o treinamento e o estudo dos livros a que Salomon permitia — ou exigia — que Marvin recorresse, a progressão se tornara notável. Nas sessões práticas, a presença de Salomon era uma constante, porém, para o período de estudos teóricos, o tutor nem sempre estava presente. Desaparecia por longos períodos, para depois retornar sem dar qualquer explicação ao aprendiz, que permanecia restrito ao grande salão de treinamento, contando apenas com a companhia eventual de Bóris — este também dado aos seus eventuais sumiços — e com as aparições repentinas de Rudy, que desfilava sua fantasmagórica presença, observando e oferecendo suas impressões sobre o desempenho e a evolução de Marvin. Mas, de um modo geral, sua principal companhia naqueles dias eram apenas os livros, mesmo.

Foi em um desses dias de estudo solitário, em busca de um novo título para cumprir sua rotina de estudos, que Marvin notou um livro que não parecia ter estado ali anteriormente. Era um exemplar com capa de couro negro — muito velha e enrugada, sem qualquer título escrito. Quando Marvin o pegou nas mãos, surpreendentemente, um olho se abriu no meio da capa.

Assustado com a órbita avermelhada que mirava diretamente para ele, Marvin deixou o livro cair. O livro ficou ali, inerte, por alguns instantes, até simplesmente se abrir sozinho.

Agora, mais curioso do que assustado, Marvin aproximou-se para observar as páginas amareladas, ilustradas com gravuras que demonstravam técnicas de duelos. Havia de um lado a figura de um duelista vestindo negro, segurando a varinha em posição de ataque, contra um adversário retratado em clara posição de submissão.

As palavras que acompanhavam as ilustrações estavam escritas em um tipo de alfabeto estranho, impedindo que Marvin fosse capaz de entender qualquer coisa. Com cautela, ele se aproximou para retomar o livro e viu, ao

MARVIN GRINN

seu toque, as palavras e frases rearranjando-se por completo, de um modo que agora ele podia ler tudo perfeitamente.

Assim estava escrito:

LIVRO DOS DJINS — TÉCNICAS DE COMBATE EM DUELOS DE MAGIA
CAPÍTULO 13 — SOBRE OS DUELOS DE MORTE

Marvin engoliu em seco e leu, a seguir, o nome de algumas das técnicas envolvidas no tópico.

O veneno do escorpião; *O beijo da serpente*; *A picada da Tarântula*... eram os títulos que se referiam a cada técnica — inspiradas no modo de ataque de animais peçonhentos e insetos venenosos —, com ilustrações ao lado de cada descrição.

Marvin foi virando as páginas e agora podia observar o detalhamento de cada técnica, sempre com a recorrente gravura do duelista de negro em posição de ataque contra um oponente que, invariavelmente, aparecia subjugado... com crueldade. Tudo descrito em detalhes, que iam desde a melhor postura até a empunhadura da varinha, a descrição do movimento e, por fim, a concentração e os sentimentos que deveriam ser empregados para a realização do disparo mortal à perfeição: raiva, ira, rancor, cobiça, inveja, ambição, ódio... vingança. Tudo que um duelista Djin deveria saber para ingressar no Círculo da Morte e sair de lá com a vitória e os despojos.

Marvin folheou mais à frente — deparando-se com técnicas cada vez mais elaboradas —, até chegar a uma gravura que ocupava lugar de destaque. Nela, o duelista Djin assumia uma posição que lembrava uma ave de rapina com as asas abertas, apontando duas varinhas para a cabeça de um adversário posto de joelhos.

— Mas o que é que você está fazendo?! — as sombras falaram com ele.

Era Salomon, que abruptamente arrancou o livro das mãos de Marvin.

— Como é que esse livro foi parar aqui, nas suas mãos? — perguntou o Mestre irritado e, visivelmente, nervoso.

Marvin não compreendia o porquê de tamanha perturbação do instrutor, mas respondeu com sinceridade:

— Ele estava aqui, na estante, como os demais. E como você disse que eu poderia pegar qualquer livro, não pensei que...

— Minha pergunta: é como esse livro foi parar *aberto* em suas mãos? — Salomon refez a pergunta, dando um novo sentido.

— Bem, eu o peguei e ele... simplesmente se abriu — respondeu, sem mencionar o fato esquisito do olho vermelho na capa do livro.

Salomon ouviu atentamente e agora não parecia mais irritado, e sim preocupado com a revelação de que o livro teria se aberto sozinho.

— Este livro não deveria estar aqui. E este livro não se abre para qualquer um. Ele escolhe quem quer convidar a lê-lo... e a quem deseja convencer a ser como um deles — disse em tom misterioso.

— Eles? Você quer dizer os Djins? — Marvin perguntou, cada vez mais atraído em saber mais sobre os duelistas negros.

Salomon envolveu o livro em um pano escuro e, com uma expressão de dor, fez o livro desaparecer dentro da escuridão do seu manto de sombras, limitando-se a responder sem olhar Marvin nos olhos.

— Por ora, ainda não falaremos... deles.

— Mas por que ainda não, Mestre? Por que eu não posso saber quem são os Djins? — insistiu.

A simples menção ao nome maldito para ele fez Salomon estremecer. A expressão de dor voltou ainda mais forte ao seu rosto.

— Ouça com atenção, garoto, os... Djins não são assunto para crianças. São aqueles de quem você deve manter a maior distância, ainda mais carregando... — Salomon hesitou por um instante — essa sua varinha *transformada*.

— Mas, então, eu não deveria me preparar para eles? — perguntou Marvin, querendo convencer o Mestre a falar.

Salomon ponderou por um instante e então assentiu.

— Está certo, garoto, é melhor contar logo a você. Um Djin é alguém cuja existência se resume a vencer duelos; eles vivem pelo único propósito de desafiar outros dotados a duelos mortais, em busca da varinha perfeita. No início, séculos atrás, eles eram um grupo de elite entre dotados, enviados para as batalhas para atuar *taticamente* e tentar evitar que tantos tivessem que perecer. Assim, desafiavam o líder do grupo rebelde para um único duelo, onde quem se sagrasse vencedor teria o controle sobre os demais comandados, findando o conflito — explicou.

"Suas técnicas incluíam não apenas os tipos de defesas e contra-ataques, como os movimentos convencionais que você vem aprendendo; eles iam muito, muito além, trazendo para o Círculo dos Duelos técnicas especiais de combate com varinhas e feitiços complexos de serem rechaçados. Eles eram praticamente imbatíveis, selecionados a dedo por sua perícia e talento diferenciados, treinados à exaustão para servirem ao propósito pelo qual a Guarda Djin foi criada. E, durante muito tempo, tudo correu bem, só que então...

Salomon silenciou por um instante.

— Então...? — Marvin perguntou ansioso.

— Então, proporcionado pela própria atuação dos Djins, veio um longo período de paz, pois ninguém ousava desafiá-los e correr o risco de ser morto. Com o decorrer do tempo, por causa do tédio causado pela falta de ação, o grupo se corrompeu. Chegaram ao Grande Conselho das Sombras relatos de dotados pacíficos sendo desafiados por duelistas Djins, provocando duelos de morte desnecessários com o propósito de apossar-se de varinhas afamadas. Então, o Conselho agiu.

— Agiu como?

— Os anciãos formaram um grupo ainda mais poderoso, e os Djins foram perseguidos. Passaram de um corpo de elite a um obscuro bando de assassinos, banidos do convívio.

— Mas, se eles foram banidos, por que eu devo ter medo deles?

— Eu disse banidos, garoto, não extintos. Enfraquecidos momentaneamente, os Djins buscaram um lugar afastado, uma montanha quase inexpugnável, de caminho íngreme e penoso, quase intransponível. É uma trilha tão repleta de perigos e armadilhas que apenas alguém com o emprego de muitas habilidades e persistência poderia chegar com vida para tentar juntar-se aos Djins.

— E por que alguém ainda iria querer se juntar a um grupo de... banidos?

Salomon sorriu, com ironia.

— Pelo conhecimento, garoto, de mistérios muito além do que qualquer outro duelista sonharia em ter. Um Djin é um Mestre supremo dos

e A Chave Mestra

combates de magia, com poder sobre a vida e a morte de seus adversários. E o poder é sempre sedutor.

Marvin engoliu em seco, e Salomon prosseguiu.

— Então, em sua montanha maldita, os Djins se aprimoraram. Dia e noite, dedicados a saber mais e mais, cruzaram fronteiras morais em busca do domínio sobre técnicas proibidas que, além da morte, antes causavam dor e sofrimento. Assim, sem qualquer escrúpulo, tornaram-se assassinos treinados, alugando suas varinhas e seu conhecimento superior a quem pagasse mais ou, muitas vezes, juntando-se a batalhas que não lhes diziam respeito, apenas pelos despojos de guerra, escolhendo seus duelos para terem para si afamadas varinhas de poder.

— Mas e o livro? Por que o livro ter se aberto para mim lhe trouxe tanta preocupação? — Marvin perguntou, e, desta vez, Salomon não sorriu.

— Porque mesmo após alguém vencer todos os perigos da trilha da montanha e conseguir chegar vivo aos portões da Cidadela Djin, antes que pudesse ter o direito de entrar, seria submetido a um último teste: a aceitação do *Livro Negro dos Djins*. E apenas se ele se abrisse sozinho nas mãos do candidato, os portões se abririam também. Por mais talentosos ou ambiciosos que fossem os candidatos que conseguiram chegar até a frente daqueles portões, creia-me, garoto, o livro se abriu sozinho nas mãos de muito, muito poucos.

— E o que acontecia com aqueles para quem o livro não se abria? Afinal, depois de terem passado por tudo, simplesmente tinham que voltar, enfrentando tudo de novo? — perguntou Marvin.

— Não, isso nunca era necessário — respondeu Salomon.

— Ah, bom...

— Porque eles eram mortos nos portões da Cidadela Djin — disse Salomon, fazendo o sangue de Marvin gelar.

— E... eu vou ter que encontrar um desses Djins algum dia? — perguntou Marvin, agora muito mais preocupado com toda a história.

— Não se preocupe em encontrá-los, garoto — disse Salomon, fazendo Marvin dar um suspiro de alívio momentâneo.

— Ainda bem, eu...

— Se eles souberem o que você tem, eles que encontrarão você — completou Salomon, fazendo recair um semblante soturno sobre o rosto do aprendiz. — Agora vá dormir e esqueça esse livro! — concluiu, desaparecendo em meio às sombras.

Mas Marvin agora não conseguia pensar em outra coisa.

15.

O BRAÇO DE GUERRA

O dia seguinte foi de treinamento especialmente exaustivo, e Marvin sentia o peso dos exercícios que passara as últimas horas praticando arderem em seus ombros e fazerem a cabeça latejar. A concentração exigida era imensa, e o corpo acabava por sentir esses efeitos. Assim que terminou a última sequência de movimentos, repetitivos e monótonos, sentou-se na solitária mesa, onde passava parte do tempo de estudos, quando não estava praticando as técnicas que Salomon corrigia a todo instante.

— Ai! — protestou contra a dor no braço direito, que dava sinais de fadiga pelo excesso repetitivo dos movimentos.

— Cuide desse braço, garoto; se ele não funcionar, do outro que você não conseguirá tirar nada — disse Salomon, observando que Marvin massageava o ombro. Então prosseguiu, agora falando em tom de instrução:

— *Cada feiticeiro, bruxo ou mago que porta uma varinha em duelo ou em combate tem que, obrigatoriamente, usar o seu Braço de Guerra para efetuar o disparo.*

— *Braço de Guerra?* — repetiu Marvin, tentando fixar o novo termo.

MARVIN GRINN

— Sim, é o braço pelo qual sua varinha responderá ao seu comando e produzirá o disparo de magia contra o seu adversário. Lembre-se, garoto, o disparo na intensidade certa para desarmar ou... *neutralizar* o seu adversário precisa ser realizado sem hesitação. E, para tanto, sua mão deve saber o que está fazendo, e seu braço deve oferecer a firmeza necessária para a magia fluir de você para a varinha.

— E como sei qual é o meu braço de guerra? Digo, é sempre o mesmo braço com o qual escrevo, por exemplo?

— Nem sempre. Já vi duelistas destros usando o braço esquerdo e vice-versa.

Salomon tomou uma das varinhas da bancada de armas, e Marvin viu, nitidamente, a varinha se acendendo ao toque do instrutor.

— A regra diz: *a varinha escolhe a qual braço deve obediência...* — recitou. — E então você sentirá o poder fluir através de você, direto para a varinha, para produzir o disparo perfeito.

Mas, quando Salomon segurou mais fortemente a varinha na mão, Marvin percebeu que algo estranho estava acontecendo. A varinha de madeira de tom marrom-caramelado começou a adquirir um tom escuro a partir do cabo onde Salomon estava segurando, e esse tom começava a querer se ramificar pelo corpo da varinha.

Salomon percebeu a perturbação no rosto do aprendiz e olhou para a varinha. Percebendo a transformação, deixou a varinha cair novamente sobre a bancada, fazendo a mancha escura retroceder, e a varinha retornar ao tom caramelo de antes.

— Mas o que...

— Sem perguntas, garoto; isso, realmente, não é assunto seu.

— Sem perguntas — concordou Marvin, entendendo que a manifestação que testemunhara devia envolver mais alguma coisa do passado secreto de seu Mestre. E isso talvez explicasse o fato de ele evitar tanto pegar as varinhas da bancada durante o treinamento.

— Mas, Salomon... — Marvin chamou o Mestre, que dava indícios de mais uma vez desaparecer em meio às sombras.

— O que foi, garoto? Já disse que isso não é assunto seu.

218

e A Chave Mestra

— Na verdade, não ia perguntar sobre isso, e sim sobre o que você falou há pouco, sobre o Braço de Guerra.

— Muito bem, se é assim, pergunte — Salomon consentiu, ainda de costas para o menino.

— Seria possível alguém ter dois Braços de Guerra?

— Isso seria muito difícil; precisaria de extrema habilidade nata e de um treinamento além das capacidades normais para ser capaz de comandar a mesma varinha com dois braços diferentes. Afinal, quando você treina seu braço, também está treinando sua varinha para corresponder ao seu braço e...

— Não, não digo um braço de cada vez — interrompeu Marvin, deixando Salomon com cara feia pela impertinência da interrupção.

— Mas então do que você está falando, garoto?

— Eu estava falando de usar as duas varinhas... ao mesmo tempo. Uma varinha em cada mão.

— Não, isso não seria possível — retrucou Salomon, encerrando a questão. — Agora vá cuidar desse braço, pois amanhã continuaremos com a prática.

Porém, sem se dar por vencido — e sabendo o que vira —, Marvin insistiu.

— É que sabe, Mestre... naquele livro... ontem à noite, o tal que não deveria ter se aberto para mim...

Salomon virou-se abruptamente diante da menção do livro proibido. Sem dar tempo para uma nova reprimenda, Marvin falou logo o queria dizer para provar seu ponto.

— No livro havia uma figura que mostrava um daqueles tais... Djins — disse como se temesse um pouco o nome —, e ele segurava uma varinha em cada mão. E, pelo desenho, ele estava usando as duas ao mesmo tempo.

Marvin se recordava da figura que falava do uso de duas varinhas para realizar um disparo simultâneo contra o adversário, utilizando feitiços diferentes.

— Olhe aqui, garoto, você leu sobre coisas que ainda não tem capacidade para entender. E, eu lhe asseguro, não deveria estar querendo saber tanto sobre eles — respondeu sem mencionar o nome, provando que o assunto Djins era algo delicado para ele.

— Mas, Mestre, e se um desses, um que tivesse essa habilidade tão especial, me atacasse? Preciso saber como faria para me livrar dele.

— Se um desses atacar você com uma habilidade como essa... você morre, garoto. Simples assim.

Marvin arregalou os olhos diante da resposta direta do instrutor, engolindo em seco. Salomon concluiu:

— O que você viu na gravura do livro, garoto, é uma técnica quase impossível de se realizar, pois implica em manter o controle sobre duas varinhas simultaneamente e comandar a elas duas técnicas diferentes ao mesmo tempo. Para isso, seria necessário como que dividir a sua mente e exigir dela um nível de concentração enlouquecedor. Como disse, impossível; mesmo para os mais talentosos e mais experientes duelistas que possam existir.

— Mesmo para um Djin? — perguntou Marvin, desafiando o medo ao pronunciar o nome proibido.

— Para qualquer um, garoto. Qualquer um, exceto...

— Exceto? — Marvin precisava saber mais.

— Exceto... *Zirat*.

— Zirat?

— Sim, Zirat.

— Zirat é... um Djin?

— Um dos mais perigosos que aquela montanha já criou. E, pelo que sei, hoje o mais perigoso de todos.

— E apenas esse... Zirat tem o poder de usar duas varinhas ao mesmo tempo? Salomon deu um suspiro longo antes de responder.

— Apenas Zirat... e mais um; mas esse está morto. Agora vá dormir, Marvin. Esqueça o que viu naquele livro e torça para nunca ter que encontrar Zirat ou qualquer outro Djin pela frente.

Marvin obedeceu e resolveu não perguntar mais nada, pelo menos não naquela noite. Mas viu que havia algo que estranhamente ligava o instrutor aos tais Djins, algo que demonstrava nitidamente que ele sabia muito mais do que dizia e que seu conhecimento sobre os Djins não parecia vir apenas de estudos ou de *ouvir falar*. Havia, sim, algo mais. E, assim como sentia que Salomon estava ligado aos Djins, de alguma forma se sentia atraído por aquilo tudo também.

Assim, como uma presa pode ser atraída ao covil da fera sem saber, Marvin se sentia caminhando em direção ao perigoso encontro com os Djins.

16.

O BAÚ DJIN

Nas semanas que transcorreram, Marvin notou que Salomon havia se tornado ainda mais ausente, deixando que ficasse praticando sozinho suas lições, enquanto desaparecia nas sombras como de hábito.

Se bem que *sozinho* não seria bem o termo, uma vez que o deixava na companhia — a contragosto — de Rudy, o assistente fantasma, convocado compulsoriamente para servir como seu par de duelo. Além de Bóris, é claro, que agora parecia orquestrar sumiços com seu instrutor, parecendo que sabia exatamente quando Salomon ia voltar, pois aí tornava a aparecer.

E quando o Mestre ressurgia, era para repetir monotonamente a ladainha de quem já parecia haver ensinado o suficiente, insistindo apenas para que as técnicas fossem exaustivamente repassadas.

— Mais uma vez! Mais uma vez! — era a retórica insistente na voz de Salomon, para silenciar-se novamente por horas, reemergindo das sombras, imediatamente, sempre que Marvin ameaçasse parar sem seu consentimento.

Foi em um dia como esses que, após finalizada a carga diária de suas rotinas de estudo, treinamento e exercícios no Círculo dos Duelos, Marvin viu-se completamente sozinho; e por mais tempo do que o de costume.

Ele encerrou sua atividade, deixou a varinha de aprendiz de lado e esperou ver surgir das sombras o Mestre, já com a costumeira reprimenda por ter parado sem a devida autorização. Mas ele não apareceu.

E assim, após uma hora ou mais de espera, Marvin resolveu — pela primeira vez desde que chegara ali — arriscar-se a ir até o quarto do instrutor e verificar se ele não estaria por ali. Quem sabe estivesse doente, precisando de ajuda. "Improvável, mas não impossível", Marvin dizia para si mesmo, para justificar a intromissão que estava prestes a cometer.

Subiu o lance de escadas; parou em frente à porta; bateu e aguardou. E, sem resposta, bateu novamente, e ainda outra vez, mas o silêncio permanecia. Quando, decidido, levou sua mão ao trinco da porta, eis que, à sua frente, materializou-se a figura translúcida branco-azulada de Rudy, com um olhar de pura repreensão.

— Eu não faria isso, se fosse você!

— Rudy! Quase me mata de susto.

O fantasma sorriu.

— Bem, Mestre Grinn, é isso que fazem os fantasmas, não é mesmo? Agora, quanto ao segundo ponto de sua fala, aquele que menciona *matar*, penso que, se o senhor invadir o... *quarto proibido* de seu primitivo Mestre, penso que quem irá matá-lo não será eu.

— Rudy, você o viu por aí?

— Não tive hoje esse desprazer — respondeu o fantasma com a fleuma habitual e uma expressão de que dar conta do paradeiro de Salomon não era atribuição sua. — Mas fique tranquilo, pois, para minha miserável falta de sorte, por certo ele em breve retornará. Ele sempre retorna. E por certo também seguirá me importunando e me obrigando a servir como alvo para os disparos de seus aprendizes.

— Seus... aprendizes?

— É, jovens como você. Não me diga que julgava ser o único que ele havia instruído, pois percebi já, em mais de uma ocasião, o estimado aprendiz observando as marcas que aqueles meninos mal-educados deixaram

e A Chave Mestra

naquela pobre mesa. Lembro com desprazer a maioria deles; alguns, aliás, muito cruéis para comigo... — vitimizou-se o fantasma. — Bem, mas agora penso que já me vou, Mestre Grinn. E, caso decida entrar, creio que estará me fazendo um grande préstimo. Afinal, quem sabe assim terei um colega para dividir comigo a eternidade nesta casa ou para tomar o meu lugar nas instruções de seu Mestre Salomon — ironizou.

— Rudy, espere aí! Você não poderia verificar se ele não está aí dentro? Seria só uma olhadinha rápida — sugeriu ao fantasma. — E você nem precisaria entrar por inteiro, bastaria passar um pouquinho pela porta e me dizer...

— E acaso meu prezado pensa que porque estou morto perdi o juízo? — Rudy interrompeu as súplicas de Marvin. — Prefiro esperar pelo senhor no *mundo dos mortos* a desafiar aquele homem terrível. E, se é isso que espera de mim, creio que é chegada a hora de lhe dizer adeus. Se sobreviver, desejo-lhe boa noite, Mestre Grinn.

E tornou a desaparecer, deixando Marvin sozinho, ponderando ainda por alguns minutos, indeciso sobre o que deveria fazer. Mas, como Salomon seguia sem dar sinais de que reapareceria, decidido — e, desta vez, sem a interrupção do Barão —, Marvin abriu a porta e entrou.

O aposento sombrio era perfeitamente condizente com o homem que vivia nas sombras, com a penumbra que reinava absoluta. Dentro do quarto, Marvin mal podia divisar os poucos móveis; uma cama pequena, uma mesa de canto — sobre a qual havia anotações e uma vela —, uma cadeira tão solitária em frente à mesa quanto parecia ser a vida do homem que dormia ali.

Marvin aproximou-se mais da mesinha, percebendo algo que ainda permanecera oculto na escuridão no quarto. Era um grande baú de madeira, tão negro quanto as sombras que o escondiam. E não fosse pela marca que identificara sobre a tampa, certamente ele não teria mais permanecido ali, desafiando a ordem expressa de Salomon que proibia a sua entrada.

Mas o fato era que aquela marca não podia ser ignorada por Marvin, pois era a mesma que parecia persegui-lo, desde que chegara até ali: o símbolo Djin.

Marvin sabia que não devia abrir a tampa daquele baú. Mas, ao mesmo tempo, estava se tornando impossível para ele resistir à atração

223

sobre tudo o que fosse relacionado aos tais Djins. E sem pensar muito nas consequências do que fazia, acabou por tocar o símbolo gravado sobre a tampa do baú que, simplesmente, se abriu.

Assim, sem nenhuma resistência e como se sequer estivesse trancada, a pesada tampa se ergueu sozinha, permitindo que Marvin pudesse examinar o conteúdo do baú marcado com a insígnia Djin — aqueles de quem o instrutor evitava até mesmo pronunciar o nome. E, sendo assim, por que haveria algo ligado aos duelistas negros justamente dentro do seu quarto, e qual relação existiria entre os temidos Djins e seu mestre de armas?

Marvin acendeu a vela sobre a mesa, para poder examinar melhor o conteúdo do baú. E a primeira coisa que viu foram as varinhas; duas delas totalmente negras, como o manto em cima do qual repousavam, cruzadas uma sobre a outra.

Ele trouxe a vela mais para perto e observou melhor as varinhas. A primeira tinha um corpo alongado com duas pontas pontiagudas como o ferrão de uma aranha, que davam personalidade à varinha; uma delas tinha no cabo algo que lembrava a cauda de um escorpião, tão negra quanto a primeira. E no manto negro sobre o qual estavam, Marvin viu brilhar a insígnia Djin.

Mas uma coisa ainda lhe chamou a atenção, algo que não tinha necessariamente relação com todos aqueles objetos sinistros, mas que igualmente intrigou Marvin, ao ponto de ele se atrever a pegar. Era uma velha fotografia, desbotada pela ação dos anos. O retrato de duas crianças, dois meninos, tendo ao fundo um vilarejo de casas, todas iguais.

Um dos meninos tinha estatura alongada, era louro de feições bonitas e muito sorridente. O outro parecia seu oposto em tudo. Era bem mais baixo, moreno de pele e cabelos e, apesar da aparência sisuda, ainda assim parecia demonstrar satisfação de estar ao lado do companheiro. Um menino de aparência estranhamente familiar, de olhar negro e profundo, parecido com o de... Salomon.

e A Chave Mestra

Marvin sentiu uma estranha vibração, como um arrepio. Dentro do baú, encontrou o motivo. Era o Livro Negro dos Djins, que Salomon tirara de suas mãos e agora estava ali, mais uma vez chamando por ele.

Era uma atração quase impossível de resistir, mas, antes que Marvin pudesse tocá-lo, sentiu as sombras se movendo ao seu redor.

— Como se atreve? — disse Salomon, emergindo das sombras do quarto e, com um movimento de mãos, fechando violentamente a tampa, ao passo que o movimento seguinte arrastava Marvin para longe do baú.

— Olhe aqui, garoto, por essa invasão, eu deveria...

Mas, antes que concluísse sua ameaça, uma nova surpresa fez Salomon hesitar, ao perceber nas mãos do aprendiz a fotografia que ficava guardada no baú.

— Mas o que você está fazendo com isso? Ela me pertence! — esbravejou. E, uma vez mais sem sequer se aproximar, fez com que a fotografia fosse arrancada das mãos do aprendiz para as suas.

— Agora, vamos, saia daqui, garoto! E eu não vou repetir nem aceitar suas impertinências desta vez. Saia, ou nem mesmo a promessa que fiz ao velho salvará você!

Ao perceber que Salomon estava em um estado que beirava mesmo o descontrole — e que até as sombras pareciam agora se agitar perigosamente ao redor dele, querendo arrastá-lo para dentro delas —, Marvin decidiu deixar o quarto imediatamente e esperar que o instrutor se acalmasse, para se desculpar.

Era nítido que havia cruzado o limite que separa a curiosidade do desrespeito à privacidade de seu Mestre. E, por mais nobre que tivessem sido seus motivos para estar ali, sabia que não era aquele o momento para ponderações. Assim Marvin apenas obedeceu e aguardou.

Foi somente após algumas horas que sentiu novamente a presença de Salomon.

— Nunca mais toque em nada que me pertence, sem a minha permissão, compreendeu? — disse a voz antes que Marvin pudesse ver o Mestre emergindo das sombras. — E nunca, jamais entre novamente naquele quarto. Sendo assim, quero lhe dizer que não haverá nova oportunidade para você, se tentar remexer naquele baú ou encontrar aquele livro, estamos

225

entendidos? Estamos perfeitamente entendidos? — disse, agora em tom mais alto e feroz.

— Sim, sim... senhor — Marvin respondeu, mais envergonhado do que amedrontado.

— Muito bem, que assim seja. Agora... me pergunte — disse Salomon, causando certo espanto pela oferta. — Afinal, você iria perguntar de qualquer forma.

— Mas, então... vai me contar o que são aquelas coisas que vi? O baú, as varinhas, a fotog...

— Não — interrompeu o instrutor, deixando Marvin confuso. — Mas permitirei que você leia a história do que aconteceu. Aqui... leia e depois nos falaremos — disse Salomon, depositando um livro sobre a mesa de estudos e desaparecendo nas sombras a seguir.

Marvin leu o título da capa: *O Livro dos Cem Anos*. E percebeu que Salomon marcara com uma tira de couro um ponto específico entre as páginas. Abriu no lugar marcado e leu em voz alta.

— Incidente em Vila Áurea.

"No fim do Século XIX, o iminente historiador Remy Aubert, a respeito dos estudos sobre o mundo da magia, agrupou, em seu livro *Registros de uma guerra particular: o mundo mágico e a grande cisão*, dados sobre uma grave crise que abalou o equilíbrio até então reinante entre quatro famílias de dotados que representavam os poderes elementais, vindas da Europa ocidental para o Novo Continente a fim de se estabelecer.

O início da crise não é preciso, mas os fatos conhecidos e os registros da época indicam que o começo pode ter se dado menos de uma década depois da fundação de Vila Áurea, uma comunidade mágica fechada, criada apenas para famílias de dotados, para que, nesse ambiente controlado e restrito, pudessem exercer seus poderes de forma natural, sem qualquer limitação na prática de sua condição mágica e sem precisar ocultá-los do mundo leigo.

A comunidade foi fundada por *Gideon Morgan* — o velho —, um descendente direto dos ramos do Reino Unido, há muito erradicados nesse continente. A comunidade, nos primeiros anos, viveu de forma autossuficiente. E, apesar dos alertas do Grande Conselho das Sombras — responsável por reger as leis do mundo mágico conhecido –, e a despeito dos riscos envolvendo o uso de magia de forma indiscriminada e corriqueira, Gideon e as famílias persistiram em sua empreitada e em seus propósitos.

No vilarejo de casas brancas – que rendeu a Vila Áurea o apelido de *Vila Branca* –, tudo correu bem nos primeiros anos, com os residentes podendo usar livremente seus conhecimentos mágicos, fosse para realizar uma tarefa doméstica corriqueira, entreter os amigos ou para eventuais exibições de conhecimentos. Apenas os duelos de magia, comuns no passado, foram terminantemente proibidos, pois Gideon era, sobretudo, um pacifista e achava que os duelos, ainda que para fins recreativos, despertavam instintos agressivos entre os praticantes.

Porém, a paz foi quebrada em Vila Áurea, após a morte de Gideon Morgan Jr. – filho do patriarca idealizador da comunidade –, durante uma incursão a uma cidade leiga próxima. Essa incursão acabou por desencadear uma série de acontecimentos trágicos.

Relatos da época apontam que Gideon, o Velho, até então relutante às práticas dos duelos de magia, em decorrência do ocorrido com o filho, acabou por ceder ao apelo das famílias atemorizadas pelo assassinato do rapaz e autorizou que os jovens fossem instruídos na prática do uso das varinhas para autodefesa, para dar a eles meios de protegerem-se em caso de agressão extrema.

Porém, visando evitar mais risco aos membros da comunidade, Gideon decretou *lei marcial*, isolando o perímetro de Vila Áurea com barreiras mágicas, até que o crime fosse esclarecido.

A barreira impedia a evasão de quem quer que fosse e, com o passar das semanas, Gideon percebeu os sinais de tédio e insatisfação dos moradores, acostumados a conviver além dos limites do vilarejo mágico. Assim, mais uma vez contrariando suas convicções – e cedendo às pressões de alguns membros influentes –, Gideon permitiu a reedição de uma antiga prática: o Torneio dos Elementais, cujo objetivo era fazer com que equipes de cada família elemental disputassem entre si, até que apenas um duelista campeão restasse, declarando-o o vencedor e superior aos demais.

Com o torneio, os ânimos arrefeceram, e o foco se voltou para os duelos elementais. O Grande Círculo dos Duelos – com seus três anéis concêntricos –

foi demarcado à base de uma grande pedreira, no alto do morro, e ali as disputas começaram. Diariamente, a comunidade toda assistia às equipes que representavam cada elemento digladiarem-se por meio de suas habilidades no uso da magia. Fogo contra terra, água contra ar e assim sucessivamente, com os vencedores avançando para a etapa seguinte.

Tudo parecia correr bem, e durante dias e noites as competições foram determinando seus finalistas. As escaramuças já indicavam uma provável vitória da equipe elemental do fogo — que tinha como representante o filho do patriarca da família Flamel, empunhando a lendária Volkana —, quando a equipe Terra protagonizou uma virada emocionante, ingressando para a etapa final, após quase perder o duelo, e tendo a varinha partida ao rebater o disparo, que lhes conferiu a vitória e o direito de avançar. E assim um jovem da família Grinn disputaria o último duelo com o representante dos Flamel, porém utilizando uma nova varinha.

Já nos primeiros disparos, o jovem duelista Grinn apresentou habilidade superior. E por mais que Flamel demonstrasse grande conhecimento e domínio sobre seu elemental, o duelista Grinn mantinha-se com a guarda segura, rechaçando cada investida do representante da Casa Flamel com até relativa facilidade.

Flamel utilizava técnicas elaboradas que fizeram ceder adversários valiosos nos duelos anteriores. A *Esfera Incandescente*, o *Sopro de Dragão* e diversos outros movimentos de alta complexidade, mesmo para controladores do fogo mais experientes, foram tentadas, mas nada parecia romper a guarda do jovem Terra, que se mantinha teso e seguro, com a nova varinha anulando cada ataque como se antevisse cada movimento de Flamel. Até que em dado momento prevaleceu a habilidade de Grinn, que acabou por vencer o Duelo dos Elementos, desarmando Flamel e derrotando Volkana, a varinha invencível.

A plateia foi ao êxtase pela improvável vitória. E enquanto todos comemoravam o resultado, o jovem Flamel retomou Volkana na mão e avançou do segundo anel — o círculo dos torneios —, para ingressar no terceiro, o círculo dos Duelos Mortais. E dali gritou um desafio contra Grinn, que comemorava a conquista com seus familiares.

e A Chave Mestra

As comemorações silenciaram, e todos voltaram-se para ver o jovem Flamel, armado com a varinha que incandescia, posicionado ao centro do Círculo da Morte. Ele traçara ao redor de si um perímetro de chamas, criando o chamado *Círculo de Fogo*, para onde pretendia atrair o jovem Grinn. O desafio fora lançado.

Gideon, o Velho, esbravejou contra o jovem Flamel, advertindo-o, mas esse sequer parecia ter ouvidos às ameaças do líder da comunidade e se mantinha impassível em seu propósito. Gideon então tentou apelar aos patriarcas da família Flamel, mas estes apenas silenciaram-se e se posicionaram ao lado do jovem duelista. — Neste ponto do relato, há um depoimento, colhido de Floros Abramopoulos, testemunha ocular da época, que contou sobre o que presenciou. — *Eu era ainda um menino na ocasião e acompanhava meus pais à final do torneio. Todos estávamos muito excitados com a competição, e nós, os mais jovens, usando nossas varetas de brinquedo, imitávamos os movimentos dos campeões.*

Lembro-me de que Grinn era um jovem afável, querido por todos, atencioso até mesmo com as crianças, que queriam ser como ele. Ao passo que Flamel era arrogante, impetuoso como os de seu elemento familiar, que, por terem tanta certeza da vitória, não conseguiam aceitar a derrota. Ele e sua família gritavam que havia ocorrido desonestidade e que o jovem Grinn usara uma varinha ilegal.

Os Grinn protestaram, alegando inocência e refutando as acusações dos Flamel. Porém, a despeito dos apelos de Silvester Grinn para que o recém-sagrado campeão não aceitasse a provocação e não entrasse no Círculo de Fogo ao qual Flamel o desafiava, o jovem Grinn ingressou no Círculo da Morte.

Ninguém pôde assistir ao combate, mas toda a cidade ouviu o som do duelo e viu quando Flamel retornou sozinho de lá.

É fato que o Controle de Óbitos da época não tem em seus registros o óbito formal do jovem Grinn, pois, embora afirmada pelo jovem Flamel, nunca pôde ser confirmada. E visto que não restaram testemunhas vivas do episódio — com o padrinho que acompanhava Flamel encontrado morto junto ao círculo e o outro desaparecido, assim como Grinn —, o mistério permanece.

229

Esse episódio acabou por agravar ainda mais a crise que ameaçava Vila Áurea, pois Gideon, o Velho — ao renunciar às suas convicções —, havia reaberto uma ferida antiga: a rivalidade entre fogo e terra. O sangue fluía quente pelas veias de jovens e patriarcas dos elementais, irrompendo em duelos mortais, que começaram a ocorrer desenfreadamente.

A cada nova lua, um novo corpo aparecia. Jovens se desafiavam para encontros de morte, tendo somente a presença de um *padrinho* para cada duelista, como requeria a tradição. Em consequência de cada jovem morto em duelo, alguém aparecia para vingá-lo.

Gideon não era mais capaz de evitar os desafios nem controlar os duelos; suas proibições não tinham efeito. E Vila Branca — o outrora paraíso utópico criado para que a magia fosse exaltada — agora era palco de destruição e medo. Cansado de tudo, Gideon apelou para o Grande Conselho, relatando os fatos aos conselheiros e pedindo por intervenção, o que ocorreu de forma drástica.

Foi instaurada a Guarda Vigilante do Novo Continente — composta por quatro membros, cada um ligado a um dos elementais, atuando de forma conjunta para evitar que houvesse algum tipo de perseguição a um dos elementos em especial —, com a missão de terminar de vez com os duelos.

A essa altura, Vila Áurea estava devastada, e os Vigilantes, orientados por Observadores Oníricos — com capacidade de entrar nos sonhos —, conseguiram prevenir ações, antever intenções e até mesmo localizar aqueles que permaneciam com o propósito de seguir com os duelos, desafiando as determinações do Conselho. Enquanto os Vigilantes agiam, para evitar que os confrontos continuassem, todas as varinhas mágicas foram proibidas e depois confiscadas; até mesmo daqueles que não tinham envolvimento direto com os duelos.

As famílias, acuadas, obedeceram. As varinhas entregues de bom grado eram acondicionadas em *Estojos Inibidores*, que as tornavam inativas, enquanto eram levadas para um local secreto — de conhecimento apenas do ancião que preside o Conselho —, onde permanecem todas vigiadas, aguardando o fim da proibição para retornar aos seus mestres.

Desse modo, varinhas mágicas que eram herança de família, passadas de geração em geração, foram tiradas de circulação indefinidamente. Dentre

e A Chave Mestra

elas, até mesmo Varinhas Elementais das mais importantes — as varinhas dos patriarcas — foram depositadas nos receptáculos para sumir na história, até que chegasse a hora de serem restituídas.

Aqueles que se recusaram a aceitar a nova lei e persistiam em desobedecer ao Conselho tiveram que ser reprimidos. Os Vigilantes atuaram de forma implacável, e, a cada dotado capturado, uma varinha de poder era confiscada à força. Muitas desapareceram para sempre, supostamente destruídas. — E, nesse ponto da narrativa, o historiador faz uma nota sobre a questão em especial. — No episódio do Confisco das Varinhas, muito se falou de *abusos* cometidos pela Guarda Vigilante. Relatos dos apreendidos contam que alguns, mesmo após sua rendição, tiveram suas Varinhas quebradas em sua frente, com o propósito de *humilhar* os insurgentes. O Conselho negou todas as acusações, acrescentando que não comentaria *ilações feitas por fugitivos procurados.*

Orientados pelo seu Mentor Onírico, ligado ao Quinto Elemento — a Consciência Mística —, os Vigilantes acabaram por identificar e capturar todos os envolvidos no episódio de Vila Áurea. Ou, melhor dizendo, praticamente todos, pois ainda persistiram aqueles que se ocultaram da lei, mantendo-se rebelados e foragidos, sequiosos por vingança, acalentados pela ideia de voltarem fortalecidos e derrubarem o Conselho.

Quanto ao destino dos capturados, estes foram submetidos a uma punição conhecida como o *Feitiço do Adormecido.* Em condição de privação de seus poderes e conhecimentos mágicos, vivendo como leigos sob outra identidade, esses homens e mulheres cumprem seu tempo de expiação até terem autorização para retornar ao convívio com os demais, respeitando as regras do uso da magia determinadas pelo Conselho e recuperando assim sua condição mágica.

Em seu período de pena, seguem sendo monitorados em seus sonhos pelos Observadores Oníricos, sendo avaliados e, uma vez a cada ano, tendo a possibilidade de conseguir o livramento de sua condição de apenado. Isso até que atinja um prazo final para reconsideração e que seja considerado irrecuperável, perdendo para sempre a possibilidade de restituir seus poderes e sua condição de dotado.

Marvin Grinn

Os considerados arrependidos são recuperados aos poucos, iniciando por ter sua consciência restituída — com sua memória sendo devolvida de forma gradativa — e seus poderes sendo restaurados à medida de sua progressão.

Em seu estágio probatório final, têm ainda a obrigação de servir por um período, na condição de padrinhos ou madrinhas, àqueles que — como ocorrera com eles próprios — necessitarão de guarda e orientação enquanto ainda se encontram adormecidos. Só então poderão retomar sua vida anterior e sua plena condição mágica.

Para finalizarmos este capítulo, trago uma avaliação final do caso de Vila Áurea, extraída de um relatório a que tivemos acesso. O trecho transcrito abaixo estava no memorando de um alto funcionário do Grande Conselho, versando sobre o caso.

Honorável Grão-mestre,

Em atenção à determinação que me foi incumbida de avaliar a situação ainda pendente do "Incidente em Vila Áurea", temos a considerar que, depois de décadas passadas, contabilizamos importante número de recuperados, com muitos dotados já com suas faculdades místicas plenamente restituídas, novamente despertos para suas consciências mágicas originais. Estes, salvo casos isolados, não têm apresentado recaídas de conduta, conforme relatam os Observadores Oníricos, em seu trabalho de apoio com a Guarda Vigilante que — constantemente oxigenada e majorada em seus membros — permanece ativa, em busca de insurgentes remanescentes ou de novos adeptos ou apoiadores daquele grupo original.

Todavia, há que se considerar que riscos ao equilíbrio seguem sendo previstos e alertados pelos oráculos que atuam junto ao nosso Grande Conselho. Eles persistem em pedir cautela para um restauro pleno de nossa sociedade. Dizem os profetizadores de eventos futuros que "pode se manifestar uma ameaça vinda do passado que nos trará de volta à lenda dos [...]".

Nossa transcrição precisa ser interrompida neste ponto, pois parte do memorando está parcialmente destruído.

Assim, concluímos que, até que haja o restabelecimento completo da pacificação entre as famílias e a restauração da ordem sem riscos de novas insurgências, as varinhas deverão permanecer confiscadas — recolhidas que estão ao local conhecido como *A Sala das Varinhas*, onde todas aguardam o chamado de seus donos originais, para só então deixarem os receptáculos inibidores e voltarem a servir seus senhores.

E, se lá estiverem de fato, que lá permaneçam guardadas, protegidas e, especialmente, controladas, até que o equilíbrio se restabeleça, pelo bem de todos."

Quando Marvin terminou a leitura, Salomon ressurgiu de pronto ao seu lado, como se tivesse acompanhando cada movimento de olhos do menino.

— Muito bem, garoto. E agora lhe darei direito a três perguntas.

— Posso perguntar sobre as varinhas e o manto negro dentro do baú?

— Não, já disse que isso não é da sua conta. E você agora só tem mais duas perguntas.

Marvin pensou um pouco e lembrou-se da fotografia.

— A foto, as crianças na foto. Uma delas era você, não era?

Salomon ponderou por um instante antes de responder, mas assentiu pelo óbvio.

— Sim, era eu.

— Você parecia feliz naquela época. E a outra criança ao seu lado?

— Foi um amigo; hoje não é mais. E com isso já foram duas. Está ficando sem perguntas, garoto.

— Ei, isso não é justo. A primeira você nem respondeu.

— Não abuse da sorte, garoto. Você esteve apenas por um fio de tomar o lugar do Rudy.

Marvin suspirou e pensou antes de perguntar.

— E o lugar da foto, onde você e o seu *amigo que não é mais* estavam... era a tal Vila Áurea, não era? Era lá que você morava?

— Sim, foi o lugar onde nasci e vivi com meus pais. E também foi o lugar onde eles morreram.

Marvin percebeu que aquilo tocava em algo novo no sombrio Salomon, por isso arriscou em comentar.

— E por que você não volta lá? Parece sentir falta.

Salomon voltou-se para Marvin, demonstrando irritação pelo comentário, como se ele tivesse dito uma grande bobagem ou uma obviedade. Mas, então, baixou a cabeça antes de responder; afinal, como o menino poderia saber de algo que ele próprio procurara esconder?

— Porque... não posso entrar lá — revelou com ar ressentido. E completou: — E você também não deve ir lá. Nada de bom pode sair daquele lugar depois de tudo o que se passou. Como você leu, Vila Áurea foi construída em um lugar afastado, a fim de receber as famílias que vinham de fora (dos continentes antigos, como chamamos) para este Novo Continente. Ali podiam ficar livres das perseguições, longe da curiosidade dos leigos, onde se podia praticar a magia livremente o tempo todo.

— Mas isso foi uma coisa boa, não foi?

— No princípio, sim. Mas, com o tempo, alguma coisa mudou. — O tom de voz se tornou mais sombrio. — Como dizia, homens e mulheres das famílias com o dom mágico que vieram do Velho Continente para cá foram convidados a construírem suas casas naquele espaço livre de magia, livres para usar seu poder, desde que respeitassem o antigo código: *"Sempre pelo bem. Nunca para o mal. Sempre pelos outros. Nunca para si".*

— Mas o que mudou?

— Olhe, garoto, há coisas que esses livros não contam. Coisas que ficam restritas apenas aos sussurros das pessoas que viveram os fatos e que têm receio de falar sobre aquilo que temem.

— E o que dizem esses *sussurros*?

— Dão conta do real motivo de tudo ter acontecido.

— A morte do filho do fundador? — Marvin lembrou do que lera no livro.

— Sim, o assassinato do garoto. Mas que coincidiu com a chegada de um homem misterioso, um homem... *sem rosto.*

— Como assim, *sem rosto*? — Marvin queria saber mais.

— Só sei o que ouvi das histórias, eu era apenas uma criança naquela época.

— Conte-me mesmo assim — incentivou Marvin.

— Bem, dizem que o tal *homem sem rosto* veio do Velho Continente como todos dos nossos que chegaram, misturados entre as levas de imigrantes leigos que vinham para cá amontoados em navios, enfrentando viagens terríveis, sem ter os mesmos recursos que um dotado tinha para se proteger. Uma viagem amaldiçoada à qual ninguém sobreviveu.

— Ninguém? — repetiu Marvin, espantado.

e A Chave Mestra

— Ninguém... a não ser ele, segundo contaram. Esse homem andava por aí como uma lenda, sem que ninguém soubesse quem era, *sem rosto* conhecido, sem identidade. Mas dizem que foi ele o homem que um dia chegou a Vila Áurea trazendo consigo informações de que o mundo havia se tornado um ambiente ainda mais hostil para pessoas como nós, dotadas de poder mágico. Diziam que as perseguições da Europa, que haviam feito as famílias cruzarem o oceano, finalmente tinham atingido também o Novo Continente. E que, fora da *redoma* que as protegia, apenas o perigo e a destruição aguardavam pessoas como nós, tidas como diferentes e esquisitas pelos leigos.

Marvin ouviu o termo e lembrou-se das perseguições no vilarejo onde vivera até bem pouco tempo atrás, com Dona Dulce, e compreendeu o que Salomon queria dizer.

— Então, esse tal homem se aproximou de Gideon, o Velho, dizendo que era imperioso que fosse ensinada a magia dos duelos, permitindo que as varinhas se tornassem instrumento de defesa contra os leigos. Mas o experiente Gideon não lhe deu ouvidos.

Assim, ele buscou se imiscuir entre os patriarcas das famílias, dizendo que, se passassem a usar o poder nato que detinham, não precisariam mais se *restringir a um vilarejo escondido* para preservar seus costumes e poderiam *reinar sobre o mundo leigo*, ao invés de viver com medo como foragidos. Mas os patriarcas tampouco deram guarida às suas ideias de ambição.

Sem apoio dos mais velhos, o homem buscou os jovens. Contando histórias de feitos épicos realizados por dotados, procurou plantar neles a semente do poder, enquanto disseminava ideais de que seriam uma raça superior.

— E o que aconteceu, então?

— Mesmo notando a inquietude nos jovens, Gideon, apoiado pelos patriarcas, permanecia firme. Até que...

— Até que... — Marvin repetiu ansioso.

— Vila Áurea era uma comunidade fechada para a entrada de qualquer leigo, que sequer conseguiria achar o caminho até ela, devido aos encantamentos de proteção que foram colocados ao seu redor. E quando ainda assim alguém conseguia, acidentalmente, chegar até lá, era conduzido até Gideon, que apagaria da memória qualquer traço de seu encontro com a vila mágica e o devolveria a alguma cidade leiga próxima, sem ter ideia de como fora parar ali.

Porém, o inverso não era tão bem controlado. E os dotados, especialmente os jovens — que sempre gostaram de incursionar entre os leigos, para escapar do tédio de viverem isolados —, acabavam por conseguir sair furtivamente, misturando-se a outros jovens leigos para um tempo de diversão; longe da magia, por uma noite, como iguais. E Gideon, o Jovem, era quem liderava essas incursões.

Foi de uma dessas saídas que o tal *homem sem rosto* voltou a Vila Áurea, acordando toda a vila ao amanhecer, trazendo o corpo inerte de Gideon, o Jovem, com ele. O rapaz estava morto, manchando com o vermelho de seu sangue a túnica branca que, segundo diziam, o tal sujeito sempre vestia. Junto com o cadáver, o homem trouxe a acusação contra os leigos de terem atacado mortalmente o filho único de Gideon.

— O que Gideon, o pai, fez? — Marvin perguntou, aflito.

Salomon suspirou e prosseguiu.

— Pressionado pelos patriarcas atemorizados por seus filhos, pelos jovens antes insuflados e agora revoltados com a morte do amigo, e ainda pela própria dor da perda de seu filho, Gideon declarou a lei marcial, isolando de vez a comunidade para entrada e saída, e permitiu que a arte dos duelos fosse ensinada e que varinhas próprias para o combate fossem preparadas.

Salomon silenciou por um instante.

— E...

— E o resto da história você já leu aí, garoto. Vieram o Torneio, as desavenças e as mortes, que não cessavam, mesmo com o passar do tempo e a contagem dos anos. A isso seguiu-se a sede de vingar a morte de um ancestral que era passada aos descendentes, fazendo com que, de tempos em tempos, duas varinhas proibidas se encontrassem em um Círculo dos Duelos, para cumprir uma nova vingança, uma nova morte, até...

— Até?

— Até atingir também a minha casa.

Salomon silenciou mais uma vez. Então, Marvin procurou respeitar o tempo do instrutor.

— Meus pais eram pacifistas. Meu pai sempre respeitou as regras do Conselho e nunca desafiaria ninguém para um duelo. E minha mãe... — Salomon fechou o semblante e endureceu a voz. — Mas ainda assim foram mortos. Ele

e A Chave Mestra

foi acusado injustamente de ter desafiado um dos membros das casas ancestrais e teve que responder pela honra em um duelo de morte. Foi levado ao Círculo sem nem saber usar uma varinha direito. Ele pereceu ao primeiro disparo. E minha mãe, quando correu para tentar evitar o pior... se foi com ele. Enquanto eu...

— Você...

— Apenas uma criança... que presenciou tudo. E que correu para dentro do Círculo para partir dessa vida, junto com eles.

— Mas se você está aqui, então...

— Herman — disse Salomon. — Herman me salvou da morte. Ele era um afamado artesão de varinhas na época e manteve-se longe de tudo. Respeitou a determinação do Conselho e não fornecia mais varinhas para quem quer que fosse. Amigo de meu pai, serviu de padrinho ao duelo dele. E, após o desafiante derrotá-lo e em seguida atingir minha mãe, quando se preparou para disparar contra mim, Herman interveio. Ele derrotou o homem, que era membro de uma das altas famílias.

— E o que aconteceu com ele?

— Os Vigilantes apareceram e consideraram Herman culpado por ter participado do duelo e mais ainda por ter interferido no resultado. Ele iria ser tratado como um insurgente qualquer, mas, como era um artesão com muitos serviços prestados ao Conselho, foi concedido a ele um indulto antecipado, uma espécie de abrandamento da pena que teria de cumprir por ter se envolvido em duelo — desobedecendo às sanções — e pela morte do homem que duelara com meu pai. Ele não foi adormecido como os demais, mas, ainda assim, pagou um preço alto pelo que fez; e a sua varinha Licorne, verdadeira preciosidade de sua criação, foi partida em duas na sua frente.

Salomon tocou o manto das sombras, procurando sentir com ele, em algum ponto abaixo do seu braço, a presença da pequena varinha renascida.

— Ele amava aquela varinha, dizia que era sua obra-prima, pois não era feita de madeira, e sim a partir de um chifre de autêntico unicórnio.

Marvin sorriu ao lembrar a obsessão do artesão pelo animal.

— Ele foi banido de Vila Áurea para passar a viver em uma das comunidades de adormecidos, um dos Refúgios, vivendo como um artesão comum, proibido de sequer tocar em suas ferramentas mágicas para produzir varinhas e tendo como missão criar um menino que sobreviveu àquela *guerra*.

— Você? — disse Marvin.

— Eu — assentiu Salomon.

— Então, quer dizer que adormecidos eram pessoas que fizeram coisas erradas, como... criminosos. — Marvin tentava montar um raciocínio sobre tudo o que ouvira. — E se eu também era um adormecido, isso quer dizer que eu também cometi algum crime? — perguntou preocupado. — Porque eu também recebia visitas em sonhos, o Senhor Gentil! E eu não me lembro de nada da minha vida, antes de ser encontrado por dona Dulce... alguém que eu chamava de... madrinha.

— Calma, garoto, você está misturando um pouco as coisas. Eu vou lhe explicar — disse Salomon. — Eu mesmo também fui um adormecido por muitos anos. Assim como dezenas de outras crianças que não eram *criminosas*, e sim apenas vítimas inocentes. Inocentes demais para sofrerem tanto, e, por isso, colocadas ao lado de um padrinho ou madrinha, para que não ficassem sem família ou sofrendo ainda mais por terem que conviver com as imagens de seus pais sendo detidos e afastados, ou então mortos nos duelos — Salomon relembrou com pesar.

— Assim, o Conselho resolveu usar o mesmo critério para ajudar na recuperação desses inocentes. E elas foram também adormecidas, despertando ao lado de novas famílias que as apadrinharam em seu crescimento, até que, próximo aos treze anos de idade, quando se manifestasse o dom, pudessem iniciar o seu treinamento e conhecer a verdade. No meu caso, Herman foi esse padrinho...

— E dona Dulce, minha madrinha.

— Sim, ela foi escolhida para cuidar de você; não que esse seja o verdadeiro nome dela.

— Dona Dulce tinha um nome... inventado. Mas por quê?

— Ora, porque sua madrinha estava também vivendo uma nova vida, como lhe disse. Ela também precisava se recuperar de suas faltas passadas. Sua *madrinha*, Marvin, quando foi cuidar de você, era uma despertada... e uma antiga *criminosa*.

17.

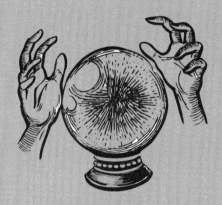

A DOCE CARMEN

O choque de saber que sua madrinha era alguém que cometera algum tipo de crime — ainda que fosse algo que dizia respeito àquele mundo de regras particulares — simplesmente não se encaixava com a ideia que tinha sobre a bondosa dona Dulce. Isso causou uma certa indignação tardia em Marvin.

Afinal, como deixaram que uma pessoa que usava um nome inventado vivesse em isolamento completo, cuidando de uma criança inocente — no caso, ele mesmo — e sem que ninguém a estivesse vigiando? E se ela voltasse a querer praticar os tais crimes que manchavam seu passado, o que poderia ter feito com ele? Quem sabe cozinhá-lo no seu caldeirão, em sua *casinha de doces* no meio da floresta? Afinal não era isso que as bruxas das histórias faziam?

E enquanto Marvin franzia o nariz, pensando no hipotético destino trágico que poderia o ter acometido, Salomon se divertia com a inquietação do aprendiz diante da revelação sobre a madrinha.

— Bem, é muita informação... — disse Marvin, tentando absorver tudo que ouvira. — Mas, se entendi bem, a madrinha... ou melhor, dona Dulce... — disse, tentando separar a mulher que cuidara dele daquela a quem Salomon se referia e que parecia, literalmente, outra pessoa — era uma espécie de brux... — corrigiu-se novamente — uma pessoa que não concordou em seguir as regras e por isso foi condenada a ficar sem memória? E depois que um desses tais de Observadores *Oni-sei-lá-o-quê* a visitou em... — suspirou, digerindo a parte da história que lhe parecia mais inacreditável — em sonhos, decidiu que já estava pronta para voltar a ser quem era. E, para provar que não voltaria a cometer seus crimes, deram a ela uma criança para cuidar... no caso, eu. Uma criança indefesa e desmemoriada, sem pais, sem família e sem ninguém que soubesse que estava sob os cuidados dessa mulher e que ela poderia... — aumentou o tom de voz — digamos, se *desorientar* de novo e me fazer mal! Nisso ninguém pensou? Não acho que *cuidar de uma criança* seja a melhor forma de testar se uma *bruxa* ficou boazinha e vai se comportar! — disse, indignado.

Depois da torrente de desabafos de Marvin, Salomon agora ria abertamente do desespero do aluno por algo que *poderia* ter acontecido com ele.

— Mas do que você está rindo? — perguntou exasperado. — Estou falando sério! Acho mesmo que esse tal Conselho das Sombras tem uns métodos muito esquisitos de testar seus antigos criminosos, e não gostei, nem um pouco, de saber que fui uma *cobaia* nessa história.

Salomon tentou conter o riso e olhou sério para Marvin.

— Acredite, garoto, você nunca correu o menor risco ao lado de Dulce. Ao contrário, ela foi escolhida de forma muito especial para cuidar de você.

— Mas como assim?

— Porque sua madrinha Dulce não cometeu *crime* algum nem nunca foi uma *bruxa malvada*.

— Mas você disse que...

— Eu disse que o Conselho punia pessoas que contrariavam as regras. E usar a magia em benefício próprio era uma dessas regras, ainda que não fosse para fins ruins ou não ameaçasse a vida de alguém. Dulce nunca esteve em Vila Áurea e não participou de nenhum dos acontecimentos que se desenrolaram lá. Lembre-se de que Vila Áurea era uma comunidade isolada, mas

e *A Chave Mestra*

existem dotados pelo mundo convivendo com leigos. Esses dotados, mais do que qualquer outro, devem continuar obedientes às regras — explicou.

— Existem várias formas em que podemos utilizar nossos dons mágicos. E não é apenas a maldade que move as pessoas a ceder à tentação em usar um dom especial em benefício próprio — disse Salomon a Marvin, que ia, aos poucos, se acalmando. — Às vezes, o que nos faz errar pode ser o mais nobre sentimento de todos: o amor!

— Amor? — questionou Marvin, confuso.

— Sim, o amor. O sentimento mais puro, mas que, muitas vezes, nos leva a cometer atos insensatos. Você ainda é muito jovem para entender, mas, quem sabe um dia, compreenderá os motivos que levaram Dulce a ser uma transgressora. Mas, sim, ela fez o que fez por amor a um homem.

— Um homem... que homem?

— Um homem que a abandonou à própria sorte assim que os Vigilantes chegaram para conduzi-la ao seu julgamento e à sua punição.

— E por que ele fez isso com ela? — perguntou Marvin, trazendo de volta todo o carinho que nutria pela madrinha.

— O nome dele era Ricciardo Montalbani, um vigarista profissional que usava o fascínio que exercia em mulheres como Dulce para tirar proveito delas, enganando mulheres apaixonadas.

— Mas como ele forçou a madrinha Dulce a fazer coisas que a condenaram?

— Na verdade, sua madrinha Dulce chama-se Carmem e, desde menina, foi uma dotada muito, muito talentosa. Nascida em uma família cigana, manifestou seu dom de forma diferenciada e virou aprendiz de Madame Griselda, sua própria avó, que era uma feiticeira conhecida por ter como dom principal os poderes curativos — recordou Salomon.

— Madame Griselda lhe ensinou tudo o que sabia e estimulou a neta a se aprofundar nos estudos, para logo se tornar uma feiticeira poderosa; mas que, ainda assim, era apenas uma jovem doce e tímida. Apesar de todo o conhecimento, Carmem foi pega pelo encantamento mais antigo do mundo: o feitiço da paixão.

— Mas e como ela foi enganada?

— Montalbani, o tal sujeito, ia de vilarejo em vilarejo, aplicando seus golpes, enganando mulheres de todas as idades, fossem senhoras viúvas ou mocinhas muito jovens, todas elas carentes demais para perceber o engodo, deixando-as acreditar que ele havia se encantado por elas e sumindo para a próxima cidade, depois de tirar o pouco que tinham. Até o dia em que aportou no vilarejo onde estava o acampamento das famílias ciganas, ao qual Carmem pertencia. Os ciganos são um povo nômade; eles se mudam para cá e para lá e permanecem por um tempo próximo a povoados, onde podem realizar seu comércio e abastecer-se para sua permanência ou suas viagens. Circulam entre os locais enquanto fazem leituras de mãos, colocam cartas ou realizam adivinhações. É parte de sua cultura e, fazendo isso, não afetam em nada o equilíbrio.

— E dona Dulce, quer dizer, Carmem, estava entre eles...

— Sim, nessa época Carmem acompanhava a família nas visitas à cidade, mas sem usar seu real conhecimento em magia. No dia em que Montalbani chegou, Carmem estava fazendo leitura de mãos pelas ruas. Ele permitiu que ela lhe pegasse a mão, olhasse em seus olhos, e estava feito: o feitiço havia sido lançado, e Carmem não teve nem chance, até porque, para esse, ela não conhecia um contrafeitiço.

— E o que aconteceu?

— Carmem passou a seguir Montalbani, que na época vendia um tipo de Elixir que prometia diferentes prodígios em sete dias. Para uns, faria o cabelo crescer; para outros, traria o grande amor de volta; e, para ele, daria o tempo necessário de enganar o maior número de pessoas possível e fugir com o dinheiro para um novo lugar, longe dali — contou Salomon.

— Para atrair as pessoas até o seu trailer, Montalbani executava passes de mágica. Não eram nada demais, apenas truques fajutos envolvendo cartas e lenços, mas que o faziam se autointitular *O Poderoso Magistrum* — Salomon relembrava a história.

— Carmem achou que Ricciardo não ia querer nada com uma cigana comum, que pouco tinha a lhe oferecer. Então ficou se atormentando por um dia e uma noite, remoendo um plano sobre como iria atrair a atenção do homem que roubara seu coração. E em sua angústia, vivia o dilema entre o que era o certo a fazer — sobretudo o que a avó lhe ensinara — e a paixão que queimava em seu peito. Porém foi vencida pela pouca experiência e pelo amor que pensava sentir, cedendo a um plano que ela própria engendrou e que acabaria por levá-la à sua punição. Decidida a impressionar Montalbani, Carmem foi até ele e resolveu contar que, assim como ele, também tinha poderes mágicos, que sabia fazer magia.

— E então?

— Ricciardo riu-se dela, revelando que o que fazia não passava de truques; que, se ela não tivesse nenhum dinheiro para lhe entregar, em nada lhe serviria; e que, portanto, deveria deixá-lo em paz.

— E ela? — perguntou Marvin, cada vez mais ansioso pelo desfecho da história para saber sobre o que sucedera à madrinha.

— Carmem não desistiu e mostrou algo que impressionou Montalbani: a magia genuína. Ele ficou tão impressionado, que engendrou um plano que envolveria a jovem cigana.

— Carmem passou então a usar de magia para atrair as pessoas que Montalbani enganava; nada tão aparente ou poderoso que pudesse atrair a atenção dos Vigilantes, mas o suficiente para convencer ou distrair as pessoas o suficiente para acreditarem que os elixires miraculosos de Montalbani tinham poder.

Até que um dia a verdade apareceu, e a autoridade local veio prender Montalbani por charlatanismo, usando de força policial para conduzir o falsário à prisão. O vigarista implorou a Carmem que usasse sua magia para livrá-lo da cadeia, e ela acabou por ceder, usando sua magia contra os guardas. E aquele uso da magia contra os leigos atraiu imediatamente os Vigilantes até ela, que acabaram por submetê-la ao Feitiço do Adormecido.

— E o tal Montalbani?

— Fugiu como um rato, abandonando Carmem, agora privada dos poderes aos quais tanto se dedicara. Mais tarde, ela assumiu a identidade de uma leiga, uma doceira, a sua madrinha Dulce.

Salomon se deu conta de que nunca falara tanto em sua vida recente, mas entendia que devia isso ao menino de quem, apesar das impertinências, tinha aprendido a gostar. Agora, porém, tinha de voltar a cumprir seu papel e seguir adiante com a missão dada pelo velho.

— Bem, aqui terminamos as respostas, garoto. E foram muito mais do que três, o que quer dizer que agora você vai ficar de boca fechada até a hora de partirmos — disse, retomando o costumeiro estilo mal-humorado com o menino que ainda tentava digerir todas aquelas revelações.

— Partirmos? Mas aonde vamos?

— Para a Capital — limitou-se a dizer Salomon.

— E o meu treinamento?

— Seu treinamento acabou, garoto.

— Acabou? — repetiu Marvin, surpreso. — Mas o que vamos fazer na Capital?

— Vou provocar um duelo! — disse o Mestre das Sombras, sem mudar o tom de voz.

Marvin teve um sobressalto.

— Mas por quê? E com quem você vai duelar?

— Eu não disse que eu iria duelar com ninguém.

— Ué, mas você acabou de dizer que...

— Eu disse que iria provocar um duelo. Quem vai duelar é VOCÊ! Agora vamos, Portador, está na hora de viajarmos pelas suas portas. Pegue sua chave e não se esqueça desse seu... graveto; está na hora de usar uma nova passagem!

Assim encerrou a conversa, deixando Marvin, por um instante, a sós, pensando que em breve teria de desafiar alguém que não conhecia.

Salomon, que instantes antes desaparecera nas sombras, agora retornava para conduzi-lo à Sala das Passagens. Junto dele estava Bóris — que andara sumido por vários dias —, reaparecendo para completar o grupo que partiria para a Capital.

18.

MEU VELHO *INIMIGO*

— A Capital! — Marvin dissera em alto e bom som, para ser atendido pelo mapa e pela sala das portas flutuantes, fazendo surgir a porta mágica que os levaria ao destino pretendido por Salomon.

Atravessaram a porta mágica — que se abriu ao terceiro giro da chave —, para sair em mais uma ruela obscura. Estavam outra vez na Capital.

Marvin fechou a porta e passou mais uma vez a chave, girando três vezes ao contrário do sentido que usara quando abriu.

— Muito bem, estamos no lugar certo? — perguntou Marvin.

— Sim — respondeu o Mestre das Sombras, olhando pelo estreito da viela a cidade que há muito não via de perto. Enquanto isso, Marvin ainda ficava admirado pelo fato do atravessar de uma porta lhes possibilitar viajar quilômetros, chegando em segundos a outro lugar distante.

MARVIN GRINN

Aos poucos, tentava acostumar-se com tudo aquilo, mas não o suficiente para não admirar o prodígio que tinha nas mãos. Recordou-se do dia em que chegara àquela mesma cidade, carregando O Livro em branco; o mesmo que mantinha oculto, perto do seu corpo, desde que o recebera das mãos de Gentil — para, daquele dia em diante, partir em busca de alguém que não conhecia, a fim de tentar desvendar a própria história.

Passaram-se semanas, talvez meses, e ali estava ele, tendo a Chave Mestra pendurada em seu pescoço e levando na mão um pedaço de madeira que podia ser uma autêntica varinha mágica — talvez uma das mais poderosas de todas —, pronto para mais uma vez enfrentar o desconhecido.

Na verdade, pronto não seria bem o termo, pois, mesmo agora, já tendo muito mais respostas, ainda sentia como se sua vida tivesse se transformado em uma daquelas bonecas russas que quando abrimos revelam uma outra oculta por dentro, e mais outra, e mais outra... Mas Marvin esperava que ao final as respostas chegariam, e isso o fazia seguir em frente, andando pelas ruas da Capital ao lado do Mestre e do gato preto que agora estava ali.

— É, devo estar precisando muito mesmo de ajuda... se até você reapareceu — disse, olhando para Bóris e relembrando o que Melina dissera sobre os gatos pretos.

Salomon estivera calado na última hora, e as poucas tentativas de saber do Mestre sobre a tal história de *provocar um duelo*, para ele ter que duelar com um desconhecido, tiveram como resposta apenas o silêncio distante, o que deixava Marvin cada vez mais ansioso. Afinal, nunca fora de *enfrentar* ninguém. E mesmo às provocações dos encrenqueiros do vilarejo onde morava com dona Dulce ele procurara não responder. Achava que aquilo não combinava com ele.

— Está com fome? — Salomon perguntou de repente, tirando Marvin do seu devaneio, temeroso pelo combate que viria sabe-se lá contra quem.

— Hã... não, Mestre.

— Mas é bom comer alguma coisa, pois precisará de toda a sua força, logo mais, à noite.

"Precisará de força", pensou contrariado. E resolveu tentar negociar uma saída.

246

e A Chave Mestra

— Mestre Salomon, será que eu preciso mesmo fazer isso? Digo, ter que provocar o tal duelo, assim, sem motivo... — disse, achando sem sentido ter que sair por aí *duelando* com um completo desconhecido. Afinal, uma coisa era ter que se defender, outra era ter que se engalfinhar com alguém deliberadamente e sem motivo nenhum.

Salomon olhou para ele e limitou-se a responder:

— Sim, precisa!

Chovia na Capital. Uma garoa fina e contínua que acompanhava Salomon e Marvin — agora carregando Bóris no colo — rumo a um novo destino desconhecido. E, como o Mestre ao menos quebrara o silêncio, Marvin resolveu tentar, mais uma vez, saber sobre o que o atormentava.

— Pelo menos pode me dizer contra quem vou duelar? Assim, para saber como ele é? Se é grande; pequeno; talvez muito mais forte que eu? Pelo menos é um só, certo?

Salomon olhou para o aprendiz achando, de certa forma, até um pouco divertida aquela inquietação e o medo que nitidamente demonstrava sobre o adversário e o duelo que o aguardavam. Mas admirava o fato de que, embora cheio de questionamentos e angústias, ele seguia ali, disposto a cumprir o que lhe estava sendo imposto, sem fugir.

E recordou-se dele mesmo, no dia em que fora submetido à mesma coisa. Do medo que lhe embrulhava o estômago e daquela ansiedade que o corroía por dentro, afrouxando suas pernas, querendo fazer com que corresse para longe. E então voltou-se para Marvin, que seguia com o olhar preocupado, esperando sua resposta. Mas respondeu sucinto:

— Sim, será um só! E se ele for maior ou menor, isso não importa, pois terá que enfrentá-lo do mesmo jeito. Então, isso não fará diferença — concluiu.

"O quê? Como assim *não fará diferença*?! E se o outro for um gigante? Um sujeito enorme, caindo sobre mim? Ou um troglodita musculoso, pronto a me acertar e me colocar para dormir?", Marvin pensava, olhando agora com certa revolta para o Mestre, respondendo com ironia explícita.

— Ah, muito obrigado, Mestre! Você está ajudando muito a me *animar* para essa *sua* luta.

E o *sua* soou bem como ele queria, não passando despercebido por Salomon, que novamente sorriu, mas ainda assim não comentou.

247

Marvin realmente não tinha ideia do que o esperava, mas logo iria descobrir.

A placa pendurada na entrada da casa informava para Salomon que estavam onde ele queria.

— *O Vesúvio* — Marvin leu em voz alta, recordando-se de sua última passagem por ali e do encontro com Narciso Flamel.

Um aviso na porta de entrada alertava: *Não aceitamos menores de idade* — mas sem qualquer pretensão de ser atendido, de verdade. Afinal, o Vesúvio era famoso por ser um território livre de regras.

O homem que controlava os acessos sequer olhou para a dupla que entrava acompanhada do gato, que se infiltrava junto. Estava mais interessado em seguir sua conversa com a jovem ao seu lado, uma adolescente de cabelos coloridos, roupas de couro surrado e brincos fincados em cada centímetro do rosto.

Já dentro da casa, pelo corredor de acesso via-se uma bruma esfumaçada que pairava por todas as salas. A pista de dança estava localizada na parte superior do imóvel, de onde partia a música alta e a fumaça que tomava conta de tudo; parte produzida por efeito pirotécnicos, parte expelida por uma infinidade de substâncias conhecidas e outras tantas desconhecidas, que se consumiam — e se vendiam — por ali.

Marvin tossiu, e Salomon franziu a testa. Aquele ambiente desagradava a ambos. Seguiram pelo corredor estreito, acotovelando-se entre os jovens, e subiram as escadas, ganhando o andar de cima e o salão principal. No andar superior, o espaço dividia-se entre diferentes grupos que ali, claramente, separavam-se e estabeleciam sua porção de território no ambiente, marcando posição pelos estilos de roupa, cortes de cabelo — ou sem cabelo — e pela atitude.

A exceção disso se via na pista de dança, esta compartilhada por todos, em uma espécie de ritual de aproximação, no qual todos os grupos se misturavam, ainda que isso não durasse mais que uma música. E tudo parecia estar bem estabelecido naquele caos organizado por regras que todos conheciam e respeitavam.

e *A Chave Mestra*

Marvin seguiu Salomon até um extenso balcão: o bar do Vesúvio. Sentou-se em um dos raros bancos inteiros, dispostos em frente ao balcão, enquanto o Mestre das Sombras manteve-se em pé, em clara vigília, atento aos movimentos de cada grupo.

— Vão beber alguma coisa? — perguntou um homem... ou seria uma mulher? Bem, o que quer que fosse a figura andrógina que se aproximava deles. Se fosse homem, tinha uma voz excessivamente afeminada e usava uma maquiagem pesada, de mulher. Se fosse mulher, tinha a cabeça raspada e atitudes masculinas, com tatuagens que iniciavam pelos dedos e subiam pelos ombros à mostra. — E então... o que vai ser? — o andrógino repetiu a pergunta, em tom nada amigável.

— Nada... por enquanto — respondeu o Mestre das Sombras, sem olhar diretamente para a criatura que lhes abordava sem nenhuma vontade real de atendê-los, cumprindo apenas a ordem de forçar os fregueses a consumirem.

— Quem sabe procura outro tipo de coisa? — perguntou com voz maliciosa o atendente. — Algo para *queimar*, quem sabe? — insinuando algo certamente proibido, tencionando vender algo mais valioso aos recém-chegados.

— Nada! — disse Salomon com olhar rígido, repetindo a resposta anterior com ainda mais secura na voz. — Como já disse... por enquanto — acrescentou.

— Você que manda! — o andrógino recuou.

Quando seu rosto encontrou uma das luzes que piscavam aqui e ali na semiescuridão, Marvin pôde observar os olhos do — ou da — atendente. Viu que seu olho esquerdo era totalmente branco, apenas cortado por um risco negro... como o olho de um réptil.

A criatura percebeu e sorriu para o menino. Um sorriso que deixou Marvin arrepiado.

— Irc! Salomon, Salomon, você viu o olho desse, dessa... daquilo ali? — disse finalmente.

Salomon não deu ouvidos nem olhos para Marvin, pois sua atenção agora estava voltada para o salão.

Mas foi Marvin — que ainda não conseguia esquecer o olho da criatura atrás do balcão — quem percebeu o aceno de cabeça sutil do andrógino em direção a eles, como se os apontasse para alguém oculto na penumbra do lugar. E foi das sombras que surgiu um tipo corpulento e peludo — contrastando com a cabeça alva, totalmente raspada —, que dava ao sujeito a aparência simiesca de um gorila.

O gigante balofo usava botinas de cano longo e jeans surrados — na verdade, se diria que era sujo mesmo — e vinha na direção deles com atitude agressiva, tendo uma garrafa em uma das mãos.

O gorila atravessou o pequeno salão sem se importar se esbarraria em alguém. De fato, parecia que esbarrava deliberadamente, até chegar em frente a Salomon e parar seus quase dois metros de altura em frente ao Mestre das Sombras, quase meio metro menor.

Salomon ficou impassível. Cabeça ainda baixa, mesmo na presença do homem que parara suarento à sua frente, em atitude clara de desafio. O gorila grunhiu, e Salomon fez a pergunta, sem se incomodar em dirigir o olhar ao balofo.

— O que quer... gordo?

— Se não bebe, não fica! — foi a resposta do gorila.

— Não tenho sede — respondeu o Mestre, ainda sem levantar os olhos ou mudar de posição.

— Aqui todos bebem... ou pagam por *alguma coisa* — acrescentou. — Senão vão embora!

— Não vim aqui para isso — respondeu Salomon, aumentando o clima de tensão que claramente crescia entre os dois. — Agora, deixe-nos em paz. Tenho outro tipo de negócio para tratar e não é com você... gordo.

E deu as costas para o gorila, que resfolegou mais forte.

O careca trocou a garrafa de mãos, pegando agora pelo gargalo, como quem porta uma arma.

O Mestre, mesmo que de costas, pareceu notar e disse:

— Você deveria nos deixar em paz e ir *roer um osso* no canil onde guardam você.

O careca não respondeu à ofensa, apenas deu um rosnado e quebrou a base da garrafa, deixando expostas afiadas pontas de vidro.

Salomon pareceu não se abalar e, ainda de costas, disse para o homem que teimava em ficar ali.

— Você não vai mesmo nos deixar em paz, não é? Tanto pior... para você — disse, com frieza.

E, sem novo aviso, o careca atacou, tentando estocar a garrafa quebrada no *pequeno* Mestre das Sombras. Mas foi lento. Lento demais. E no lugar onde tentou estocar não havia mais ninguém, pois, usando suas habilidades, Salomon já havia mergulhado nas sombras, deixando em seu lugar apenas o vazio, para no instante seguinte reemergir atrás do gorila, aplicando um violento golpe na altura dos rins, que fez grunhir — dessa vez pela dor — o homenzarrão.

Mas, mesmo atingido, o homem corpulento, acostumado a confrontos como aquele, voltou-se na direção do golpe que o acertara, buscando atingir o rosto de Salomon com a garrafa partida e tentando surpreender o adversário pela rapidez do seu ataque.

Só que não foi rápido o suficiente, pois mais uma vez Salomon desaparecera nas sombras para emergir em outro lugar, castigando com golpes o homenzarrão, até finalmente aplicar-lhe uma pisada sobre a lateral dos seus joelhos, fazendo o homem ajoelhar por completo, derrubando garrafas e copos sobre o balcão, em meio à queda.

Caído, o homem-gorila viu, então, aterrorizado, as sombras caírem sobre ele, envolvendo completamente seu corpo, fazendo-o ressurgir, segundos depois, como um corpo inerte, estendido no chão, nocauteado pela destreza do *pequeno gigante* Salomon.

Marvin — tendo assistido à cena que não durara mais de alguns segundos — agora erguia os olhos para o salão, vendo se mais alguém viria em auxílio do homem-gorila, agora desacordado e inofensivo. Mas não percebeu a movimentação de ninguém mais. Aliás, parecia que os outros presentes sequer demonstravam terem percebido a luta corporal que acontecera ali. Com exceção, é claro, da *criatura* atrás do balcão, que olhava para a dupla de forma surpresa... e completamente apavorada.

Salomon chegou perto do corpo do homenzarrão derrotado, pegando a garrafa que até instantes atrás servira como arma, para ameaçá-lo. Repetindo o gesto do gorila, segurou-a pelo gargalo, apontando agora na direção do peito do apavorado andrógino, que recuara até bater no móvel atrás de si, repleto de garrafas contendo um líquido avermelhado e fumegante. Salomon fez um novo movimento, girando no ar a garrafa que segurava, pegando-a novamente — desta vez pelo perigoso corpo quebrado — e oferecendo o gargalo para a criatura segurar.

— Tome! E coloque no lixo, para ninguém mais se ferir — ordenou. — Por falar em lixo, aproveite e mande recolher este que está espalhado no chão, perto de mim — disse, apontando para o homenzarrão caído. — Até porque está cheirando mal, e você não quer espantar *bons fregueses* como eu, quer? — perguntou malicioso ao andrógino, que tremia e concordava com a cabeça, fazendo até mesmo o olho branco de réptil assumir a mesma cor escura do outro, em demonstração clara de medo, temendo pelo que Salomon ainda pudesse fazer.

Agora era Marvin quem ria-se, enquanto Salomon, parecendo relaxado e tranquilo, acrescentava:

— Agora, sim, tenho sede! Sirva-me uma boa dose de Bafo de Dragão! — disse, apontando para uma das garrafas de líquido vermelho-escuro que restara inteira sobre o balcão. — Uma dose dupla! — acrescentou.

E olhando bem nos olhos do atendente, que rapidamente pegara um copo para servir o Mestre das Sombras, segurou-o por uma das tiras do suspensório, puxando-o para perto de si.

— É por conta da casa, estamos de acordo? — disse, não como quem faz uma pergunta, mas como quem dá uma ordem.

A música seguia tocando alta, e Salomon — mais uma vez sem se voltar — ouviu o som do corpo do segurança sendo arrastado. Do canto oposto do salão, mesmo com o barulho da música, Marvin conseguiu ouvir o aplauso.

Quando firmou o olhar na direção do som das palmas, percebeu o sorriso branco em meio às sombras — em que se destacava o brilho de um dente dourado —, projetado em uma silhueta usando chapéu, sentada no lado oposto do salão, em uma das poucas mesas do lugar.

Salomon virou-se e percebeu o homem escondido na penumbra. Este, de lá, fez um aceno de cabeça quase imperceptível, erguendo um copo fumegante como o que o Mestre das Sombras tinha na mão.

Salomon não retribuiu o cumprimento e de um só gole bebeu a dose, expelindo fumaça pelas narinas quando terminou com o conteúdo do copo. E então disse ao aprendiz:

— Venha, encontramos quem viemos ver.

Sem questionar, Marvin o seguiu, atravessando o salão, para chegarem ao canto onde o homem estava sentado.

— Você não está um pouco longe do campo, homem do mato? — foi o primeiro comentário ofensivo.

— Às vezes, precisamos sair de casa e conviver com outros animais — foi a resposta de Salomon, com igual intenção.

E ainda sem poder ver por completo o rosto oculto nas sombras do salão, Marvin pôde perceber um novo sorriso revelando o dente dourado.

— Eu os convidaria para sentar-se, mas, como pode ver, não há cadeiras disponíveis aqui — disse, colocando as botas sobre a cadeira vazia à sua frente.

— A velha cortesia da cidade — disse Salomon.

— O antigo ranço selvagem — rebateu o homem.

O clima entre os dois não parecia nada amigável. E o tom controlado com que trocaram as frases rebatidas não eram senão insultos, ditos de forma disfarçadamente cortês.

— Marvin, este é Erin — disse Salomon.

— Boa noite, senhor... Erin — Marvin tentou ser educado.

— Olá, guri.

E sem dar maior importância a ele, Erin voltou-se para Salomon.

— De onde você tirou esse aí? Achou em algum celeiro?

Marvin se ofendeu um pouco pelo comentário, que agora o tinha como alvo da ofensa velada, mas não disse nada.

— Melhor de um celeiro do que do esgoto, onde você arranja os seus.

— Ah! Vejo que o menino lhe agrada! Pois muito bem, chega dessa troca de cortesia, e vamos ao que interessa. O que você veio fazer aqui, depois de tanto tempo, na *minha* cidade?

— *Sua* cidade? Bem, vamos deixar essa discussão para outro momento. E você sabe bem o que eu quero.

— Um... encontro? — disse Erin, tergiversando.

— Um duelo — respondeu Salomon, direto.

— E quando seria?

— Hoje!

— Ah, uma disputa de verdade! — animou-se Erin.

— Um treinamento — corrigiu Salomon.

— Meus garotos não têm tempo a perder com... *treinamentos*. Terá que ser para valer, ou nada — condicionou Erin.

— Está muito bem, então — aceitou Salomon. — E o que vai valer?

Erin trouxe seu rosto para perto da luz, e Marvin pôde finalmente ver as feições do homem de olhos azul-acinzentados e gelados, emoldurados pelo rosto claro — de feições nórdicas —, marcado por algumas rugas do tempo e uma cicatriz que o riscava da bochecha até o lábio de baixo, passando pelo dente dourado. Marvin, então, teve a nítida sensação de que já vira aquele rosto louro antes; talvez... mais jovem.

Sem se importar com o exame que Marvin fazia, Erin respondeu:

— Proponho o de sempre; o *preço da casa*! — falando como se Salomon conhecesse bem sobre o que barganhavam.

— Está aceito — respondeu o Mestre das Sombras.

— Ah... — Erin deu um sorriso de satisfação, recostando o corpo para trás. — Como nos velhos tempos.

— Como nos velhos tempos... — concordou Salomon, sem demonstrar a mesma satisfação. — E... onde?

— Perto daqui. Tenho um local diferente do que você conheceu... antes. É bem apropriado e garanto que não seremos... incomodados. Os Vigilantes andam meio lentos ultimamente e sempre chegam atrasados. Poderemos nos encontrar lá, tranquilamente, e depois sair sem que sejamos perturbados.

— Quando? — perguntou Salomon.

— Dentro de uma hora, digamos. É suficiente para você preparar seu aprendiz? — perguntou Erin, agora dando alguma atenção a Marvin, que assistia a toda aquela negociação (provavelmente a seu respeito) sem poder opinar ou interferir em nada.

— Ele já está preparado! — respondeu Salomon, olhando para Marvin, que, na verdade, não se sentia *preparado* para nada.

— Bem, confiança é tudo, é o que dizem! — ironizou Erin. — Então esteja lá dentro de uma hora. Prepare esse seu guri... — Então acrescentou com um sorriso de zombaria: — e não se esqueça de levar o meu prêmio.

— Ele está preparado, já disse — repetiu Salomon, sem se importar com a provocação.

— Não para o meu menino! — provocou Erin, confiante. Aí, virando-se para Marvin, que seguia observando a troca de gentilezas dos claramente antigos conhecidos, disse: — Boa sorte para você, garoto, seu professor acaba de lhe arranjar uma boa surra!

Marvin encarou Erin e preferiu fingir coragem.

— Boa sorte para ele também — conseguiu responder, surpreendendo Erin e Salomon.

— Muito bem... parece que é mesmo bem confiante. Vamos ver se continuará assim depois que conhecer meu campeão.

E, encerrando a conversa, entregou um pedaço de papel na mão de Salomon.

— Aí está o endereço.

Salomon leu, e o papel imediatamente pegou fogo, desfazendo-se em cinzas no ar.

— Sigilo é tudo. Você entende, não é? — comentou Erin. — Memorizou bem o local ou quer que desenhe um mapinha para você? Eu até poderia pedir para o meu segurança de confiança levá-los até lá, mas você acabou com ele; então, vão ter que se virar sozinhos para encontrar. A não ser que prefira já desistir e poupar tempo e humilhação... para você.

— Estaremos lá. Mas deve ser somente nós e mais ninguém. Certifique-se de que seja assim — disse Salomon, dando as costas para Erin e conduzindo Marvin para saírem dali. Mas não sem antes fazer um comentário final, sem olhar para trás.

— Você precisa melhorar muito seus seguranças. Aquele lá fedia como os anteriores, mas era muito mais molenga!

O homem chamado Erin abriu um sorriso, marcado pelo brilho do dente dourado, enquanto desaparecia de cena, fundindo-se às sombras.

Ele ainda sorria, protegido pelo negror da penumbra da casa, quando Marvin e Salomon ganharam a rua, deixando para trás o Vesúvio, rumo ao duelo marcado.

19.

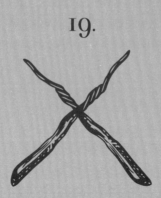

O BECO DOS DUELOS

O endereço dado por Erin não era longe e os conduziria a um beco esquecido da Capital, sem nada de especial; apenas uma ruela suja, de paredes grafitadas, com um portão enferrujado na entrada, para barrar a entrada de curiosos.

O trajeto que os levaria até lá era cumprido de forma silenciosa, tendo como companhia a mesma chuva fina e constante que os recepcionou na chegada à Capital, naquela noite. Salomon, mais calado do que nunca, parecia ter sido impactado pelos acontecimentos no Vesúvio — muito mais pela história não contada que o ligava ao homem chamado Erin do que até pelo combate corporal que travara com o corpulento segurança.

Caminhavam lado a lado, Mestre e aprendiz, cada um tão perdido em seus próprios pensamentos, que quase nem se davam conta da presença ou ausência de Bóris, que os seguia de perto, tão silencioso quanto a dupla.

Marvin não sabia ao certo o que poderia estar se passando na cabeça de seu Mestre, mas a dele agora fervilhava em milhares de possibilidades. Recordava-se das vezes em que fugira dos confrontos com os meninos do vilarejo onde morara, pensando no quanto suas pernas pareciam querer fazer exatamente o mesmo neste momento.

A ansiedade é algo curioso. Causa uma angústia mais debilitante em nossa coragem do que quando propriamente chega a hora de confrontar aquilo que nos causa medo. Quando enfrentamos esse medo, pode simplesmente desaparecer... ou então tomar o controle das nossas ações. Só depende de nós.

Marvin, por um lado, procurava apegar-se a histórias em que o improvável e mais fraco derrotara o favorito e mais forte, ao passo que, por outro, não conseguia deixar de imaginar-se sendo atacado por um estranho — que a cada minuto lhe parecia maior e mais temível —, para, ao final, ver-se caindo derrotado.

A verdade era que Marvin não sabia se tinha mais medo da dor que poderia sentir ao ser atingido no confronto ou da humilhação de perder a disputa. Afinal, em um confronto desse tipo, mais do que a força, está envolvido o orgulho; e é ele que faz revirar nosso estômago, fazendo-nos sentir enjoados e fracos, antes de provarmos a injeção de adrenalina que nos permite esquecer tudo e enfrentar o maior adversário: o nosso próprio medo.

Durante aqueles minutos em que saíram do Vesúvio, dirigindo-se ao local do duelo, foi exatamente assim que Marvin se sentiu: enjoado, de pernas fracas, mãos suando e com forças apenas para desistir e correr.

Chegaram ao local, e Salomon permanecia distante.

"Uma bela hora para seu instrutor ficar relembrando seu passado desconhecido, em vez de lhe dar dicas de como derrotar seu adversário", pensou Marvin.

Cruzaram o portão enferrujado — que ringiu um protesto pela violação — para encontrarem um beco vazio. O tempo passava, mas parecia que a hora marcada não chegava, e ninguém aparecia.

— Bem... parece que eles não virão! — disse Marvin, esperançoso. — Nesse caso, podemos remarcar para outro dia, não é mesmo?

Um adiamento parecia agora um bálsamo para os nervos à flor da pele de Marvin. Amanhã, quem sabe, treinaria um pouco mais; quem sabe poderia até aprender alguns novos movimentos ou seu Mestre lhe mostraria algo novo que pudesse fazê-lo derrotar o campeão de Erin.

Contudo, quando Marvin já antevia ficar livre do duelo daquela noite, seus planos de adiar o confronto foram desfeitos por completo com a chegada de duas figuras que emergiram das sombras no fundo do beco, fazendo Bóris se eriçar em meio a um chiado. De lá saiu um homem alto — de chapéu e com um manto escuro que roçava o chão imundo da rua —, seguido de alguém, quase da mesma altura, que tinha o rosto coberto pelo capuz do agasalho de moletom que usava.

Os dois deram alguns passos adiante, até chegarem a um ponto onde a luz parca que iluminava o beco permitiu ver que se tratava de Erin, acompanhado de um rapaz mais jovem. Se bem que — pela visão de Marvin — *jovem* seria apenas modo de dizer, uma vez que a figura ao lado de Erin parecia mais um adulto formado do que um garoto como ele. Mesmo o agasalho que usava não escondia os contornos de um corpo mais forte e bem mais avantajado que o de Marvin.

— É contra esse *menino* que vou ter que lutar? — perguntou Marvin, já sabendo a resposta. Acrescentou, alarmado: — Ele vai me matar!

Salomon não disse nada e aguardou a manifestação de Erin, que não tardou.

— Olá de novo, Salomon — cumprimentou Erin, tratando o Mestre das Sombras pelo primeiro nome. — Seu guri está pronto? — perguntou, olhando para o Marvin, que não conseguia esconder a cara de apavorado.

— Sim — foi a resposta curta de Salomon.

— Tem mesmo certeza de que não quer desistir e pagar meu prêmio? — provocou Erin, zombeteiro.

— Si... — ia dizendo Marvin.

— Não! — interrompeu Salomon, encarando o aprendiz com olhar de reprovação.

— Muito bem, então vamos às regras — disse Erin.

— Às regras — concordou Salomon.

— Até o fim... ou primeiro sangue?

— Primeiro sangue! — respondeu Salomon, prontamente.

— Ah, que pena, vai ser muito rápido. Pois bem, que seja, vamos marcar as posições e dar início ao duelo.

"Duelo, posições, até aí, tudo bem. Mas que história de sangue é essa?", pensou um cada vez mais apavorado Marvin. Estava claro que deveria haver sangue mesmo. "O meu sangue!", pensou consigo.

Afinal, era claro que aquele... *menino*, muito mais velho e muitíssimo mais forte, ia lhe dar a tal surra que Erin bem mencionara.

"Belo instrutor! Me arrastou para este lugar para apanhar de um desconhecido até me fazer sangrar!", era o pensamento inconformado de Marvin.

Agora o aprendiz deixara o medo tomar conta de si e sentia as pernas e os braços perdendo completamente a força. Iria, então, até o centro daquele círculo que Erin fazia surgir no chão — com o movimento de suas mãos —, deixaria que o *jovem-não-tão-jovem* oponente fizesse o primeiro movimento, e se jogaria ao chão, encerrando o combate.

Afinal, que diferença faria, se perderia de qualquer modo? Ele que não ia ficar ali, apanhando até sangrar, só para satisfazer alguém que não parecia se importar com o fato de ele se machucar ou não.

Em foi em meio a mais esse devaneio de Marvin que Erin se dirigiu a Salomon, anunciando:

— O Círculo está pronto!

— Bom — limitou-se a dizer o Mestre das Sombras, para só então voltar sua atenção ao temeroso aprendiz. — Escute, Marvin, você não precisa ficar com medo.

— Eu não estou com medo — respondeu o aprendiz.

— Ótimo — disse Salomon, satisfeito com a resposta.

— Eu estou apavorado... — disse Marvin, mal se contendo. — Mestre, aquele sujeito é quase um adulto. Ele vai me esfolar! E você não me falou nada sobre essa história de *sangue*! Então ele só vai parar de me atingir quando eu sangrar? Se é assim, eu...

— Shhh! — Salomon interrompeu o discurso derrotista de Marvin. — Calma, garoto! Preste atenção em mim, se eu achasse que você não teria condições de derrotar o aprendiz de Erin, eu não teria trazido você até aqui. Eu entendo perfeitamente o que você está sentindo — disse de forma condescendente.

— Ah, claro que sim. Você que não tem medo de nada nem de ninguém... — foi o contraponto Marvin. — Para você é fácil, Mestre. Você tem seus poderes e até suas habilidades de luta. E nem piscou para derrubar aquele gigante de quase dois metros...

— Shhhh! — Salomon fez Marvin se calar mais uma vez. — O seu foco não deve ser o seu oponente; deve ser você! — disse Salomon, falando como um verdadeiro Mestre, preparando seu aprendiz para o duelo. — Não pense no que ele sabe ou em quanto ele mede; pense apenas na sua capacidade, naquilo que você aprendeu!

— Mas aí é que está, Mestre; eu não sei duelar. Não sei enfrentar os outros, nunca soube. Sou fraco demais e...

— Mas que história é essa de não saber duelar? E o que estivemos treinando durante todo esse tempo? E não quero que você enfrente os *outros*, quero que você enfrente e vença seu medo. Você, garoto, tem muito mais capacidade do que ainda compreende. E o velho dos seus sonhos não teria me mandado cuidar de você, se não acreditasse nisso — disse Salomon, depositando em Marvin uma confiança que ele próprio não sentia.

— Certo, Mestre, mas e essa história de sangue?

— *Primeiro sangue* — corrigiu Salomon.

— Muito bem, que seja; mas o que interessa é que alguém vai ter que sangrar, sendo que o mais provável é que seja eu! E você não me disse que...

Salomon interrompeu mais uma vez a ladainha de Marvin.

— Primeiro sangue é apenas um desarme, garoto. É como se define o final de um combate de aprendizes.

— Desarme?

— Sim. Tirar o primeiro sangue, em um duelo de aprendizes, quer dizer apenas desarmar o adversário.

— Hum, mas então não tem sangue de verdade, nesse caso, o meu sangue? — perguntou Marvin, mais confiante.

— Exatamente — disse Salomon, com um leve sorriso.

— Quer dizer que é apenas um duelo... sem sangue?

— Sim, um duelo de magia, como os que treinamos.

— Ah, mas por que você não disse antes? — disse Marvin, mais tranquilo sobre o que o esperava.

260

— Bem, você não perguntou antes. Aliás, isso me faz admirar sua atitude, aprendiz. Afinal, apesar de tudo, você esteve todo esse tempo tentando enfrentar o seu medo.

— Medo? Mas quem disse que eu estava com medo? — respondeu Marvin.

— Você. Dizendo que estava... como foi mesmo? Ah: *apavorado*!

— Ah, bem, mas isso já passou — afirmou, agora de olho no adversário que se preparava para o duelo, recebendo das mãos de Erin uma varinha curta e tão negra quanto as que estavam guardadas dentro do baú, no quarto de Salomon.

— Mestre, esse tal Erin também é um... é igual ao que você foi? — perguntou Marvin, vendo a varinha negra e notando as semelhanças entre os velhos *inimigos*.

— Sim — assentiu Salomon. — Eu e Erin já pertencemos ao mesmo grupo.

— Vocês dois eram Dj...

— Quieto, garoto, já disse que isso não é da sua conta. Agora deixe as perguntas de lado e concentre-se apenas no duelo. Vou explicar para você as regras — disse Salomon, fazendo Marvin retomar a concentração, mas sentir também um pouco da ansiedade voltando.

— Vocês utilizarão apenas movimentos de desarme — explicou Salomon.

— E nada de sangue — Marvin quis se certificar, mais uma vez.

— Nada de sangue — ratificou Salomon. — Mas, ainda assim, lembre-se onde estamos e com quem estamos lidando. Erin treinou esse garoto para vencer, e não o colocaria em uma disputa a dinheiro se achasse que ele era um qualquer.

Marvin olhou à frente e viu se acender no chão do beco — no lugar onde se posicionara seu oponente — o símbolo elemental no formato de um triângulo, revelando o elemento que responderia ao seu adversário.

— Reconhece o sinal? — perguntou Salomon, certificando-se de que Marvin estava ciente do que enfrentaria.

— Sim — respondeu Marvin, mirando o adversário.

— O fogo; não me admira. Erin escolhe seus aprendizes pelo elemental que julga ser o mais forte para duelos.

— Mais forte? Mas eu sou...

— Terra! — disse Salomon, que via o símbolo do elemento, o triângulo invertido cortado no centro, surgir de repente, iluminando o chão de asfalto, coberto pelas poças de água da chuva que finalmente cessara.

— Terra... sou eu — disse Marvin, tomando posição e retomando ainda mais o nervosismo, pois, apesar de o duelo não ter por objetivo fazê-lo sangrar, como imaginara anteriormente, ainda não sabia ao certo quais seriam as suas consequências.

— Isso... isso não vai doer, vai? — perguntou ao Mestre.

Salomon sorriu, mas não respondeu.

— Vamos, apenas concentre-se no que tem de fazer e preste atenção às regras. Você irá até o centro e depois retornará para cá. Eu e o seu gato estaremos logo ali atrás.

— Ir até o centro — Marvin tentava assimilar as regras.

— E você poderá usar a varinha para um único disparo — Salomon prosseguiu. — Erin contará os passos do centro até aqui. Ande firme, concentre-se e, quando chegar o momento...

— Quando chegar o momento?

— Bem, apenas use o que aprendeu, garoto — respondeu Salomon.

— Tentar o desarme... — disse Marvin, nervoso.

— Isso, o desarme. Lembre-se: a varinha precisa ser apenas testada... e você também.

— Está bem, apenas o desarme... — repetia Marvin, sentindo o nervosismo brotar em forma de suor, que fazia a varinha disforme escorregar em sua mão.

— Fique tranquilo e concentre-se, garoto. Você só precisa acreditar em você para a magia acontecer. Lembre-se de que todo o poder vem de você — estimulava Salomon. — Concentre-se no desarme...

— Sim, o desarme — Marvin repetiu uma última vez.

— E então, estão prontos? Não temos a noite toda! — perguntou Erin com impaciência. — Não querem mesmo desistir e apenas entregar o meu prêmio? Me pouparia o trabalho de limpar o estrago.

— Nada disso, estamos prontos! — respondeu o Mestre das Sombras. — Esta noite teremos um duelo! — acrescentou, olhando com confiança para Marvin, que não se sentia tão confiante assim.

— Bem, nesse caso, então que se aproximem os convidados! — disse Erin, deixando Marvin e Salomon intrigados.

Nesse momento, eles viram as maciças paredes do beco tomando formas humanas, como se ganhassem vida, projetando rostos que surgiam de um lado e de outro para serem espectadores anônimos do confronto que ocorreria ali.

— Mas... o que é isso? — protestou Salomon. — Eu disse que apenas nós deveríamos estar presentes!

— Ora, ora, ora... meu velho amigo; tenho aqui um negócio. Meu beco é um lugar de entretenimento, e, se vai haver uma disputa, tenho clientes importantes que se interessam em assistir... e participar — disse Erin, justificando a presença das formas humanas nas paredes.

— Salomon, o que está acontecendo? — cochichou Marvin, confuso.

— São *apostadores* — respondeu Salomon. — Viciados; foragidos; gente com a qual Erin deve contar para manter esse beco em funcionamento e ganhar dinheiro às custas dos meninos que treina.

— E então, duelamos? Agora já é tarde para desistir — provocou Erin.

Salomon olhou para Marvin e respondeu a seguir:

— Duelamos! — E, voltando-se para Marvin, orientou: — Esqueça os rostos nas paredes, são apenas sombras que estão aqui para ver o resultado de suas apostas, eles não farão nada contra você. Ignore-os, concentre-se no adversário e vença!

Marvin engoliu em seco e preparou a varinha, voltando ao ponto de onde havia saído quando as paredes começaram a se mover, reacendendo o símbolo do elemental terra, sua posição de combate no duelo.

Os dois duelistas estavam agora frente a frente. De um lado o aprendiz de Erin, rijo e decidido, e do outro lado Marvin, hesitante, mas mesmo assim disposto a ir até o fim.

O aprendiz de Erin finalmente descobriu a cabeça do capuz, e Marvin pôde observá-lo melhor. Era um rapaz alto, de cabelos eriçados na frente e raspados do lado. Do peito, um tanto à mostra, brotava-lhe uma tatuagem em forma de chama que lhe subia pelo pescoço até chegar ao rosto, tatuado em forma de crânio. Isso dava ao duelista uma aparência de morte que devia causar um medo ainda maior nos adversários. Com Marvin não foi diferente.

Erin fez sinal para os dois aproximarem-se do centro. Marvin olhou para Salomon, que assentiu, e o aprendiz obedeceu, indo até Erin. Quando parou em frente ao oponente, viu que ele era pelo menos um palmo e meio mais alto e de perto cheirava ainda pior que o já bem malcheiroso Vesúvio.

263

MARVIN GRINN

Marvin arriscou um cumprimento, como se tentasse tornar aquilo apenas uma disputa amistosa; como um jogo. Mas em resposta o menino apenas grunhiu. Quando abriu a boca perto de Marvin, foi possível sentir que seu hálito também não era nada bom.

— É, já vi que você leva isso tudo bem a sério... — Marvin disse para o rapaz com o rosto de caveira, tentando disfarçar o medo que crescia dentro dele.

— Vou fazer você sangrar! — respondeu o Caveira em tom de ameaça, fazendo Marvin se voltar preocupado para o Mestre, que respondeu apenas com um gesto de cabeça, indicando que mantivesse o foco.

— Muito bem... *meninos* — disse Erin, sarcástico, sabendo que o Caveira há muito deixara de ser um menino. — Vocês conhecem a regra! — Pausou por um instante. — E, se não conhecem, tanto faz, pois aqui no meu beco quem faz as regras sou eu!

Dito isso, mirou Salomon, que franziu o cenho, dirigindo de volta um olhar de ameaça. Erin apenas sorriu.

— Relaxe, Sal... — disse, forçando uma intimidade que, aparentemente, um dia tiveram. — Meu campeão não vai precisar fazer nada demais para derrotar o seu guri. Será tudo à moda antiga; o *duelo clássico*, como prometi. Dez passos contados, até que o símbolo do elemento a que estão ligados acenda-se. Só então poderão virar-se e disparar; apenas uma única vez, e nenhuma mais! E aí teremos um vencedor... como se eu já não soubesse quem será — divertiu-se.

— Amigos, fiquem atentos. E que tenha início o duelo! — dirigiu-se para os misteriosos espectadores das paredes, saindo de lado, a seguir, para deixar apenas Marvin e o Caveira frente a frente.

Os garotos se viraram para começar a contagem de passos em direção à posição de combate.

— Atenção! — disse Erin, preparando-se para abrir a contagem. — E é... um! — disse, fazendo Marvin e o Caveira darem o primeiro passo à frente. — Dois! — continuou, fazendo nova pausa de suspense, conferindo o deslocamento dos dois jovens duelistas.

Enquanto andava em direção à posição do símbolo apagado, aguardando o momento para se virar e fazer seu disparo, Marvin tentava relembrar o que

264

aprendera nas lições com Salomon, buscando nas técnicas e nos movimentos aprendidos com o seu Mestre de varinhas a forma de neutralizar o disparo de um oponente que tinha o elemental fogo como seu dom natural. E isso com apenas um disparo, contra aquele oponente de tatuagens horrendas e sabe-se lá quantos duelos travados... e vencidos.

— Três! — era a voz de Erin contando, com os braços levantados, teatralmente, tentando transmitir ainda mais emoção ao que estava prestes a acontecer, e valorizar o espetáculo para os apostadores. Quatro! — contou enquanto as mãos de Marvin suavam. A varinha nodosa ameaçava escorregar e escapulir. Marvin tentou apertá-la com mais força. — Cinco! O choque entre duas autênticas varinhas mágicas proibidas está a segundos de acontecer! — disse Erin às paredes de tijolos maciços que, contrariando as leis que regem o mundo leigo, remexiam-se ansiosas, repletas de vultos dos apostadores ocultos.

Mas nesse momento Marvin ignorava por completo a bizarra plateia, pois tentava apenas concentrar-se em resgatar na sua memória algum movimento que liberaria o disparo de magia capaz de desarmar seu oponente.

— Seis! — exultou Erin.

"Mas como era mesmo o movimento?", pensava Marvin.

— Sete! — Erin levava a plateia ao êxtase.

"Primeiro levantar a varinha, depois girar e estocar. Mas era esse mesmo para neutralizar um ataque do fogo?", Marvin tentava desesperadamente se lembrar.

— Oito!

Estava chegando o momento.

"Estocar, depois girar? Girar, depois estocar?"

— Nove e... *en garde*! — era o comando para que os dois duelistas energizassem suas varinhas, antes do último passo.

"Não, ainda não estou pronto, ainda não" — Marvin precisava apenas de um instante mais para lembrar.

— Dez! Ataque!!! — Erin gritou, mais como uma ordem para seu duelista do que como uma instrução para o início do combate.

Marvin virou-se, com a varinha brilhando em sua mão, apontando em direção ao oponente, que também já se virara com a varinha negra pulsando.

Marvin Grinn

Ouviu-se o som dos disparos e um clarão iluminou todo o beco. Uma luz de brilho intenso, seguida da escuridão total.

20.

UM BECO, DOIS DUELOS

Garoto... Marvin... você está bem? — era a voz de Salomon, vinda de longe.

Marvin abriu os olhos de sobressalto e viu o rosto do Mestre acima dele. A seguir, viu dois novos rostos chegando; um deles com o sorriso zombeteiro de Erin e o outro com a carranca azeda do Caveira, a quem tinha enfrentado instantes atrás.

Ao vê-lo, notou que o oponente segurava o braço direito, bem na altura do antebraço, como se estivesse ferido. Olhou para Erin, cujo olhar não era muito revelador; apenas um olhar indiferente, que não denotava vitória ou derrota. Voltou-se esperançoso para o Mestre das Sombras e então perguntou:

— Então, eu venci?

Um sonoro *Pfff!* foi a expressão do Caveira; um riso desagradável de deboche foi a resposta de Erin. Só então Salomon disse:

— Não, infelizmente não, garoto. Agora levante-se, que eu ajudo você a ficar de pé.

— Ah, vamos lá, Salomon; seu guri está bem. E você me deve dinheiro! — disse Erin, dando pouca importância a Marvin.

— Mas ele... ele pareceu estar ferido! — disse Marvin, apontando para o Caveira, que ainda segurava o braço. — Mas se não venci, pelo menos eu o atingi, certo? — insistiu Marvin, esperançoso.

— Não... não exatamente — respondeu um constrangido Salomon. — Na verdade, ele machucou o braço tentando tirar você do meio do entulho, onde você foi arremessado — explicou, apontando para o grupo de latões amassados e o lixo espalhado.

Marvin desabou de novo.

"Fracasso!", pensou. Depois de tanto treinamento, não fora capaz de cumprir a tarefa.

— Acabou, Mestre.

— Vamos, pare de fazer drama, você só perdeu um duelo. Isso prova apenas que tem que treinar mais... e também acreditar mais em você. Mas você enfrentou seu desafio e, mesmo sem nunca ter estado em um duelo, encarou um oponente acostumado a derrotar até mesmo alguns duelistas adultos, bem experientes.

— Mas ao menos eu consegui fazer o disparo?

— Sim! E essa é a boa notícia — disse Salomon.

— E foi um bom disparo? Foi potente e...

Um riso conjunto foi a resposta de Erin e Caveira, que ouviam a conversa, ainda próximos.

— Bem, não... e essa é a má notícia — respondeu Salomon.

— Sim! Parecia mais um feitiço de uma fadinha — disse o Caveira, desfazendo da atuação de Marvin.

— Na verdade, digamos que foi patético! — disse Erin com sua costumeira ironia. — Acho até que deveria cobrar dobrado de vocês por me fazerem arriscar o paradeiro deste lugar ao conhecimento dos Vigilantes para ver essa sua... Sininho conjurando luzinhas de vaga-lume.

Marvin se levantou de uma vez — esquecendo-se da dor na cabeça, causada pela queda —, pegou a varinha caída ao seu lado e firmou-se em pé. Ao tomar a varinha na mão, pôde sentir que havia algo diferente no corpo de madeira. Mas isso teria que esperar, pois tinha um desaforo a responder.

— Não sou *fadinha*, nem *Sininho*, nem coisa nenhuma! — protestou.

— Uh! Já estou morrendo de medo! E o que vai fazer, Sininho, vai me atacar com suas luzinhas? Ou vai me fazer virar um...

Mas o que quer que o Caveira fosse dizer foi interrompido por uma sensação que todos puderam sentir.

— Silêncio! — ordenou Erin. — Tem uma nova presença mágica aqui; mágica e muito poderosa. Só podem ser os Vigilantes — disse para Salomon, Marvin e seu próprio aprendiz.

Voltou-se então para os apostadores ocultos, falando aos que ainda marcavam as paredes, contabilizando suas perdas e ganhos.

— Bem, por hoje era isso, meus amigos. Agradeço pelas presenças e, em breve, trarei aqui um novo duelo de... — hesitou antes de usar a palavra escolhida, devido ao espetáculo até então proporcionado — de grande qualidade — disse, assim mesmo. — Senhores, senhora... obrigado pelas apostas!

A seguir, saiu rapidamente, arrastando consigo o Caveira, e desapareceu pelas sombras do beco, deixando para trás Marvin, que ainda tentava se restabelecer, auxiliado por Salomon. Antes que o Mestre das Sombras conseguisse arrastar Marvin para seu manto de escuridão e deixar o beco em segurança, foi surpreendido pela chegada de um novo e estranho personagem.

Não era um Vigilante. Tampouco era tão estranho assim, ao menos não para Marvin, que tinha a sensação de já ter visto aquela figura antes; diferente, mas de certa forma igual. Era um sujeito alto, com um manto negro que lhe chegava aos pés e anéis que reluziam nos dedos. Os cabelos, lisos e escuros, pendiam nas costas e contrastavam com o rosto muito branco e encovado, com olheiras profundas que davam um ar morto-vivo ao recém-chegado.

— Ora essa, mas o que tenho aqui? — disse o homem de voz grave e arranhada, quase sussurrada. — Então é você o Portador que venho seguindo? —

perguntou o estranho, claramente falando para Salomon, que assumira posição de defesa, colocando-se em frente a Marvin.

— Sim! — foi a pronta resposta do Mestre das Sombras à pergunta do homem de negro.

O homem ponderou por um instante, fechou os olhos e fez um movimento circular de pescoço, para em seguida reagir, lançando um violento ataque contra Salomon. Foi um poderoso disparo de luz escura, saído da ponta de uma varinha negra e que atingiu em cheio o braço direito de Salomon, arremessando-o ao mesmo ponto onde há instantes Marvin também estivera caído.

— Mentiroso! — protestou. — Posso sentir o cheiro em você, e sei que é apenas um traidor da Causa Negra. Você tem a marca, posso sentir mesmo sem vê-la; e assim sendo jamais poderia ser escolhido como um Portador — disse com sua fúria dirigida contra Salomon. Atingido pelo poderoso disparo, o Mestre permanecia caído no fundo do beco, com o braço chamuscado, do qual saía uma fumaça negra.

— E agora... você? — olhou com desconfiança para Marvin e desatou a rir, gargalhando com satisfação pela ironia do que constatava. — Então era esse o plano que foi engendrado. Acabo de encontrar o Portador, e ele é apenas... uma criança.

— Já tenho treze anos... eu acho — respondeu Marvin, em tom de desafio.

— Treze anos? Ah, mas é claro... a idade da iniciação! Devo estar em frente a um grande feiticeiro; quem sabe um poderoso Mago-mor que irá acabar com as trevas da humanidade! — ironizou o homem, para em seguida acrescentar com ainda mais desdém: — Apenas um pirralho! E veio se demonstrar justamente a mim? — disse, exaltando a si mesmo.

— Mas e... quem é você? — perguntou Marvin, procurando enfrentar o olhar do desconhecido.

— Eu? Mas então o traidor não lhe falou nada sobre nós? Será que devo ficar ofendido, traidor? — dirigiu-se a Salomon, que segurava o braço paralisado. — Acaso não reconhece aquele que está à sua frente? — questionou o homem, esperando uma resposta que não veio. — Pois, se é assim, tanto pior para você! — ofendeu-se. Então, julgando-se plenamente no controle da situação, adotou um tom mais ameno. — Sim, você não é culpado de todo. Mas, uma vez que seu Mestre de armas não o instruiu adequadamente, colocando-lhe a par de coisas elementares; e levando-se em conta que o que preciso fazer aqui não demorará mais que um instante; me permitirei gastar alguns minutos o instruindo — disse o homem, com voz controlada e arrogante. — Chamam-me Ziago, Mestre Duelista Djin, sexto em comando... por enquanto — acrescentou com ar cobiçoso. — Pois assim que colocar as mãos no que você está carregando, por certo passarei a ser o primeiro, desbancando até mesmo Zirat — revelou com ódio na fala ao mencionar o nome de outro Mestre Djin. — Sabe, criança, tenho seguido o seu rastro e o desse seu... — olhou para o Salomon, que lutava contra a imobilidade que o feitiço produzira ao paralisar por completo seu braço de guerra, obrigando-o a manter-se prostrado ao fundo do beco, sem nada mais a fazer além de observar — desse animalzinho que o acompanha. E como, ao que parece, usar magia não é o seu forte, precisei esperar até esse momento para finalmente rastreá-lo e chegar até aqui. E agora... bem, agora tenho o meu prêmio por estar há tanto tempo me sujeitando a perseguir um *menininho* e seu *cãozinho* — falou com desprezo contra ambos. — E assim, já basta de conversa. Vamos, entregue-me logo o que você está carregando!

Marvin franziu o cenho antes de responder:

— Não sei do que você está falando...

— O Livro, criança idiota... — Ziago pronunciou com raiva — entregue-me O Livro... agora! — vociferou.

Mas Marvin persistiu na resposta.

— Não sei do que você está falando...

— Ah, criança, achei que você fosse mais inteligente. Sabe bem que vou tirar ele de você, de qualquer jeito — disse sibilante, como uma cobra pronta para dar seu bote. — O velhote decidiu entregar O Livro a uma criança, achando que assim não iríamos encontrá-lo; ledo engano. E se você acha que vou perder mais um minuto do meu tempo com você, então, além de inexperiente, é de fato um idiota. Mas façamos assim, criança, entregue O Livro e prometo que matarei você rapidamente. Será quase indolor — falou com escárnio.

— Eu não sei do que você está falando... — insistiu Marvin, pela terceira vez, tendo agora uma expressão que era pura concentração.

Salomon, de onde estava, não podia ver o rosto de Marvin, mas percebeu pelo tom de voz que algo diferente estava acontecendo.

— Criança estúpida! — vociferou Ziago. — Vou fazer você implorar para estar morto e vou arrancar O Livro de você, junto com sua língua mentirosa. O Livro, entregue-me agora! — ordenou Ziago, enquanto sua varinha era tomada por um brilho escuro, cheio de veneno e de dor.

— Eu... não sei... do que você está falando! — Marvin repetiu uma última vez, antes de Ziago atacar.

E o que Salomon ouviu a seguir foi o som da varinha de Marvin caindo no chão, e um novo breu se formou para o menino.

Salomon, mesmo ferido, deu um jeito de chegar até Marvin, que mal conseguia abrir os olhos. No início, o que podia ver era uma imagem turva do Mestre, enquanto a voz que lhe chamava — embora estivesse bem à sua frente — parecia distante dali. Mas aos poucos tudo foi se tornando mais claro, e ele agora podia ver com nitidez o Mestre esforçando-se para colocar a mão sobre seus ombros, enquanto falava com ele.

Marvin piscou os olhos e, desta vez, não se viu no chão. Estava em pé, teso, rígido. Como se estivesse *preso* ao asfalto do beco. Sentia o corpo um pouco dolorido, é verdade, mas não era em consequência de nenhum ferimento, e sim pela tensão que ainda percorria todo seu corpo e o mantinha estático naquela posição.

— Garoto, você está bem? — Salomon repetia a pergunta. — Vamos, responda, Marvin!

Marvin conseguiu afrouxar um pouco o corpo e sentiu-se voltar ao seu estado normal. Mirava o rosto do Mestre, que, insistentemente, chamava-o de volta à consciência.

— Hã... sim... sim, Mestre... Salomon! Eu estou bem... eu acho...

Salomon parou de sacudi-lo para voltar a apoiar o próprio braço paralisado, ainda sob efeito da magia Djin. Até que parou por um instante e apenas sorriu para Marvin, perguntando finalmente:

— Mas o que é que foi aquilo, garoto?

— Aquilo? Aquilo o quê, Mestre? — Marvin estava confuso sobre o que Salomon queria dizer.

— Aquilo! — disse o Mestre das Sombras, mostrando o corpo de Ziago estendido no chão.

— Você... você conseguiu derrubá-lo... mesmo ferido, Mestre? — perguntou Marvin. — Eu só lembro dele estar falando comigo, mandando que eu entregasse o... — Marvin deteve-se por um instante, tentando relembrar a cena.

— Sim, o livro! — era a voz de Erin que interrompia a conversa, surgindo de uma das sombras que dominavam o beco. — Mas a pergunta é: qual livro? Que livro seria tão valioso a ponto disso? Um Djin? Ziago, o sexto em comando, aqui em meu humilde beco? Um lugar frequentado por viciados, aprendizes comuns e vagabundos brigões? Sem ofensas, guri... — disse, olhando para o Caveira, que o ladeava em sua chegada. — Então explique-me, Salomon... como isso é possível? Instantes atrás, seu garoto parecia mais um aprendiz atrapalhado, incapaz de dar um disparo decente; para, logo em seguida, deixar estendido no chão ninguém menos que Ziago. E nós dois sabemos bem quem ele é. Repito: como isso é possível?

E aproximou-se de Marvin, que inadvertidamente deu um passo para trás, deixando seu rosto exposto a uma réstia de luz que invadia o beco. O avanço do apostador estancou ao ver algo que fez seus olhos cinza-azulados se arregalarem e ele exclamar, com espanto:

— Ah! Eis que a chave do mistério se revela. A lágrima negra; o sinal do Portador! — apontou para o rosto de Marvin.

Surpreso, este buscou em uma poça d'água no chão o reflexo do próprio rosto, para ver ali a lágrima escura que ainda escorria. A mesma que Melina descrevera, quando do seu encontro com Narciso Flamel, na primeira vez que estivera na Capital.

— A Lágrima... Negra — Marvin disse em voz alta, olhando para si mesmo.

— Sim, garoto, e isso quer dizer que você está...

— Atrasado! — foi a vez de Salomon interromper, antes que Erin concluísse. — Vamos, precisamos sair logo daqui! Erin, mesmo sem estarem com a visão plena, os Vigilantes não vão ignorar isso e irão entrar nesse beco a qualquer instante — disse Salomon.

Mesmo a contragosto, Erin assentiu.

Marvin Grinn

— Agora limpe seu rosto, garoto, pegue o gato, e vamos sair logo daqui! — Salomon ordenou.

— Mas... e ele? — perguntou Marvin, apontando para o homem caído.

— Ziago? — perguntou Erin, com certa indiferença. — Não se preocupe; nós nos encarregaremos dele. Jean — chamou o Caveira pelo nome —, convoque os outros e leve o Djin daqui... rápido!

— Mas será que ele está...?

— Morto? — completou Erin, adivinhando o que Marvin iria perguntar. — Creio que não, mas também não valerá muita coisa depois do que aconteceu aqui. Você o pegou em cheio, garoto — disse, observando a marca escura que ainda fumegava no peito do Djin tombado.

— Então o novo Portador, que todos andam procurando, estava bem aqui, no meu beco! — exclamou Erin, com olhos de cobiça sobre Marvin, para, no instante seguinte, encontrar os olhos negros de Salomon, que se aproximava dele.

— Eu lhe devo dinheiro... — disse a Erin, de forma direta, tirando uma pequena bolsa de dentro do manto das sombras.

— Não... não deve mais — respondeu Erin, retornando seu olhar para Marvin.

— Melhor pegar, enquanto ainda pode — insistiu Salomon, em tom de ameaça.

— Não se preocupe. Você me pagou com algo muito mais valioso — respondeu Erin, sem desviar seu olhar de Marvin, que agora juntava a varinha caída.

— Não mais valioso que a vida, que você deve querer conservar — retrucou Salomon, em um tom que não pôde mais ser ignorado por Erin.

— É, me manter vivo não é má ideia... — disse Erin, desafiando o olhar de morte do Mestre das Sombras.

— Agora pegue! — Salomon empurrou o pequeno saco, que tilintou contra o peito de Erin. — Ou você poderá não ter mãos para pegar depois — completou a ameaça.

— E você de fato faria isso, não é? — disse Erin, com o sorriso irônico que Salomon conhecia tão bem.

— Você sabe que sim... — ratificou.

— É, eu sei — concordou Erin. — Neste caso, então... eu pego — disse, sopesando a bolsa com o pagamento. — E considere a *limpeza* uma cortesia... — olhou para Marvin antes de completar a frase — pelo espetáculo! — concluiu em tom malicioso.

— Afinal, pelo menos agora tenho o bônus de dizer que meu beco recebeu um duelo de verdade, entre um Djin e um... — percebeu o olhar fulminante de Salomon e concluiu como se recitasse uma resposta decorada: — *e um desconhecido que não sabemos de quem se trata e que sumiu nas sombras* — concluiu zombeteiro.

— Melhor assim — disse Salomon.

— Engraçado, não era você que costumava dizer que *a verdade liberta*? — perguntou Erin, sarcástico.

— Sim, e eu também dizia que *o silêncio conserva a língua em seu lugar* — retrucou Salomon, com olhar selvagem.

— Claro, claro... desde criança, você nunca soube brincar — provocou Erin.

— E você sempre soube que eu não faço ameaças que não posso cumprir — rebateu Salomon.

— Sim! Sem dúvida, *irmão*! — e essa última palavra queimou como ácido na língua de Erin. — Vá tranquilo. Saberei manter seu segredo; pelos velhos tempos! — sorriu de forma sinistra.

— Sim, e pela sua saúde — concluiu Salomon, como um lembrete final. — Adeus, Erin!

E Salomon arrastou Marvin, deixando para trás o Beco dos Duelos e a figura pensativa do apostador, que ainda observava Jean, o Caveira, e outros jovens arrastarem o Djin abatido, sumindo com ele entre as paredes do beco, sem deixar qualquer vestígio.

— Adeus? — Erin falou para si mesmo. — Não tenha tanta certeza. Agora, vá pelas sombras, irmãozinho, mas saiba que haverá um tempo para nos reencontrarmos — concluiu sua participação no episódio e também desapareceu nas sombras do beco vazio.

Minutos depois, Marvin e Salomon seguiam pelas ruas desertas da Capital, andando o mais rápido que podiam. Salomon — ainda sentindo o ataque do Djin — apoiava-se em Marvin, guiando seus passos na rota de fuga.

— Marvin, atenção... por ali, não!

— Salomon, a rua está completamente deserta e não vejo ninguém nos perseguindo. Mesmo assim você está nos fazendo correr em zigue-zague. Por quê?

— Os Vigilantes, garoto; eles ainda podem nos encontrar. A energia que você liberou lá naquele beco deixa um rastro quente e perfeitamente visível para a percepção de um Vigilante. Além disso, a chuva que caiu esta noite deixou poças por todos os lados. Devemos evitá-las, pois a jovem Norah está com eles, e ela pode nos rastrear pela água.

— Como? Não entendo.

— Deixe as perguntas para depois, por ora apenas faça o que estou mandando. Lembre-se: sem nunca...

— *"Sem nunca questionar"*, já sei! — respondeu o menino, repetindo a velha regra do treinamento.

Salomon sorriu, pensando que fizera um bom trabalho com o menino.

Quanto a Marvin, seguia apoiando Salomon enquanto tentava ao máximo manter distância das poças que aqui e ali tomavam conta da rua. Embora se sentisse cansado pelos duelos travados, também havia uma sensação nova. Algo que viera com o orgulho recuperado por ter derrotado alguém que todos consideravam poderoso, mesmo depois da fracassada tentativa com o Caveira.

Se Marvin pudesse observar seu próprio reflexo agora, veria que, mesmo em meio àquela corrida sem descanso pela noite, fugindo de perigos que ele ainda não compreendia, havia também uma certa sensação de liberdade naquela aventura. Ele estava cansado, dolorido, mas ainda assim estava sorrindo. Feliz como não se lembrava de estar anteriormente, pois havia experimentado o gosto de um autêntico duelo de magia... e havia gostado.

21.

A CHEGADA DOS VIGILANTES

A porta que dava entrada para o Beco dos Duelos não parecia nada de especial. Era provavelmente apenas a porta dos fundos de algum boteco ordinário, cercada por latões de restos de comida, onde os gatos que infestavam os becos procurariam o que comer. Porém, as figuras que saíram de lá de dentro, estas sim não poderiam ser chamadas de comuns. Eram quatro jovens, todos com expressões sérias e carrancudas, de quem tinha chegado atrasado ao *espetáculo* mais uma vez.

— Chegamos, irmãos! — disse o jovem negro, de aparência altiva, que trajava o manto verde-esmeralda e a insígnia com o símbolo da terra à altura do peito. O Vigilante era conhecido como Caleb.

— Atrasados... — respondeu Leonar, o Vigilante com a insígnia do fogo no brasão. — Aliás, como sempre, hoje em dia! — disse, visivelmente contrariado.

— Sim, atrasados... — concordou Caleb. — Mas ainda há tempo de detectar que houve muita *atividade* por aqui.

MARVIN GRINN

— Este lugar não é desconhecido, Caleb. É o Beco de Duelos, onde os aprendizes de Erin Volken duelam por dinheiro — disse Leonar. — Já estivemos aqui outras vezes.

— Sim... — acrescentou Kayla, uma jovem de cabelos castanho-avermelhados, trajando um manto dourado, com a insígnia do elemental ar —, mas desta vez é diferente. Sintam, está na atmosfera do lugar!

Caleb deu um passo à frente e abaixou-se, tocando um dos joelhos no chão. Tirou uma das luvas e espalmou a mão no solo. Fechou os olhos por um instante e falou:

— A terra guarda a memória de quem caminhou por aqui. Eram pelo menos quatro, ou mais. Até que alguém caiu... — pausou por um instante, tateando a cena que não presenciara — bem aqui! — disse finalmente, apontando o local da queda de Marvin. — Então dois permaneceram... e outro chegou...

— Sim, com um tipo de energia... diferente... pesada... maligna — disse Kayla, que, de olhos fechados e mãos espalmadas para o ar, sentia as energias que restaram no local.

— Eu sinto o calor — falou Leonar, o vigilante do fogo.

— Norah, e o que lhe contam as águas? Temos poças por toda parte. Você acha que conseguiria nos mostrar o que se passou aqui? — perguntou Kayla.

— Posso tentar — respondeu a moça do manto cinza-azulado, que, até então, apenas se mantivera atenta às intervenções dos demais.

Olhou para as poças de água da chuva que se formavam pelo asfalto irregular, e caminhou entre elas, até chegar próximo ao ponto onde Marvin estivera instantes antes.

— Aqui. Um círculo de duelo foi traçado e se extinguiu ao final do combate; mas ainda permanecem seus resquícios — disse Norah.

Aproximou-se então de uma grande poça ao seu redor, observando a água turvar-se ao seu toque. E a poça revelou para ela o reflexo de Marvin, em pé, parado em desafio. Um reflexo do passado, de apenas alguns minutos atrás.

— Mostre-me! — ordenou à poça. — Mostre-me o que ocorreu aqui — disse, tocando com os dedos a água que jazia no solo. Convidou os demais Vigilantes

278

para ficarem junto a ela: — Aproximem-se, irmãos e irmã! Sejam testemunhas comigo dos fatos que se passaram neste local — pronunciou solene.

Os quatro jovens se reuniram ao redor da grande poça d'água e viram a cena de um menino segurando uma varinha.

— Ele tem uma varinha? Mas que varinha é essa? Não me lembro dessa varinha nos nossos autos de captura — disse Caleb.

— Para mim parece mais um pedaço de madeira comum do que uma varinha — comentou Leonar, irônico.

— Shhh! — Kayla pediu silêncio. — Deixe Norah mostrar o que aconteceu aqui.

E na poça viram Marvin ser atingido pelo disparo de energia luminosa, vindo da outra extremidade, dez passos além do centro do círculo.

— Um duelo. E parece que esse aqui perdeu! — foi o comentário cheio de ironia de Leonar.

— Será mesmo? — respondeu Kayla, fechando os olhos de novo como se ouvisse a brisa do lugar. — Os sussurros no ar dizem que ainda não acabou...

E, guiados por Norah, os Vigilantes deram um passo para o lado, seguindo e observando as poças que recontavam a história daquela noite.

— Aqui, vejam. Erin esteve mesmo aqui — disse Caleb, vendo o desenrolar das cenas, fragmentadas nas poças d'água.

Norah agora tinha os braços estendidos sobre as poças do beco e trazia pela água os reflexos de toda a ação. Seus irmãos Vigilantes acompanhavam sua movimentação, seguindo o trajeto que os conduzia ao outro extremo do círculo.

— Neste ponto — disse Norah. — Aquele que chegou depois; o de energia maligna; aquele... oh! — Norah pareceu se assustar com o que o reflexo lhe revelara.

— O que foi, Norah? — preocupou-se Kayla.

Norah hesitou por um instante, observando a cena para certificar-se do que iria dizer aos colegas.

— Um Djin. Foi um Djin que esteve aqui.

— Um Djin? — perguntou Leonar, surpreendido com a afirmação de Norah. — Mas o que poderia atrair um Djin aqui, a este beco vagabundo?

279

— Esperem, ele... ele... — Norah observava as ações do Djin pelo reflexo da poça — ele tirou sua varinha negra e atacou.

— Quem? Quem ele atacou? Erin? — perguntou Leonar, impaciente, como os de seu elemento.

— Não, ele atacou o outro... — E andou novamente até a extremidade oposta. — Um homem. Um homem baixo, de capa negra. Que foi arremessado... para lá.

— E o Djin, o que ele fez? — insistiu Leonar.

— Ele... espere — Norah hesitou, tentando melhorar sua posição de observação. — Aqui neste lado, perto de onde o homem tombou, estava um menino. O mesmo que vimos na cena anterior, o da varinha, que perdeu o duelo. Mas ele agora está em pé e ele... ele atacou!

— O quê? — interveio Leonar. — Aquele frangote que perdeu o duelo para um dos aprendizes de Erin atacou um Djin?! Mas qual varinha mesmo ele tinha? — Leonar começava a ficar confuso pelo inesperado dos acontecimentos.

— Não! Ele atacou *sem* varinha nenhuma — Norah prosseguiu. — Vejam, aqui na poça, ele está em pé, e a varinha está caída no chão, aqui temos o reflexo dela — apontou a Vigilante.

— Coitado... — disse Leonar. — Deve ter ficado em pedaços. Djins não atacam por distração, eles atacam para...

— Grande Netuno! — exclamou Norah. — O Djin... o Djin caiu!

— O quê?! — exclamou um agora desnorteado Leonar. — Norah, tem certeza de que sua visão não está errada? Poças não são tão confiáveis quanto um Espelho D'Água. Você só pode estar se confundindo.

— Não, Leonar! Aqui, olhem vocês mesmos.

E os Vigilantes acompanharam Norah até a poça e viram parte do corpo do homem de roupa negra estirado no chão.

— Pelo olho de Osíris. É verdade! Mas como é possível? Uma criança derrotar um Djin! — disse Kayla.

— Não sei... — respondeu Norah, pensativa, indo novamente até a poça onde vira o menino em pé. — Vejam o homem caído, o mais baixo; ele se levantou e veio para onde está o menino... que voltou a se mexer. E... e...

e A Chave Mestra

— E, e, e... e o quê, Norah? Vai nos matar de curiosidade! — disse Leonar, cada vez mais exasperado.

Sem responder, Norah buscou um novo ponto de observação.

— Aqui. Olhem vocês mesmos. Neste reflexo!

E, diante dos quatro Vigilantes, ali, na memória da água na poça, estava refletido o rosto de Marvin. A mesma poça que minutos atrás ele havia escolhido para observar seu próprio reflexo. E os Vigilantes viram o menino que derrubara um Djin desarmado, com o rosto marcado por uma lágrima negra.

22.

CHIFRE DE UNICÓRNIO

Correndo pela grande avenida, Salomon e Marvin finalmente chegaram ao seu destino: as Docas do Cais. O Mapa dos Portais indicava que ali haveria uma porta que os levaria da Capital de volta à Sala das Passagens. Salomon sabia que precisavam encontrar rápido a porta certa, pois — além da possibilidade de os Vigilantes estarem em seu encalço — ele pressentia perigo naquele lugar.

— Por que não usamos a mesma porta pela qual chegamos? — perguntou Marvin.

— Era... muito longe do Beco dos Duelos... e os Vigilantes nos alcançariam — disse Salomon, tentando recobrar o fôlego, ainda combalido pelo ferimento no braço. — O rastro de magia ainda está muito forte em você. E, além disso, eles têm outros meios de nos localizarem — respondeu Salomon, apontando para as poças no chão. — Precisávamos retardar ao máximo a leitura das poças de Norah.

— E agora, Mestre? Você precisa de cuidados nesse braço e...

e A Chave Mestra

— O que precisamos... é localizar a porta certa — disse Salomon. — Agora... é com você... Portador.

Marvin olhou ao redor e viu que o local era repleto de portas — o que contribuía para esconder o portal mágico. Achar a porta certa dependeria de identificar o sigilo escondido; isso contando que ela ainda estivesse ali. Isso porque, se por um lado as portas mágicas poderiam se manter no mesmo local por dezenas, até centenas de anos, também poderiam ter sido removidas dali, dificultando a abertura do portal.

— E agora, por onde devo começar? Quem sabe se usar o mapa e...

— Não! — interveio Salomon. — Se você abrir o mapa agora, vai trazer os Vigilantes instantaneamente para cá.

— Mas como vou conseguir encontrar a porta, Mestre?

— Sua Chave, Marvin... use a Chave! Ela... ela vai lhe mostrar o caminho.

Marvin pegou a Chave Mestra, pendurada no pescoço, e começou a passar em frente às portas, checando para ver se surgiria em uma delas o sigilo que o mapa revelara. Passou por uma, duas, três... por várias. Até que, ao cruzar em frente a uma determinada porta, sentiu que a Chave o contivera ali, fazendo com que permanecesse em frente a ela, até que o sigilo mágico se acendeu — revelando-se por trás das camadas de tinta que recobriam a antiga porta —, gravado como uma brasa que ardia, para lhe revelar a passagem.

— Salomon, é aqui; encontrei a porta certa! — disse Marvin, voltando para ajudar o Mestre a chegar até o portal, que lhes daria a fuga da Capital... e dos perigos que os rondavam.

— Muito bem... garoto; vamos, então, não temos... muito tempo.

Mas antes que pudessem chegar até a porta marcada, Salomon viu surgir o perigo que pressentira.

— Veja, patrão, lá estão eles! — disse a voz sibilante enquanto um dedo magro e comprido apontava para eles. — Lá estão o nanico com cara de sapo, o menino de olhos esquisitos e o gato preto magricela. E o menino tem uma coisa muito valiosa, tenho certeza! — exclamou Yago, que seguira buscando pistas do paradeiro de Marvin e Salomon desde o episódio da fuga da Casa Estreita.

— Mas, então, o que temos aqui? — disse o Relicário, que fora em pessoa conferir a informação de farejador de relíquias. — Seria mesmo um Mestre feiticeiro e seu aprendiz? Levando objetos mágicos proibidos, após terem

283

travado duelos de magia em becos obscuros? — O Relicário parecia bem-informado dos últimos passos de Marvin e Salomon na Capital. — Quem sabe até foragidos, caçados por uma certa... Guarda Vigilante? É isso mesmo que temos aqui, Yago?

— Sim, sim, sim, patrão! Eram eles que estavam no Beco dos Duelos, hoje. Eu vi tudo! E o menino, ele tem uma varinha... que ele nem sabe usar direito — disse em meio a risos de deboche, pelo resultado do primeiro duelo, no qual Marvin saíra derrotado.

— Como ele sabe tudo isso? — Marvin perguntou para Salomon.

— A Bolsa de Apostas de Erin... ele devia estar entre os apostadores ocultos — respondeu Salomon com secura na voz e já encarando o homenzarrão que acompanhava Yago.

Era a figura conhecida como o Relicário. Um gigante musculoso que usava um chapéu-coco, tendo sobre o tronco avantajado apenas um colete, o que deixava à mostra seus braços tatuados de lutador.

— Você já encontrou a porta certa, mas não conseguiremos chegar até lá, com esses dois no caminho; por isso vou tentar distraí-los. Quando eu der o sinal, corra até o portal e deixe que me encarrego deles — Salomon sussurrou seu plano a Marvin e se colocou à frente, interpondo-se entre a dupla que se aproximava e o aprendiz.

— Ah, mas que atitude nobre; colocando-se em frente ao pupilo, para protegê-lo da ameaça que se aproxima — disse zombeteiro o Relicário, enquanto se aproximava a passos largos. Até parar a uma certa distância de Salomon e Marvin, que aguardavam o próximo movimento do traficante de relíquias.

— Muito bem, vou lhes conceder um instante antes que me entreguem o que vim buscar — disse o imenso Relicário, com a confiança de quem estava acostumado a sempre obter o que queria.

— Salomon... foi esse o nome que o velho lhe deu, não é? Não tenho intenção de ferir seu aluno... — e fixou seu olhar no Mestre das Sombras, antes de concluir — ...ou você! — disse em tom de ameaça. — Prefiro ser apenas o homem de negócios que me tornei; um comerciante. Compro, vendo e fico com o lucro de minhas barganhas. E como algumas podem não necessariamente envolver dinheiro, tenho um negócio interessante para lhe propor. Entregue para mim a varinha que o menino carrega e... deixe-me pensar no que posso oferecer-lhes em troca... Ah! Permitirei que fiquem com suas vidas! — disse com ironia, mostrando um sorriso todo feito de dentes dourados. — Parece-me bastante justo, não acha?

E deu uma grande risada da própria zombaria, no que foi acompanhado por um silvo de Yago, que participava com o olhar cobiçoso, imaginando sua recompensa.

— Então, o que me diz? A varinha por suas vidas! — repetiu a oferta.

Salomon olhou para Marvin com o canto dos olhos, cochichando uma instrução, sem se distrair pela presença dos que os ameaçavam.

— Agora me escute bem, garoto. Quando eu mandar, corra até aquela porta sem olhar para trás; use a passagem e feche imediatamente depois que passar por ela. Assim ninguém vai conseguir segui-lo — ordenou Salomon.

— Ninguém... mas e você? — preocupou-se Marvin, olhando para Yago e o Relicário, que aguardavam uma resposta.

— Eu ficarei aqui e vou segurá-los; é você quem precisa partir... e proteger o que lhe foi confiado.

— Mas você ainda está ferido... e eles são dois. Deixe-me ficar e ajudá-lo.

— Dois?! Esses aí juntos não dariam metade de alguém que me causasse medo. Já enfrentei gente muito pior do que eles... além de coisas que nem se poderia chamar de gente, também. E eu ainda sigo aqui, garoto — disse, sorrindo, tentando assegurar a seu aprendiz que tudo ficaria bem.

— Mas e depois? O que eu vou fazer quando estiver sozinho de novo? Quem vai me orientar, mostrar o caminho?

— Você chegou até mim sozinho, garoto, só você e... e esse gato magricela — disse, olhando para Bóris, que se colocara entre as pernas de Marvin, observando o diálogo em tom de despedida. — Assim, lembre-se como fez para dar os passos que o fizeram me encontrar.

— Eu... fui guiado pelo Senhor Gentil... em meus sonhos.

— Então, garoto, talvez esse seja seu caminho. Busque nos sonhos suas respostas, aposto que elas estarão lá — concluiu.

E, nesse momento, a voz esbravejante do Relicário interrompeu a conversa, mostrando para Salomon que era tempo de agir.

Marvin Grinn

— Muito bem, anãozinho, o tempo de negociações acabou! E você não terá novas ofertas; é pegar ou largar! — decretou. — Para auxiliar na sua decisão, vou lhe mostrar um brinquedinho novo do meu acervo pessoal. Algo que chegou às minhas mãos há pouco tempo e estou louco para estrear... com você!

Então, ele estendeu o braço para Yago, que entregou nas mãos do patrão um estojo de couro que mantivera oculto sob o casaco. Dele o Relicário tirou uma varinha. Era longa, toda trabalhada em entalhes e contornos, que marcavam seu corpo reluzente.

— Viu só, eu também tenho minha própria varinha. Feita sob medida para meu uso, por um artesão que foi, digamos... convencido a produzi-la.

— Convencido? Você quer dizer forçado! — contrapôs Salomon.

— Ora, você sabe que não se deve dizer não ao Relicário, não é?

— Você forçou o velho Wanderbilt a fabricar uma varinha para você, não foi?

— Sim, é verdade. Ele estava meio relutante no começo, mas depois cedeu aos meus *argumentos*. Ela ficou muito boa, não acha? — disse, exibindo a varinha reluzente.

— Sim, você tem uma bela varinha nas mãos. Mas que não se compara a uma autêntica varinha, feita pelo artesão Herman Stein... meu pai! — respondeu, sacando com dificuldade a varinha escondida sob a capa: a pequena Licorne, renascida pelas mãos do padrinho.

— O quê?! Ah... — o homenzarrão desatou a rir. — Mas o que é isso, uma piada? — zombou da pequena varinha, enquanto Yago ria junto, aos arrancos. — Ora, ora, pequeno Salomon, então pretende me enfrentar com essa varinha de brinquedo? Ou está apenas me mostrando, com a intenção de me propor um negócio? Deseja que eu a compre de você, é isso? — provocou, desatando a gargalhar novamente, acompanhado por Yago, que agora literalmente babava pelo canto da boca, rindo-se descontroladamente, como o bom bajulador que era.

Salomon não se abalou com as ironias da dupla e apenas ficou observando o movimento de Yago. Como viu que este se distraíra ao rir dele, encontrou o melhor momento para agir — ou não teriam mais tempo.

— Atenção, Marvin, Yago desbloqueou sua passagem! Pegue esse gato no colo e, quando eu mandar, desapareça por aquela porta. Eu os seguro aqui.

e A Chave Mestra

— Mestre, você... tem certeza?

— Vamos lá, garoto, pelo menos uma vez, apenas me obedeça... *"Sem questionar"* — repetiu a Regra de Ouro do Aprendiz tantas vezes burlada por Marvin, que, sorrindo, assentiu com respeito e carinho pelo Mestre.

— Mas tenha cuidado e seja rápido, pois até que feche a porta pelo outro lado, você ainda estará em perigo. Agora obedeça e vá!

— Está bem, Mestre, e... cuide-se você também — disse para Salomon, que agora considerava mais como um amigo, um irmão mais velho ou um pai que não se lembrava de conhecer.

O Mestre agora só tinha atenção para o Relicário, que, à sua frente, floreava a reluzente varinha de combate, traçando movimentos pelo ar.

— Muito bem, chega de conversa! — gritou o Relicário com sua paciência, que já era curta, chegando ao final. — Aqueles Vigilantes poderão pressentir o uso de magia por aqui e chegar para acabar com a minha festa. E, como eu sou um respeitado homem de negócios — disse com ironia —, não posso me dar ao luxo de ser interrogado, ou ainda de ser colocado para dormir por seus amiguinhos de sangue mágico — completou, referindo-se ao Feitiço do Adormecido. — Pegue logo a varinha e me entregue. Mas a que eu quero é aquela em que seu *papaizinho* andou trabalhando... não esse cotoco de madeira que você tem na mão.

Vendo o caminho até a porta, Salomon deu o sinal.

— É agora, Marvin, corra para o portal!

Marvin correu em direção à porta, que, com sua aproximação, revelou o sigilo que indicava a passagem mágica. Colocou o mais rápido que podia a Chave Mestra na fechadura, e o portal se abriu para ele. Marvin cruzou-o bem rápido, fechando-o imediatamente atrás de si, para selar a passagem a fim de que ninguém pudesse segui-lo. Nem o Relicário, nem Yago... nem Salomon.

Mas o Relicário, que não sabia disso, ordenou ao empregado:

— Vamos, idiota, atrás do guri! E deixe que do anãozinho eu me encarrego.

Salomon olhou para trás e viu que Marvin fechara a porta. Sabia que agora ninguém conseguiria segui-lo, pois o sigilo já se apagara. Marvin estava a salvo.

Mas Yago, que alcançou a porta apenas segundos depois que ela se fechou, ainda assim a abriu, na tentativa de alcançar o garoto fujão. Do outro lado, apenas um depósito com vassouras e baldes velhos se revelou para ele, pois Marvin já estava muito distante dali.

— Senhor! Senhor! Não há nada aqui! — disse Yago, atirando para longe os guardados, na inútil tentativa de ver se Marvin se escondera ali. — O menino... ele desapareceu!

— Magia... — falou o Relicário entre dentes. — E então, anãozinho, que novo truque foi esse? Conte para onde foi o guri! — ordenou, demonstrando agora um certo descontrole sobre a situação que até então não demonstrara.

Salomon sorriu.

— Bem, para um homem que diz entender tanto sobre seu *negócio*, parece que você não conhece tão bem assim alguns segredinhos do nosso mundo. E digo isso, inclusive, ao olhar para a peça que você tem na mão. E que é, realmente, um belíssimo instrumento de magia; muito embora me pareça que você não entende muito sobre a arma que carrega, não é verdade?

O Relicário olhou desconfiado para a varinha longa, e Salomon constatou que atingira seu objetivo.

— Aposto que, enquanto obrigava o pobre Wanderbilt a produzi-la para você, nem se preocupou em saber o que faz de uma varinha um instrumento de poder... e não uma mercadoria para sua coleção — provocou, dando agora um passo para um lado e para o outro, movimentando-se lenta, mas estrategicamente, como se procurasse uma posição confortável antes do combate. — E acho ainda que, antes de hoje, nunca a havia sequer tirado da parede ou da estante onde deve exibi-la como um troféu, não é mesmo? — questionou, vendo que a resposta estava estampada no rosto do homenzarrão. — Sabe, Arno... é esse o seu nome verdadeiro, não é? O meu pai — e pausou por um instante antes de prosseguir —, sim, meu pai, aquele homem cuja casa seus capangas invadiram e a quem machucaram a seu mando — disse em tom ameaçador, enquanto encarava o Relicário nos olhos, encurtando cada vez mais a distância e a estatura que separava um do outro; agigantando-se à medida que se aproximava, pela segurança e pela coragem.

Enquanto falava, apertava com força a pequena varinha em sua mão direita, sentindo a dor lancinante em seu braço de guerra, ferido pelo duelista Djin no beco dos Duelos. Observou que o Relicário mirava com atenção o braço claramente ferido.

e A Chave Mestra

— Para você, meu nome é Relicário! — rugiu o homenzarrão, tentando intimidar o Mestre das Sombras. Ele deu pouca atenção ao gigante e prosseguiu:

— Sabe... Arno, meu pai insistiu muito em me ensinar seu ofício, desde o dia em que fui morar com ele. E ele sempre foi um apaixonado por essas... *coisinhas* aqui — disse, olhando para a varinha feita do chifre de Unicórnio, que elevou à altura dos olhos, deixando perceber toda dor que sentia simplesmente ao fazer isso. Isso provocou um sorriso de satisfação no Relicário, dando-lhe a prova de que, de fato, o braço que manuseava a varinha estava ferido; e isso claramente lhe daria uma vantagem. Mas, mesmo com a dor do ferimento, Salomon prosseguiu: — Meu pai fez milhares de varinhas em sua vida, e uma das poucas lições que aprendi foi que uma varinha só funciona bem quando feita especialmente para quem será o seu legítimo possuidor — explicou. — Lembrando, é claro, que cada varinha tem um propósito; devendo ser preparada levando-se em conta os desígnios mágicos específicos para os quais foi criada; e sendo *"o canal de magia para liberar a força interior, que fará prevalecer a vontade do feiticeiro, mago ou bruxo que a portar"* — Salomon recitava agora, como um Mestre faria enquanto instruía seu aprendiz, ignorando a expressão tediosa do Relicário, que observava seu movimento.

— E o propósito de uma varinha, quando criada, sabemos que poderia ser a cura... — explicou, fazendo a varinha brilhar de leve em sua mão e sugerindo levá-la ao ferimento no ombro, preocupando o Relicário com a possibilidade de perder seu trunfo. Mas então baixou a varinha dizendo: — Mas essa, definitivamente, não é a minha habilidade... e nem o propósito desta varinha, em particular — concluiu, fazendo voltar o sorriso irônico ao rosto do Relicário.

— Porém, existem também varinhas criadas, especificamente, para o combate; e sei que é nisso que está o meu verdadeiro dom. — O Relicário, desta vez, não sorriu, enquanto Salomon prosseguiu. — A varinha que você tem em sua mão certamente foi criada com este propósito: ser uma varinha de combate. Entalhada em madeira maciça; polida; lustrada; poderosa... perfeita! Exceto... — Salomon fez uma pausa proposital — exceto por um detalhe: ela só não é perfeita para *você*! — disse, finalmente, tirando de vez o sorriso do rosto do Relicário.

— Sabe, Arno, estudei sobre varinhas guerreiras durante anos como ninguém. E esta que você tem nas mãos é a chamada varinha longa. Um tipo de varinha peculiar, como as que foram utilizadas em nossas guerras do passado, e eram instrumentos capazes de liberar um imenso poder. Porém, esta varinha em questão, não creio que poderá sequer me ferir, pois ela ainda não está *pronta para o combate* — decretou, fazendo o Relicário franzir o cenho.

— Eu explico! — disse Salomon, cada vez mais à vontade em sua especialidade. — Recordando novamente meu pai, aquele que você deixou ferido para morrer em sua própria casa, ele sempre me ensinou que *o mais importante para uma varinha é ter uma história*. Primeiro, precisa ser feita de madeira viva, trazendo toda a força e essência da natureza consigo, depois extraída de maneira cuidadosa... e de forma consentida. Para só então, depois de repousar pelo tempo necessário, ser meticulosamente esculpida, colocando-se em cada entalhe, em cada runa ou símbolo mágico gravado, a força do propósito para o qual está sendo concebida.

— Depois de terminada essa etapa, ela deverá ser consagrada ao elemento a qual servirá. E se for uma varinha guerreira, como a que você tem em mãos, precisará ser testada em... combate. E só então você, como seu legítimo possuidor, terá o direito de dar um nome a ela, garantindo que ela lhe servirá fielmente. Pois, do contrário, ela será apenas um pedaço de madeira lustrosa, como eu penso que é a sua.

O Relicário engoliu em seco, sabendo, é claro, que nada aquilo havia sido feito no seu caso. Mas, ainda assim, assumiu um tom desafiador para responder a Salomon, que agora aguardava com ar confiante.

— Você está blefando, anãozinho! Ficou apenas com essa conversa mole, tentando ganhar tempo para os Vigilantes chegarem aqui e salvarem você de ter que me enfrentar. Mas eu vou massacrá-lo de qualquer modo. E diferentemente do que aconteceu com o seu velho, vou ter a certeza de que você não ficará vivo. E então... bem, depois eu encontrarei o guri e voltarei até a casa do seu papaizinho para terminar o serviço que aqueles incompetentes não souberam fazer.

Diante da ameaça contra a vida do pai, Salomon respondeu apenas com algo que poderia se chamar de sorriso; mas que, de tão sinistro, fez o poderoso Relicário estremecer por dentro. E prosseguiu:

— Vou terminar minha instrução — disse, sem responder diretamente às ameaças do Relicário. — Olhe bem esta varinha. — Apontou a pequena Licorne em direção ao peito do Relicário, sem conseguir esconder toda a dificuldade que tinha pelo braço ferido. O gigante se encolheu um pouco, sentindo a ameaça de ter uma varinha apontada contra si.

— Ela foi recriada a partir de uma parte do que foi a poderosa Licorne, uma varinha longa de combate que pertenceu a meu pai e que foi oferecida por ele como um presente, uma herança, antes que deixasse sua casa. Pequenina, não é? — acrescentou, fazendo o Relicário concordar, com ironia. — Mas, sabe, eu gosto dela assim. Observe sua medida... — disse, colocando-a junto de seu antebraço. — Depois de ter sido cuidadosamente recuperada e refeita, ela acabou por ficar... — e Salomon pareceu se surpreender — exatamente... — hesitou mais uma vez, admirado — precisamente com a medida entre *"o cotovelo e o indicador"*. À medida que vai do *meu* cotovelo ao *meu* indicador... — constatou. — O que significa que esta é uma varinha perfeita para mim! — disse, agora sorrindo e finalmente entendendo o que Herman havia feito.

O Relicário olhou para a varinha que tinha em mãos e mediu com os olhos o tamanho. Nunca tinha se atentado a esse detalhe. Testou a varinha junto ao próprio antebraço, percebendo que era ainda alguns centímetros maior.

— Hum, parece que o velho Wanderbilt criou uma armadilha para você. Será que sua varinha funcionará bem? — perguntou em desafio, vendo que a preocupação começara a minar a confiança do imenso Arno Stromboli.

Cansado de toda aquela conversa, o homem finalmente apontou sua varinha contra Salomon, rosnando uma ordem:

— Chega de conversa, anãozinho! Vim aqui para buscar a varinha do guri, e você não vai mais atrasar minha viagem ou me fazer perder o meu prêmio. Mas matar você vou considerar como um bônus! E depois vou usar essa sua varinha de brinquedo para palitar meus dentes — berrou descontrolado.

— Você pode tentar... — respondeu Salomon, cada vez mais tranquilo e confiante. — Mas vamos fazer do jeito certo, como se deve!

E, mesmo com dificuldade pelo braço de guerra ferido, Salomon apontou a varinha para o chão, fazendo-a produzir um disparo incandescente que marcou um círculo ao redor de si e do Relicário; um grande círculo de chamas.

— Agora, sim... estamos prontos para um duelo de verdade! Apresento a você, Arno, o Círculo da Morte. *"Dois entram, apenas um sai"* — recitou a regra do duelo mortal, mirando O Relicário, que agora era puro ódio.

— Então, se é assim, eu vou matar você! — urrou, enquanto murmurava o encantamento ensinado pelo velho artesão Gregório Wanderbilt e repetia os movimentos memorizados. Primeiro erguendo a varinha longa em direção ao céu, para em seguida apontá-la em direção ao peito de Salomon e efetuar seu disparo mortal.

Ao erguê-la, a varinha longa pareceu iluminar-se, e, quando foi baixada, um poderoso disparo incandescente ameaçou sair pela ponta do instrumento. Mas, ao final, nada aconteceu.

Nem disparo, nem luz incandescente, nem nada. A varinha não respondia. E a seguir se apagou por completo diante do exasperado Relicário, que tentava repetir o processo, conjurando uma vez mais as palavras cuidadosamente decoradas. Refez o movimento exaustivamente ensaiado mais uma vez, e mais uma; e outra; até desistir, urrando de raiva.

— Ahh!!! Não funciona?! Mas como, se eu mesmo vi o velho Wanderbilt usando a varinha? Ele me mostrou o encantamento, proferiu as palavras, ele fez a varinha disparar, ele...

— Ele tem o dom... e o conhecimento que lhe confere a capacidade para usar uma dessas... e você não tem, Arno — concluiu Salomon. — Agradeça ao velho Wanderbilt, pois, se ele quisesse, poderia ter colocado um feitiço de proteção que teria derretido sua mão ao primeiro toque — disse ao Relicário, que olhava com incredulidade a varinha reluzente e sentia-se traído pela trapaça do artesão, que Salomon julgava ser uma vítima.

— O que você viu foi um mestre artesão que um dia já foi um Senhor da Guerra, em uma época distante, versado nas artes dos combates guerreiros de magia, e que sabia como manusear uma varinha longa de combate. Enquanto você... bem, você não chega nem perto disso. A varinha que você tem aí funciona perfeitamente, tenho certeza. Ela só não foi feita para você; foi feita para o próprio Wanderbilt usar. Ele o enganou, Arno, e você, como leigo que é, acreditou.

— Trapaça... infâmia... traição!!! — vociferava o Relicário.

— Não há trapaça; a varinha é boa, repito... é você que não serve para ela — concluiu Salomon, olhando firme para o grandalhão enfurecido à sua frente.

Tomado pela ira causada pelo sentimento de ter sido enganado, da mesma forma como tantas vezes fez com outros, o imenso Relicário jogou longe a peça de madeira, cerrou os punhos e sacou da cintura uma adaga de lâmina negra, embebida em poderosos venenos fatais e que agora brandia ameaçadoramente contra Salomon.

— Chega de feitiçaria, anãozinho! Vamos usar armas de *homens de verdade* — desafiou Salomon para um novo tipo de duelo.

Salomon ainda segurava a varinha com o braço ferido, que tremia pelo esforço, mal conseguindo apontá-la para o Relicário. Mas ainda assim a sustentava.

— Não, Arno, as armas já foram escolhidas... e você teve a sua chance de usar. Agora é a minha vez.

Percebendo a nítida dificuldade com que Salomon segurava a pequena varinha, o Relicário retomou a confiança perdida.

— Ah, mas me parece que com esse braço avariado sua varinha também vai renegar você, anãozinho. E mesmo que eu não conheça tanto sobre suas bruxarias, aprendi o suficiente para saber que terá de fazer os movimentos certos para sua *coisinha* disparar. Assim, como aposto que não conseguirá nada, eu terei minha vingança!

Então ele investiu contra Salomon com a adaga pingando veneno da lâmina.

Porém, antes que pudesse se aproximar de Salomon à distância de desferir o golpe mortal, viu-o trocar a varinha de mão. Usando o braço esquerdo com igual desenvoltura, Salomon realizou um rápido movimento de ataque, terminando por apontar firmemente a varinha em direção ao peito do oponente. Então, proferiu o feitiço, seguido do clarão que liberou um potente disparo — feito da energia viva que fluía dele próprio — e atingiu em cheio o Relicário.

O que se viu a seguir foi a figura do gigante tombando para trás; enquanto Salomon, mesmo após a conclusão do disparo, ainda permanecia com o braço esquerdo em riste, firme, teso, segurando a pequena varinha que brilhava intensamente em sua mão, tomada pela aura incandescente do poder.

— Foi... por você, pai — murmurou o Mestre das Sombras, olhando para a varinha refeita pela habilidade e pelo amor de Herman Stein; o artesão; seu padrinho; seu pai. A intensidade do brilho da varinha foi diminuindo, voltando a aquietar-se nas mãos de seu novo Mestre, até apagar-se por completo.

Salomon deixou a posição de combate e trouxe a varinha torneada para perto dos olhos.

— É, pequenina, parece que você tinha mesmo algo guardado aí — disse, sorrindo. Então acrescentou para si mesmo: — Aqui, meu pai, tenho em minhas mãos parte do que foi *sua* poderosa Licorne, varinha guerreira que deixa sua herança a essa renascida varinha. A partir de hoje, Chifre de Unicórnio será o nome dela, pelo direito legítimo que tenho em empunhá-la, honrando minha família — concluiu, nominando a varinha pelo direito conquistado no duelo. — Herman, Herman... você não desiste nunca de cuidar de mim — falou em voz alta, agradecido ao pai adotivo pelo presente que lhe salvara a vida. Então voltou sua atenção para Yago, que permanecera estático na cena, olhando o Relicário ser abatido, sem conseguir esboçar qualquer reação. — Bem, parece que o Relicário agora virou relíquia, não é mesmo? — ironizou Salomon, vendo o imenso homem petrificado, estirado ao solo à sua frente. — E quanto a você...

— Quanto... quanto a mim?! — balbuciou Yago, percebendo Salomon com a Chifre de Unicórnio segura em sua mão, retomando o brilho ameaçador que derrubara o gigante.

— Sim, você — reforçou Salomon.

— Eu... o que você fez com o patrão? — perguntou de repente, aturdido com o que vira.

— Bem, creio que ele agora virou um artigo de exposição... quer tentar também? Pareceu-me que sempre desejou ser igual a ele, e nisso eu posso ajudá-lo... — disse Salomon com ironia, mirando a Chifre de Unicórnio para o peito de Yago.

— Não... não, por favor...!

— *Mestre*? — sugeriu Salomon, divertindo-se.

— Sim, por favor, Mestre Salomon, poupe-me — implorou Yago.

— Bem, isso depende; por acaso ainda pretende ir atrás do garoto? — perguntou em tom de ameaça, trazendo a ponta da varinha para grudar no rosto do caçador de relíquias.

— *Mestre*... Salomon... eu apenas cumpria ordens. Sou um fraco... submisso, e ele... ele me obrigava! — concluiu em sua defesa, apontando em tom acusador o gigante deposto.

— Ah, saia daqui! — ordenou Salomon, diante da covardia do sibilante Yago. — E não quero ver a sua cara ossuda nunca mais! Se ficar sabendo que Herman, o artesão, foi incomodado novamente, responsabilizarei você e me certificarei pessoalmente de que tenha o mesmo fim que este pobre diabo. Além disso, pode espalhar entre os ratos do Mercado Negro que Salomon, o Mestre das Sombras, é quem protege o Refúgio a partir de agora!

E sorrindo, ao lembrar do artesão, pensou consigo mesmo: "Herman gostará disso!".

Salomon via Yago em disparada, deixando de lado a porta pela qual Marvin passara. Pensou em quantas portas seu aprendiz anda teria que abrir, até finalmente encontrar o que buscava.

23.

DE VOLTA AO INÍCIO

Marvin, carregando Bóris no colo, praticamente havia se jogado para o outro lado, selando a porta atrás de si. Vendo que voltara ao espaço escuro e etéreo onde apenas as portas flutuantes figuravam, respirou por um segundo, aliviado.

Esperou por um instante e viu que, de fato, estava em segurança e então pôde repetir o rito que o levaria de volta ao único local para o qual lhe ocorria voltar.

— Sala das Passagens! — falou em voz alta, vendo a porta com os entalhes do elemental terra vir até ele.

Marvin cruzou o novo portal, novamente selando a passagem com os três giros da Chave Mestra. Estava em segurança na sala de onde partira em busca do duelo. Agora se daria o direito de recobrar o fôlego, enquanto sentia a adrenalina baixar, e as pernas afrouxarem, exaustas. Tinham sido muitas — e

e A Chave Mestra

repetidas — emoções, descobertas, surpresas e perigos pelos quais havia passado em tão pouco tempo.

Respirou fundo, sentou-se ali, no chão mesmo, recostando-se contra a porta, e sentiu que tocou em algo macio — que imaginou ser o pelo de seu companheiro de aventuras.

Baixou o olhar, procurando por Bóris, mas em vez do gato encontrou algo diferente. Uma espécie de manto, dobrado e enrolado por uma tira de couro. E sobre ele, um bilhete, que trazia... seu nome.

> MARVIN GRINN,
>
> SEJA BEM-VINDO DE VOLTA! SUA PRIMEIRA TAREFA FOI CUMPRIDA, MAS SEU CAMINHO AINDA ESTÁ LONGE DE CHEGAR AO FIM.
>
> AINDA ASSIM, SEI QUE ENFRENTOU COM BRAVURA O SEU PRIMEIRO DESAFIO, E, PELA VALENTIA QUE DEMONSTROU DIANTE DO PERIGO, ENTENDEMOS QUE MERECE ESSA RECOMPENSA.
>
> O MANTO QUE RECEBE AGORA É UM DOS SÍMBOLOS DA SUA FAMÍLIA — UMA HERANÇA —, QUE ESPERAMOS QUE USE COM HONRA E ORGULHO... POIS CORAGEM SABEMOS QUE NÃO LHE FALTA.
>
> ASS.: HELDER

"Helder? Mas quem é esse, agora?", pensou Marvin.

— Bem, mas se está escrito aqui que é um presente para mim, não custa nada ver melhor, não é, gato? — falou para o bichano, que veio se aconchegar em seu colo.

Era um tipo de mantilha, e Marvin notou que a parte das costas recebera um discreto remendo, denunciando que o manto pertencera antes a outro alguém; quem sabe ao próprio Helder. A cor verde-esmeralda do manto lembrou-lhe a vestimenta usada pelo Vigilante chamado Caleb; aquele que percebera sua presença, ainda que oculto pelo manto de sombras de Salomon.

Estava frio, e, levando-se em conta que o manto esmeralda fora presenteado a ele, resolveu experimentar. Serviu perfeitamente, cobrindo seu corpo até perto da altura dos joelhos, deixando apenas as mãos à mostra, livres para se movimentar.

— É bem quentinha — disse para si mesmo, notando que a mantilha não era pesada e o fazia sentir-se absolutamente confortável e protegido. — Bem, caso esteja por aí, muito obrigado, senhor Helder! — falou para as paredes da Sala das Passagens como se esperasse alguma resposta. Mas a resposta não veio. Nem mesmo das sombras, que agora permaneciam silenciosas. — É, gato Bóris, parece que voltamos a ser apenas eu e você.

Nesse momento, Marvin lembrou-se de Melina, a menina que conhecera no Mistral e o ajudara na Capital. Pensou no quanto gostaria de ter a sua companhia agora e no quanto tê-la conhecido fizera brotar nele uma sensação que não experimentara nos anos dos quais podia se lembrar: a amizade. Sentimento muito diferente do que outra pessoa que conhecera despertara nele. Era algo estranho, como um ressentimento que não compreendia, mas que, inevitavelmente, sentia; especialmente com relação ao sobrenome do jovem de cabelos esbranquiçados com quem cruzara na Capital.

— Flamel... — Marvin murmurou com desagrado. Mesmo agora, à distância, incompreensivelmente aquele nome fazia com que sentisse um arrepio. Marvin não sabia identificar se era de medo... ou de ódio. Mas como era possível odiar alguém que ele mal conhecera?

Lembrou-se de alguém que ele poderia ter afirmado que conhecia bem, mas quanto a quem se enganara. Dona Dulce tinha sido sua madrinha por anos, mas havia se revelado como um teatro no qual pessoas ao seu redor pareceram apenas ter desempenhado um papel, representando ser algo que, definitivamente, nunca foram.

Dulce se foi, enquanto outros vieram. Surgiram de um mundo ao qual agora ele também parecia pertencer; arrastando-o para dentro dele, cada vez mais fundo.

Mister Marvel e seu *O Empório Mágico*. Seria ele um amigo ou inimigo? Erin, o comandante do Beco dos Duelos; qual a ligação misteriosa que uniria aquele homem inescrupuloso e seu instrutor, seu Mestre...

— Salomon, você está aí? — Marvin arriscou a pergunta, ainda que imaginasse a resposta. Apenas sombras e silêncio.

Mestre Salomon, alguém com muitos segredos guardados. Talvez ainda mais obscuros do que as sombras que dominava e onde se escondia. Mistérios trancados em um baú, tão negro quanto duas varinhas que lá se escondiam, repousadas sobre um manto... Djin.

E seu pensamento — que divagara entre tantas pessoas que conhecera — agora se fixava em Salomon. Estaria o Mestre preso, impedido de se defender pelo ferimento em seu braço de guerra? Ou quem sabe até... morto; tendo se sacrificado em sua defesa?

Dentre as escolhas possíveis, preferiu achar que Mestre Salomon, mesmo ferido, devia ter se saído bem contra o imenso Relicário e o sibilante Yago. E Marvin agora se esforçava, tentando adivinhar que palavras Salomon teria para ele naquele momento; qual seria o seu conselho sobre o que fazer; para onde ir; qual o próximo passo... ou a próxima porta?

Foi quando se lembrou do que o próprio Salomon dissera antes de ele passar pelo portal, deixando seu Mestre para confrontar o Relicário. Seguindo o último conselho de seu Mestre de armas, Marvin adormeceu... para sonhar.

Marvin sonhou. Viu-se no mesmo lugar que visitara tantas vezes; o campo onde o capim alto produzia ondas com o vento, e a brisa era morna e suave. Marvin ficou ali, sentado, apreciando e esperando.

Não precisou aguardar muito, pois logo sentiu a presença do Senhor Gentil a se aproximar e tocar-lhe o ombro. O velhinho dos sonhos estava ao seu lado — agora sem a bengala. Sorrindo, perguntou ao menino que aguardara ansioso aquela chegada:

— E então, Marvin Grinn, pronto para a próxima porta?

O INÍCIO

— FIM DA PASSAGEM —
SÉCULO XX

Após o percurso feito no escuro, batendo-se nas paredes frias que lhe arranharam a pele e lhe rasgaram as vestes, padrinho e afilhado chegaram ao final do túnel de escuridão.

Ainda transportando o jovem ferido no colo, o padrinho abriu a porta carcomida pelo tempo e sentiu, finalmente, o ar que lhe devolvia um pouco da vida, que já sentia deixar seu corpo durante o trajeto.

Ele procurou reunir ainda o que restara de suas forças, para depositar em segurança no solo o corpo ferido do afilhado. O homem mais velho sentiu o contato da grama úmida, molhada pelo sereno da manhã, e fechou os olhos, sentindo a sensação de ar puro encher seus pulmões. Foi quando percebeu o afilhado remexer-se novamente, gemendo pela dor do ferimento.

— Calma, meu filho. Nós vamos resolver isso logo.

O padrinho retirou a varinha que guardara no coldre, recolhida do Círculo dos Duelos, antes de deixarem aquele local... e aquele tempo. Fechou os olhos e murmurou um encantamento antigo, feito de palavras desconhecidas pelas pessoas do mundo leigo e até mesmo por muitos dotados.

Um encantamento de cura, dos que não se encontraria nem nos mais avançados manuscritos dos Mestres da magia, retirado de um livro que quase todos desconhecem e que, para ser completado, necessita do emprego de ingredientes superiores ao maior dos conhecimentos: amor e sacrifício.

Amor, que aquele homem tem de sobra pelo jovem deitado à sua frente. Alguém que viu nascer, pegou nos braços e acarinhou. Para quem revelou segredos, desde a mais tenra idade, aos quais complementou, com árduo treinamento, a partir da manifestação plena do dom.

E sacrifício — algo que ele está plenamente disposto a fazer —, o maior de todos eles: dar a própria vida para salvar a de outro.

Foi isso que fizera naquela noite, quando tirara o afilhado do Círculo dos Duelos, levando seu corpo ferido nos braços pela passagem estreita: uma Passagem do Tempo. Sabia que haveria consequências ao desafiar o código, e o portal ofereceu passagem segura para apenas um deles, fazendo com que o menino, mesmo ferido, chegasse incólume aos efeitos do tempo que foi avançado. Mas com ele fora diferente. Talvez por isso a passagem tivesse sido tão penosa, tão longa e tão dolorosa.

— Aaai... — gemeu mais uma vez o menino.

— Pronto, está feito! — disse o homem ainda apontando a varinha e dando por concluído o feitiço curativo que aplicara no ferimento mortal. — Vai restar aí uma bela cicatriz, mas você não corre mais risco de vida.

— Onde nós estamos? — perguntou o menino, sentindo-se aos poucos recobrado, sem a dor lancinante da queimadura nas costas, causada pelo ataque à traição, do oponente.

— Estamos onde podíamos estar — respondeu o homem mais velho, laconicamente. — Perdoe-me se não ficarei mais para ajudá-lo, meu filho.

— Mas eu... não entendo — disse o menino, ainda com dificuldade, recobrando-se aos poucos do ferimento.

— Preciso que você cuide das coisas para mim, até que o próximo guardião se apresente — disse o homem, sentindo o peso de quase um século em seus ombros. — Restam-me apenas alguns segundos, e então tudo estará terminado — disse para o menino. — Aqui estão a chave e o mapa; toque uma vez com a chave sobre o mapa, e ele lhe mostrará infinitas possibilidades de viajar por portais conhecidos... e desconhecidos. Esta é Chave Mestra. Use-a, girando duas

vezes e mais uma, e as portas do espaço e até do tempo se abrirão para você. — Ao falar sobre o tempo, o homem sentiu que o seu agora definhava rapidamente. — Aqui, a varinha. Você já a conhece bem e sabe o que ela pode fazer. Ela responde a você, desde que lhe entreguei de bom grado, pois ela sempre foi destinada a você, por direito de nascença. Use-a sempre para o bem — disse, com um sorriso e a certeza de que o menino cumpriria esse pedido. — E, finalmente, aqui o bem mais precioso que lhe confio, e o pedido mais importante... — O homem soltou o tirante de couro que mantinha o bornal preso junto ao corpo e entregou-o nas mãos do menino. — Aqui estão todos os segredos mais importantes da nossa história. Segredos pelos quais todos procuram e que fariam de tudo para conseguir... tudo — reforçou, com gravidade. — Preciso que você assuma essa missão por mim. Eu falhei com o código; traí a confiança depositada em mim e agora terei que pagar o preço. Mas faço isso feliz, porque sei que fiz por você... meu filho.

— Pai, eu...

Mas o menino não pôde sequer completar o que desejava dizer, pois, com um sopro de vento, o homem à sua frente simplesmente transformou-se em pó.

A passagem pelo portal do passado deixou apenas um sobrevivente: um menino. Perdido em uma época estranha, sem amigos, sem alguém para guiá-lo, ele precisaria esconder-se de tudo e de todos, esperando o dia do seu próprio acerto de contas.

Mas esse dia ainda estava longe de chegar. E sua história, neste tempo, está apenas começando.

EPÍLOGO

Silas desce pelos corredores estreitos e mal-iluminados que ligam a Mansão Flamel aos túneis — e às antigas celas ocultas — ouvindo os gemidos dos condenados. É um local úmido e apertado, sem janelas que permitam a entrada da luz ou do ar puro; um ambiente claustrofóbico, onde apenas o que há de mais abjeto pode sobreviver. Ali, em uma das celas — que ele abre com extremo cuidado —, um velho espera deitado, encolhido, de costas para a porta. Sua idade não se conta em anos ou décadas, pois existe há séculos, ludibriando a morte.

— Chegou a hora, Monsenhor — diz com reverência. — É chegada a hora de fazer sua transformação.

O velho não se move. E mesmo a luz da vela que Silas traz consigo para iluminar a peça lhe fere os olhos. Silas tinha dúvidas se o velho finalmente estava morto. Deu mais um passo, titubeante, em direção à forma encolhida sobre o catre. E só então a voz fraca e rouca do ancião lhe faz parar novamente.

— Tem... certeza? — é a pergunta. — Lembre-se: não poderei mais... errar. Só terei mais essa oportunidade, e depois... — Ele tosse. Faz um esforço para

aspirar um pouco do ar rarefeito do lugar, tentando completar a frase: —
Uma... uma nova transformação não será mais possível sem... o *líquido*.

Silas hesita por um instante, mas ainda assim reafirma:

— Tenho certeza, Monsenhor. Fatos novos chegaram ao nosso conhecimento; um fato novo. Um novo... — hesita novamente antes de falar a palavra,
que julga ser o grande trunfo da informação que tem a passar — Portador —
conclui solene.

E pela primeira vez o velho reúne suas forças e se remexe no catre.

— Um novo... Portador... você disse?

— Sim, e ao que consta é apenas um jovem.

— Um... jovem?

— Sim, uma criança, um menino.

— Um... jovem... — o velho repete a palavra, saboreando o significado que
ela tem para ele. Então retoma o tom de cobrança na voz. — Mas como pode
ter certeza... de que essa... criança é de fato o novo Portador?

— Os sinais, Monsenhor. Ele traz o sinal nos olhos. A lágrima... A lágrima
negra.

E pela primeira vez nos últimos anos, o velho sorri. Um sorriso que quase fere, após anos de agonia passados ali, naquele lugar. E ele pensa consigo
mesmo: "Já não era sem tempo".

Tempo. Estava no limite de suas forças e da possibilidade de reverter o
quadro atual. E mesmo com as beberagens que consumia — na tentativa de
frear a ação devastadora da reversão dos anos, causada pela abstinência do
elixir e de repetidas transformações —, sabia que a derradeira hora se aproximava a cada minuto.

"Um último tento. Um último triunfo ou então o beijo gelado da morte,
que me espreita cada vez mais de perto", pensou.

— Muito bem... Silas; um último gole... uma *última vida para viver*.

E Silas sorri animado, pois aquele momento representa, também para ele,
o princípio de sua própria redenção. A possibilidade de deixar a posição
submissa em que se encontra e poder voltar a ser quem era.

— Vou prepará-la, Monsenhor! — diz, sem esperar o consentimento. Silas
dá alguns poucos passos até o canto do cômodo, usando a vela para localizar

o pequeno baú. E ali encontra a caixa de couro, lacrada, repousada sobre a mesa. — Estou pronto, Monsenhor.

Ele sente a respiração pesada do velho e percebe nela o esforço para realizar o conjuro. O ancião está fraco demais, mas ainda assim reúne forças para estender o braço trêmulo em direção à caixa, recitando palavras em uma língua esquecida. À medida que cada palavra é pronunciada, uma das trancas mágicas vai, lentamente, se abrindo, até que o último lacre seja rompido, destravando a caixa para o criado.

Silas engole em seco pela expectativa e abre a portinhola da caixa de forma reverente. Afinal, ali está o frasco que contém o lendário líquido, à procura do qual homens, mulheres, sábios, guerreiros e reis deram suas vidas. Um frasco agora praticamente vazio. Ao lado do frasco, abraçado pelo molde de veludo, o pequeno cálice.

"A medida da eternidade", pensa Silas. E pensa também que, se tomasse ele próprio o precioso líquido dourado, seria ele a ter o poder sobre a morte. Ao menos, por algum tempo. Então a voz murmurante do velho interrompe seus pensamentos.

— É tentador... não é mesmo?

— Monsenhor? — responde Silas, retirado de sua divagação.

— Ter o poder nas mãos e simplesmente dá-lo a outro ao invés de tomá-lo para si — diz o velho, como se lesse os pensamentos do criado.

— "Ele sabe. O velho maldito consegue ver o que se passa dentro de mim", pensa Silas e então toma sua decisão.

— O elixir... está pronto, Monsenhor. — E acrescenta, subserviente: — Sua força será a minha força também.

— Sábia decisão — responde o velho, tornando a guardar a adaga negra que ocultava sob as cobertas, pronta para beber da vingança pela traição, cravada nas costas do criado, se preciso fosse.

Silas, com cuidado extremo, verte o líquido do frasco no cálice. A medida exata. Observa a derradeira gota escorrendo lentamente em direção ao bocal do frasco, para juntar-se ao líquido dourado que será servido ao homem que o espera. Mas antes que a gota caia, o velho o interrompe.

— Não! Deixe... deixe a gota final guardada! — ordena.

Silas apenas obedece. Fecha o frasco e conduz o cálice até a cama.

Marvin Grinn

— Aqui, Monsenhor... beba!

O velho se vira lentamente, vendo a luz da vela fazer o líquido dourado brilhar e iluminar de novo sua miserável existência.

— "*O líquido da vida!*" — recita. — E que seja para mim o gole rumo à eternidade. "*Aut Mors Vitam Aeternam.*"

— Vida eterna ou morte — repete Silas.

O velho se senta com dificuldade, tomando o cálice e sorvendo com avidez até a última gota. Seca por completo o líquido precioso, para então tombar para o lado e cair no chão, convulsionando violentamente. A transformação tem início. No canto da cela escura — onde a vela lança sombras contorcidas na parede — uma máscara branca, de órbitas vazias, observa seu Mestre voltar à vida.

Silas deixa a cela, fechando a porta atrás de si, abandonando o velho ao tormento da reversão. Seus grunhidos atraem a atenção das celas vizinhas, e Silas sabe que, mais do que ouvir os gemidos do velho, eles podem farejar o que está acontecendo. Sabe disso porque ele próprio também sente os efeitos causados pelo pacto que os une. Ele sente porque, assim como os condenados reclusos ali, também é um deles. Estão prontos para, em breve, acabar com seus dias de reclusão e submissão e retomar seus mantos, suas insígnias, seus objetos de poder e suas identidades, deixando de viver na escuridão das catacumbas, para lançar suas sombras sobre seus perseguidores e sobre o mundo leigo.

Sendo que, para isso, basta localizar o Portador, apenas um menino, e tirar dele o que pode lhes devolver o poder; O Livro que contém todos os segredos — até mesmo a Chave para produzir o líquido da vida eterna —, O Livro de Todos os Bruxos.

A caçada deve recomeçar!

@vitrolalivros

VITROLA EDITORA E DISTRIBUIDORA LTDA.
Rua das Camélias, 321 — Aparecida
CEP: 98400-000 — Frederico Westphalen — RS
Tel.: (55) 3744-6878 — www.vitrola.com.br
editora@vitrola.com.br
www.vitrola.com.br